南方巴赫

Bach from South

郑小驴 著

人民文学出版社

图书在版编目（CIP）数据

南方巴赫 / 郑小驴著 . —— 北京：人民文学出版社，2024（2024.12重印）
ISBN 978-7-02-018407-1

Ⅰ . ①南… Ⅱ . ①郑… Ⅲ . ①中篇小说－小说集－中国－当代②短篇小说－小说集－中国－当代 Ⅳ . ① I247.7

中国国家版本馆CIP数据核字（2023）第252010号

责任编辑　范维哲
装帧设计　刘　远
责任印制　王重艺

出版发行　人民文学出版社
社　　址　北京市朝内大街166号
邮政编码　100705

印　　刷　河北环京美印刷有限公司
经　　销　全国新华书店等

字　　数　200千字
开　　本　850毫米×1168毫米　1/32
印　　张　9.875　插页3
版　　次　2024年3月北京第1版
印　　次　2024年12月第2次印刷

书　　号　978-7-02-018407-1
定　　价　68.00元

如有印装质量问题，请与本社图书销售中心调换。电话：010-65233595

目 录

001　南方巴赫
073　国产轮胎
124　战地新娘
143　一屋子敌人
158　衡阳牌拖拉机
175　火山边缘
197　最后一口气
234　天高皇帝远
276　盐湖城

南方巴赫

……
睡吧，你太过劳累的身体，
你的墓穴与石碑
将为这不安的良心
化作舒适的枕头，
化作灵魂的安息之所。
我们无比幸福地在那里安睡。

——巴赫《马太受难曲》

1

冬季的征兵体检通过后，我一下空闲起来，时间成了廉价的消耗品。那会儿离入伍还有一个多月，父亲见我整日无所事事，说索性去考个驾照吧，将来也用得着。这倒也不是坏主意。

我喜欢车，卧室墙上贴满了各种汽车海报。报刊亭每期的《汽车周刊》，我都不会错过。保时捷911、奥迪RS7都心仪已久，再不济来辆斯巴鲁也行。我想哪天中了五百万便将梦想清单全部清零。这个念头常让我心旌摇曳，感觉随时都能拿下其中的某一款。只有路过驾校时，我才冷静下来，我想我连个驾照都没有，即使给我一辆法拉利也没法开。

家里没车。小姨父倒有辆即将报废的老福田，我偷偷试过一回，哐当哐当，车门都关不紧，大脚油门下去我担心会散架。那也能叫车？每当这时，我就会想起表哥，想起他那台两厢版的标致206。至少它称得上是台车。

表哥徐三焘，绰号"三岛"，一个奇怪的名字。他是省城都市报的编辑，我们家族中为数不多的大学生，也是我从小被要求学习效仿的榜样。我父亲经常一副恨铁不成钢的样子："你要有你表哥一根手指头那么争气就好了！"听多了，他自然而然就成了我的假想敌。表哥在长沙，离我所在的县城有三百多公里。平常很少回家，和家族往来寥寥。他不苟言笑，身材矮胖，戴一副深度近视眼镜。至少我没看出他多有水平。但父亲对他很是敬重，总让我多和表哥联系，说他受过高等教育，又是省城编辑，见多识广，凡事多向他请教准没错。

我们加过QQ，但没说几句话。他永远那副不咸不淡的样子，三棒槌打不出一个响屁，我看着就有些来气。再加上他大我近一轮，我们也缺少共同语言。他三十岁的人了，至今未婚，好像也没听说处过对象。对于感情，他始终讳莫如深。每逢亲戚要给他介绍对象，他总是冷冰冰地一口拒绝："我的事就不劳烦你们插手了。"亲戚们碰了一鼻子灰，次数多了，也觉得他有些奇怪，就不再热脸去贴冷屁股了。

父亲和县武装部提前疏通了关系，入伍的事八九不离十，剩下就是分配去哪儿的问题了。他觉得有必要征询下三岛的意见，于是给他打了电话。也不知道他们聊了些什么，第二天父亲突然对我说，你去找下你表哥吧，他家旁边新开了家驾校，新学员有优惠活动，你顺便把驾照考了。

这个决定让我颇感意外。一旦父亲决定了的事情，我很难违抗。父亲在小区经营棋牌室，他热爱麻将，常通宵达旦，盘下这家棋牌室后，打麻将变得更加名正言顺起来。但不挣钱，经常入不敷出。好在母亲的小卖店还可以补贴些家用，不至于陷入窘境。

父亲没读过什么书，也没别的本事，自然将表哥视为我的榜样。我从小成绩也不好，高考无望，当兵好歹也是条路子。据说为当兵这事，父亲还费了老大力气，不光送了一笔不菲的钱不说，为了陪好武装部长，还低声下气地频繁敬酒，不胜酒力的他很快醉得一塌糊涂。我想，十八岁了，去省城见见世面，这没什么不好。

南方巴赫

2

  三岛开着那辆蓝色的标致206，从长途汽车站接我回家。他穿军绿色的休闲套装，那头留了多年的标志性长发变成了短寸，我差点没认出他来。我的行李不多，只有一个阿迪达斯背包，他将背包放进后座，拍拍我肩膀说："啊，一年不见，长高不少啊，有一米七五了吧？"我点点头，我其实不止一米七五呢，一米七七了。我没再说什么，钻进车，差点磕着头。

  两厢紧凑型汽车，手动挡，空间不大，甚至称得上局促。他开得很慢，拘谨地握着方向盘，不知道的人还以为他是新手。换挡的时候，三岛的手臂偶尔会触碰到我。我悄悄侧了侧身，将胳膊支着车窗。车内饰相当朴素，没有那些花哨的玩偶、佛珠、红绸装饰。当然也没车载香水。车行驶了一段时间，他打开音乐，节奏轻缓，一段长长的伴奏，半天没出现一句歌词。我听得有些着急，问他有没有周杰伦的歌。他从鼻子哼了声"没有"。那样子仿佛周杰伦是他情敌。我又问："S.H.E呢？""谁？"他充满疑惑地瞟了我一眼。我也就不再问了。我想，他可能压根没听说过S.H.E。他路上向我交代了些事，说他经常上夜班，会给我门锁密码，叮嘱我不要带陌生人来家。我说："放心吧，这边我一个人都不认识呢。"

  "你抽烟吗？"等红绿灯时，他的手搭在方向盘上，突然侧过脸,似笑非笑地看着我。我琢磨着他的表情,将差点脱口而出的答案又生生咽了回去。我心想,都十八岁了,怎么不抽烟呢?班上几个玩得好的,常去教学楼的天台抽。我偶尔也偷父亲的烟抽,抽他常抽的精白沙。有回我躲在洗手间偷抽了一根,被他发现,被罚在客厅跪了整宿,两个膝盖跪得红肿,我妈替我求情都不管用。我猜测三岛也许听说过这件糗事才故意这样问的。我摇摇头,朝他咧嘴一笑说:"不抽。"我心想,不抽,不代表没抽过。他没再问什么,掏出一根芙蓉王,点燃,叼在嘴上,挂挡起步,轰了脚油门,206飞快汇入车流。还别说,开手动挡,还真有点儿爷们儿,很酷。后来学开车时,我义无反顾地选了手动挡。

三岛住的小区看上去已有些年头,两居室,装修简朴,但收拾得还算整洁,不像想象中的单身汉那么邋遢。皮质沙发,实木家具,一台很大的索尼电视。到处都是书。早就听说他家藏书颇丰。无事的时候,他常宅在家里读书,看碟。我们高中历史老师家里也有好几个书柜,但和三岛相比,立马相形见绌。我还没见过谁的藏书能和三岛相比的。他的两居室,从客厅到卧室,全是书柜。甚至马桶边都码满了书。我扫了眼书目,哲学、文学、历史、社科,五花八门,很惭愧,我竟然一本都没听说过。

他让我睡书房。书房不大,三面墙全是定制的松木书柜,剩余的空间勉强能摆一张书桌和一张单人床。书不仅占据了三岛的时间，也侵占了他的空间。书桌上摆着一台旧电脑，老款的飞利浦显示器，颜色已经泛黄，占去半个桌面。我心想，都流行液晶显示器，这种老旧显示器早该淘汰了。"电脑很卡，没法玩游戏……"他像向我暗示什么，"你平时需要电脑吗？"我摇摇头，他仿佛松了口气，"你如果要玩游戏，附近就有网吧。"我说没问题。

驾校离居所仅一墙之隔，果然很近。站在五楼的阳台，整个驾校一览无余。他说一个月前，那里还是一片荒地，长满了苎麻和鹅掌楸，藤蔓丛生，藏着数不清的麻雀，起飞时遮天蔽日，发出呼哨般的响声。他描述的这些现在都变成了铁皮房、桩杆、绕饼、单边桥，水泥场地画满了黄白停车线，墙根停着一排捷达教练车。兴许驾校刚开业没多久，偌大的练车场冷冷清清，只有两辆教练车在蠕动。我观察了一下，五分钟不到，那个笨拙的学员已经熄了不下十次火。练车场回响着教练的怒吼："说了多少遍，记得踩离合器！"老捷达重启，车头剧烈地抖动，像头受伤的公牛，再次熄了火。教练气得不再说话，索性点燃一根烟，手搭车窗，一股愤怒的浓烟从鼻腔喷薄而出。

三岛带我去驾校报名。小区和驾校之间新开了道门，穿墙而过，无须绕行，非常便捷。墙根有株木芙蓉，姹紫嫣红，正是芙蓉怒放的季节。三岛突然扭头问我："'洛阳亲友如相问，一片冰心在玉壶。'这首诗的篇名叫什么？"真是一个突如其来的怪问题。我挠了挠头，一脸窘迫，回答不上来。我向来就以不爱读书著称，成绩很少及过格。他显得不太满意："这首诗叫《芙蓉楼送辛渐》，王昌龄当时就是在你们老家写的——"他还想说什么，后半句被生生咽下了。在我老家写的我就必须记住吗？都过去一千多年了，跟我又有什么关系？我心里默默抵触道。

从铁门进去，穿过空旷的练车场，尽头便是接待室。一个中年女人站在前台，负责向我们介绍业务。兴许是刚开张，生源还不太好，最终承诺给八折的优惠，随到随学，不满意可以申请更换教练。三岛说："折扣还能再低一点吗？我们就住附近。"女人听后，脸上流露出很痛苦的表情，说已经按照最低折扣优惠了。三岛没再说什么，掏出手机，走出了接待室。一根烟的工夫，一个年轻人开着辆教练车赶了过来。三岛随他一块儿走进接待室。

出来时，三岛让我叫他陈哥。"他是你教练。你跟陈哥好好学。"那人朝我笑笑，宽下巴，粗眉毛，笑起来眼睛眯成一条缝，顶多大我三五岁的样子，嘴唇上一圈黄茸毛，想必还未曾动过剃须刀。

"一个月能拿到驾照吗？"我说。

他笑笑，说每个人情况都不一样。我也觉得这个问题傻不拉叽的。他们站在门口寒暄，抽烟，聊了些NBA的话题。我听见他们聊到科比和姚明，我对篮球没什么兴趣。那是一辆白色的桑塔纳2000，手动挡。车没熄火，电台正播放着周杰伦的歌，汽车钥匙的挂坠是个红脸光屁股的蜡笔小新。包浆的真皮方向盘透着柔和的光泽。主驾位虚位以待，它等着我上车。我幻想驾车在郊区公路飞驰的样子，路上车流稀少，车里播放着我最爱的音乐。深踩一脚油门，车如脱缰的野马，它能载我去任何我想去的地方。

他终于察觉到了我的神态，走了过来。

"叫什么名字？"

"金宏明。"

"上车吧。"他将手指向主驾，自己一屁股坐上副驾。

"以前开过车吗？"

我赶紧摇头。

他开始向我讲解方向盘、油门和制动踏板、变速杆、安全带、远近灯以及后视镜的作用，讲得很耐心。我心想，没吃过猪肉还没见过猪跑？这些还需要你来教？我耐住性子听完，他说今天就到这儿，明天开始过来练车。

"好的，谢谢陈哥。"

这声哥倒没白叫。驾校最终给我打了六折，比其他学员要低，多亏陈教练的照顾。父亲给我的三千块钱学费，最终还余下一千。这笔钱当然是不打算还回去的。我将钱来回数了两遍，藏在背包内侧的袋子里，心里觉得莫名踏实。长这么大，我还未曾独自支配过这么多钱。有了这笔钱，接下来的时间就好打发了。我是个不怎么爱运动的人，勉强谈得上的运动，莫过于和高中同学去街头打几局桌球或去溜冰场。有时溜冰我都觉得累，去网吧玩魔兽世界和CS算是我为数不多的兴趣爱好。确定冬季入伍后，我每天睡得晚，父母也睁只眼闭只眼，懒得说我。他们也许认为，进了部队这个大熔炉，有的是机会锻炼我。

三岛所在的报社离家不算太远，两公里距离。他是报社编辑，须常年值晚班。他晚睡晚起，不反感值晚班，值晚班反倒是他为数不多的工作乐趣之一。他通常下午五点出门，正好避开下班高峰期，开着他的206，前往报社。有时他也在家里做饭。厨艺谈不上太好，只会几道家常菜，西红柿鸡蛋、青椒肉片、醋熘土豆丝等。他问我厨艺怎样，我说只会煮面条。

如果喝点啤酒，他会选择坐公交车去报社。天气晴和的日子，偶尔也步行，权当锻炼身体。回来通常都很晚，凌晨两点以后，甚至清晨。有几回，我从睡梦中醒来，听到窸窸窣窣的洗漱声。他通常会看会儿书再睡。碰上喜欢的球赛，他会看场球。他是梅西的铁杆球迷。球赛结束，意味着第二天清晨已经到来。再过半小时，我的生物钟会响起，那是多年寄宿学校留下的后遗症。那时我会选择起床，去住处附近的无名粉店吃米粉，要份辣椒炒肉的码子，再加份煎蛋，填满消化一空的胃。遇到阴冷的雨天，我也懒得起床，索性就那么醒着。直到晨勃和膀胱满胀的尿意让我必须做出二选一，去洗手间，或继续躺在床上,幻想那些女人的身体。

其实我对女人远谈不上有多深的了解。铁蛋和二毛第一次给我看扑克牌上的裸体女人时,我还面红耳赤,他们的神情多少带点嘲讽。我还是童子之身,这点是确凿无疑的,他们早已深谙其道。我知道上河街一带有几家发廊,夜里闪烁着暧昧的灯火,穿着妖娆的女人站在门口,摇摆着腰肢转着呼啦圈。空气中混杂着一股石楠花和劣质香水的味道,成年女性挑逗的目光轻浮又深不可测。我想铁蛋和二毛就是被那种目光捕获的。

我和三岛自然不会讨论这些话题。我们就像生活在两个不同时差的人,我醒来时他刚入睡,我练完车回来,他已经收拾停当,准备去上夜班了。有时一天也碰不着面。他从来不带女人回家过夜。好像也没有女性朋友。至少我在场时,一次也没聊到女人的话题。

3

秋老虎走了,天气逐渐削薄。空气清冽,朝霞翻涌,一个理想的秋日清晨呈现眼前。我起床坐在窗前,望着空旷的驾校发了会儿呆,几辆教练车靠墙根一字排开。我知道这天陈教练休息,我不知接下来该做些什么。

一条河将这个城市分成两半,他说我们这边叫河西,对岸是河东。他建议没事的时候出去走走。秋意正浓,去岳麓山看看红叶,或去橘子洲头,一直走到尽头,便能看到主席的雕像。我对红叶和雕像统统没有兴趣，但出来透透气，这个主意倒也不坏。我独自出去过两回，去市中心，转了两趟公交后，很快晕头转向。这个城市对我来说，过于庞大和陌生。我站在水泥森林，给三岛打电话求援，第一次他让我原地等待，他开车接我回家。过河的时候，我看到了秋意笼罩的岳麓山，他问我上去过没有。我摇摇头，我说对爬山不感兴趣，他便也不再说什么。后来再迷路，他直接让我打辆出租车回来。

我起身去洗手间，主卧的门是敞开的，三岛还没回来。这段时间，他回来得越来越晚。我从茶几上的烟盒里抽出一根香烟，去洗手间，坐在马桶上，顺手打开排气扇。我只是偶尔偷抽他的香烟。我不像他有烟瘾，每天要抽一包。以前，我和铁蛋、二毛他们也常聚一块儿抽烟，但从不过肺。他们嘲笑我"假装在抽烟"，示范我怎样将烟吞入肺部，再化作两道白练，从鼻孔中喷射出来。那样的确很酷，吸引女孩子。但我还是按照我的方式抽烟。

这次我尝试将烟深深吸入肺部。我拼命忍住咳嗽，憋着气，想到这儿没一个我认识的朋友，内心顿时腾起一阵莫名的孤独，情绪坠入谷底。在秋末这个冷清的早晨，孤独就像萦绕弥漫开来的烟雾，将我团团缠绕。我吸完最后一口烟，将烟蒂丢进马桶，按下冲水键。我就是那个瞬间突然想起艾米莉的。

艾米莉是我通过"漂流瓶"认识的网友，QQ名叫Emily，我不知道她的名字，也没她其他联系方式。她的头像很少亮

南方巴赫　011

起，经常处于隐身状态，碰巧都在线时，我们就会聊一会儿，在百十号的QQ好友中，她算得上一个神秘的角色。

某天夜里，我收到一个"漂流瓶"。"你想听个故事吗？"我问什么故事。对方回答，真实的事，但有点儿那个……我说什么意思？对方回答，试试就知道了。我的好奇心一下就被勾住了。我说那就试试吧。我主动给了QQ号，但对方似乎更喜欢用"漂流瓶"的方式讲述。

她说以前有一座山，上面有很多的洞，有的深不可测，洞底四通八达，相互贯通，是个巨大的迷宫。趴在洞口往下看，黑漆漆的，什么也看不见，喊一声，声音一下发散开来，再大的呼喊也会变得软弱无力。这样的洞，大人是严禁她们靠近的，掉下去就没命了。当然，也有一些较浅的洞，没那么危险。她知道有一个洞，洞口正巧长着一株茂盛的野猕猴桃树，她们经常顺着野猕猴桃的藤蔓攀爬，在洞里玩捉迷藏的游戏，有时也会把从家里偷出大人的香烟、化妆品、零钱藏在那儿，纯属好奇。

"有一年冬天，"她说，"一只羊掉进了那个洞里。摔下来时一条腿瘸了，脖子上还系着绳子。那些人准备牵回去宰杀，她趁人没留神，在路上挣脱绳索跑掉了。她知道不拼命跑，被追上就死定了，所以他们追了一路，怎么找也没找着，天黑后只得悻悻而归。"

即使隔着屏幕，我也能感觉到她有着超凡的讲述能力。

"那是一只温顺漂亮的小山羊，抚摸她会发出咩咩的叫声，湿漉漉的眼睛望着我。我喜欢那只羊，无论出于独自占有还是保护的心理，我都不能让他们捕获这个秘密。一旦被发现，他们会毫不犹豫地宰了她。我见过宰羊的场面，很血腥残忍。我从不吃羊肉。

"村里人都在议论这只羊的下落。我假装不知情，偷偷带了食物，去洞里给她喂食。我还试着用绳子给她扎紧伤口。她一直咩咩地叫着，心都给她叫软了。我会和她说话，抚摸她的头，说些无法和别人分享的秘密。

"那只羊是我忠实的听众，她侧耳倾听，目光柔软，透过她清澈的瞳仁，能直抵她的内心。我想如果每天都这样，那也蛮好。以后，我每天都会去那个山洞。那儿成了我的私密乐园。在她面前，不管我如何恣意妄为，无法无天，她都不会与我计较。直到有一天，山洞里多了一只和她一模一样的羊。"

"怎么回事？"我回复道。

"我不知道那只羊是怎么进来的，总之下次去时，山洞就多了一只羊，这已是铁定的事实。我反复对比，两只羊的外观毫无差别，无论大小、形状，甚至眼神。连我一时也难以分辨。我一向厌恶那些一模一样的东西，看上去自己仿佛就是对方的一件复制品。意识到这点时，我有点难以忍受了。你要知道，人们在看待一模一样的东西时，心情总会复杂而微妙，会更加小心谨慎，生怕厚此薄彼。其实这种刻意的平衡，对彼此都不公平。正是出于这种考虑，我必须捍卫这只羊的独特性。

南方巴赫

毕竟在这个世界，独一无二的东西最为珍贵。"

她陷入长时间的沉默。我有点被这个故事吸引了，问她后来呢，羊获救没？她没回答我，而是反问我："你觉得要怎样才能捍卫她的独特性呢？"

我说不知道，催促她接着讲。她不再回应，而是直接下了线。

我以为她就这样永远消失了，几天后的一个深夜，她却主动添加我为QQ好友。她的头像是一只小羊羔。她说很抱歉，那天故事没讲完就下线了。我给她留言，问她那只羊后来怎样了，她说有机会再讲。我讨厌这种被吊胃口的感觉，催问了几次，兴许被我问烦了吧，她干脆把我拉黑了。几天后，不知出于何种考虑，她又主动添加了我。这一来，搞得我不敢再喋喋不休，继续追问下去了。

我是那种好奇心一旦被激发，便一发不可收的人。我进她的空间，浏览最新的动态。她偶尔会上传一些自拍照。她有双漂亮的杏仁眼，黑白分明，目光清澈，又似乎暗含一丝忧郁。说真的，这双眼睛很有点儿让人过目难忘。我依稀记得有回聊天，她说她经常去长沙，有机会来长沙，说不定能见上面。想起这个细节，我有些激动起来，虽然不奢望能见上面，至少对这个乏味的清晨来说，不再那么无聊了。

我打开三岛的电脑，开机足等了两分钟，机箱风扇剧烈抖动，吱吱作响，像极风烛残年的哮喘病人。要不是艾米莉，我才不屑动他的电脑，网吧清一色的大液晶屏，速度比这台破电脑快得多。但我现在就想给艾米莉留言,没准运气好,她也在线呢。何况大清早跑去网吧,多少让人有些奇怪。

电脑设置了密码。我输入三岛的手机号、生日,密码错误。又试了门锁密码,依然错误。我胡乱操作一通,统统失败了。没辙了,我关掉电脑,狠狠拍了下键盘,响声将自己也吓一跳。有这个必要吗?不就一台破电脑嘛。我甚至怀疑,这个密码是为我单独设置的。

4

我给艾米莉留言,告诉她我也在长沙。她的灰色头像始终一动不动。从网吧出来,我去对面的无名粉店吃粉。心里焦躁,再次燃起想抽烟的念头。隔壁就是小卖店。我在熟悉的红塔山、精白沙、芙蓉王之间犹豫不决,最终买了一包从未抽过的万宝路。十八岁以来,这是我头一回主动买烟抽。我对万宝路浓烈的薄荷味倍感不适,我蹲下身,发出歇斯底里的咳嗽,眼泪都快呛出来了。一只黑猫突然从绿化带闪出,琥珀色眼球,冷冷地审视我,瞳孔射出束束幽光。我被它看得有些心烦,将烟蒂弹向它,它弓身钻进绿化带,转眼就没了身影。

三岛给我电话,说他临时要出趟短差,晚上不回家。不知怎的,这个电话让我有种如释重负之感。我无所事事,又钻进网吧,玩了一下午的CS,每次都选择恐怖分子一方,安装完定时炸弹,就躲在角落里向警察打冷枪,经常被一枪爆头。输多赢少。我把恐怖分子的脸都丢光了。无聊透顶时,艾米莉的QQ头像终于动起来。

"你来长沙了?"她说。

我说是的,来了快个把礼拜了,一个人也不认识,快要无聊死了。

"我也一样,改天过来找你玩吧。"她说。

我说好啊,我给了她电话号码,她发来一个鬼脸,我以为她也会给我电话号码,但没有。我自然又问起山洞中的羊,她说下回见面聊吧,匆匆下了线,我有种被戏弄似的失落感。她的QQ空间新上传了几张狗的照片。艾米莉抱着一只雪纳瑞,坐在沙发上。她家的客厅很大,枝形吊灯,高大的落地窗,波斯地毯,皮沙发,很大的电视,家境应该不错。我想到我家的寒碜样,住在混乱嘈杂的农贸市场,连件像样的家具都没有,父亲白天夜里都泡在棋牌室,顿时有些泄气。

我没奢望艾米莉会来看我。对她来说,我不过是一个来路不明的网友。从网吧出来,天快黑了。那是一条法桐夹道的街道,两边停满违停的车辆,已是深秋季节,法桐黄白相间,像极一幅风景画。一阵夜风袭来,吹得违停车辆挡风玻璃上的枯叶瑟瑟发抖。我用卫衣帽子罩住头,双手插兜,慢慢往住处方向走去。

我是在离住处最近的路口看到三岛的206的,206正在等红绿灯,排在最前头。我一眼就能判定那辆车是属于三岛的,副驾坐着一个女人，他们正在欢声谈笑。三岛抽烟，女人将车窗开了一道缝。她穿着卡其色的风衣，酒红色的围脖，戴着硕大的环形耳环，三十岁上下。不知三岛说了什么，女人笑着用拳头捶了他两下，看起来风情万种。绿灯亮起，206缓缓加速，很快消失在暮色中的街头。我茫然望向昏黄亮起的街灯，远处高大的建筑和法桐投下光怪陆离的光影。我呆立许久，像个小偷，偷窥了他们刚才的所有举动。

夜里我早早睡下，脑海里尽是些乱七八糟的念头。父亲打来电话，说今年兵源方向是新疆、西藏和云南，都是边疆省份。我听从新疆退伍的老兵讲，那儿自然环境恶劣，高海拔，条件十分艰苦。我希望能分到云南，我表姐一家都在昆明，她说昆明终日阳光明媚，四季如春，我喜欢天气好的地方。然而被分到西藏、新疆我也没辙，毕竟军人以服从命令为天职。想到这个，我睡意全无，索性坐在窗前抽烟。窗外一轮明亮的上弦月，草丛响彻秋虫的鸣叫。月光穿透树梢，与树影相互咬合，彼此纠缠。我将烟头抽得红亮，窗玻璃上映出扭曲的烟雾。我想起扑克牌上的那些女人。想起三岛和那个戴耳环的女人，他们究竟什么关系，此刻又在做什么。

5

十一月中旬，我顺利通过了科目二的考试。倒车入库、侧方停车、直角转弯、曲线行驶均是一气呵成，唯有坡道定点停车和起步，腿抖得厉害，离合器没控制好，车终究熄了火，第二次才得以通过。

毫无疑问，我是教练喜欢的那种学员，每个动作教一两遍就心领神会，操作规范，加减挡位从不拖泥带水。其他学员私下里没少给陈教练送香烟、槟榔，希望能少挨教练的批评，多练几把车。我一次也没送过。也许是我学得不错，再加上有三岛这层关系，陈教练待我很客气。有时甚至让我给其他学员做示范，讲解动作要领。踩离合器，挂挡，起步，加速，换挡，注意看左右反光镜……还别说，我讲起来还头头是道，很像那么回事。

通过科目二后，我满怀信心，对接下来的科目三充满期待。这不是我盲目自信，连陈教练也是这样认为的。我开着他那辆桑塔纳2000，在练车场绕了两圈后，他说："放心吧，像你这样的基础，科目三小菜一碟。"

我希望月底前能拿到驾照，练车丝毫不敢懈怠。何况近水楼台先得月，每天起床，吃完早餐，我总是第一个出现在练车场。我的车技越来越熟练，加减挡之间察觉不出什么滞碍。

陈教练开玩笑说："金宏明，可以啦，回家歇着吧，把练车机会让给这些菜鸟。"我并没有那样做。之所以那么勤快地练车，是因为我迷上了驾驶。一手搭着方向盘，一手操纵挡位，汽车缓缓启动……那种感觉妙不可言，哪怕只是摸一摸方向盘也行。他们说越是新手，车瘾越大，我依然坚持每天练车。

连日秋高气爽的好天气，三岛最近常步行上班。他回来得很晚，有时上午才回家。我们一块儿看欧冠小组赛的回放，梅西大力抽射，皮球刁钻地飞进了对方球网。他说最近单位比较忙，需要加班，办公室有行军床。我悄悄瞟了他一眼，很想告诉他，我看见那个女人了。

每次楼下看到三岛的206，我都会深深看上几眼。206的尾灯，亮起时像一双小巧玲珑的眼睛。我很想驾驶它。这个念头随着科目二的顺利通过，变得更加强烈起来。三岛自然不会同意的，理由不用多说，我连驾照都没拿到，无证驾驶是违法的。206还有一把备用钥匙，他藏在玄关抽屉的收纳盒中。我很早就发现了这个秘密。

我偶尔会用备用钥匙打开车门，坐在上面感受一番。和破烂不堪的教练车相比，206的挡位要丝滑得多。有时我会启动车辆，抓紧方向盘，深踩离合器，想象驾驶206上路的情景。我喜欢车内的感觉，安全，私密，踏实。这是独属于自己的空间，神圣不可侵犯。有天我随手翻阅三岛的藏书，对上面一句话深以为然："……汽车是工作地点和家的无人地带，最快乐的时光就是一个人开车在家和公司之间的路上。"我不知道三岛是否看过这本书，是否体验到书上描述的那种快乐。

有时我也好奇地翻翻206的手套箱和扶手箱。里面装着一些保险票据、报社出入证、饭店优惠券、停车票等。我在椅套袋发现了两只尚未使用的冈本牌避孕套。偶尔后座上还有几根女人的长发,发质柔软,黑色,栗色,或鬈发都有。我屏气敛息,想象他们在车上交臂叠股的情形。非常刺激。

这是三岛的秘密,他要是发觉我悄悄动了他的车,肯定会大为光火。熄火,锁好车,再将车钥匙物归原处,我尽量避免在车内待的时间太长,留下什么蛛丝马迹。

我是个什么事情都想弄个水落石出的人。我知道这样不好,好奇害死猫,但总克制不住自己。那台电脑总让我想起那个无法破译的密码。试过好几回,密码都不对。我盯着硕大的显示器,无计可施,它的存在对我构成了一种无言的挑衅:小子,你有种就把密码破了吧?屡次失败,终于激起我的斗志。我发誓一定破译它,尤其想到硬盘里或许还有些别的秘密时,我的好奇心更加强烈起来。

一次回家输门锁密码,脑海突然灵光一闪。187433,我早就在电脑上试过了,是错的。但这回我稍微调整了一下,将首位数改成2,287433,输完,敲击回车键,谢天谢地,密码正确!我差点跳起来,我真是个天才。我相信电脑密码原先和门锁密码是一致的,他为了不让我登录,做了小小的改动。小样,这也瞒得过我?我浏览着电脑硬盘资料,许久都没法平复心情。

这里是三岛的另外一个家,文件、照片、电影和音乐,将500G的硬盘空间占据得所剩无几。我对他写的文章压根不感兴趣,都是些随笔,篇幅还不短,我看不懂,也缺乏耐心,我的注意力都集中在电影和照片上。他并不是一个爱照相的人，自己的照片并不多。我从他寥寥几张照片中看到一个更为年轻的三岛，那时他还是一头长发，身材消瘦，穿着天蓝色的牛仔裤，白色运动鞋，和现在判若两人。我快速浏览了下，都是些和朋友爬山、郊外踏青、餐馆聚餐的合影。我以为会看到车上那个女人的照片，找了许久，没有找到。

有一个分区，全是电影。我扫了眼，连部好莱坞大片都没有，全是《四月三日两天》《我略知她一二》《樱桃的滋味》诸如此类的文艺片。没有凶杀，没有爆炸，没有打斗，没有色情，这让我大失所望。

我试图找些单身汉电脑里常备的那种影片，饭岛爱啦，苍井空啦，波多野结衣啦都行，结果也没有。也许狡猾的三岛将这些影片进行了隐藏，藏在一些毫不起眼的文件夹中。我不甘心，一个个文件夹来回排查。我不相信他的电脑会比车内还干净。

我的耐心终于收到了回报，当我打开某个毫不起眼的"新建文件夹"时，仿佛俄罗斯套娃，马上又弹出新的"新建文件夹"，我锲而不舍，一路追踪，直到第五个"新建文件夹"，他终于露出马脚。我想如果不去当兵，也许我会是一个优秀的侦探。

里面全是一些令人瞠目结舌的性爱视频和照片。我认识的那个男主角，和不同的女人在书房、卧室、沙发、洗手间交媾。

我明白他不想让我碰他电脑的原因了。一共十二个女人，很多露了脸，也有刻意遮挡住镜头的。有几个很年轻的女孩，像醉死一样，失去了意识，躺在床上任由他摆弄。我不知道他为什么要记录这些，我像刚认识三岛，他让我捉摸不透，无比陌生。

6

十一月底，寒意料峭，从西伯利亚南下的寒流席卷了整个城市。街上的法桐一天比一天斑驳，离光杆司令只差一夜西风了。我换上羽绒服，依然感觉冷飕飕的。艾米莉联系我时，我正好在网吧。她给我留言，中午有时间没？我一会儿过来找你玩去。我倍感惊诧，一时不敢相信，我说，今天有空啦？她说是啊，我答应过来找你玩的嘛，何况今天是我生日。我不知道她为什么要强调今天是她生日这件事。还没等我想好如何回复，对话框又弹出一条她的信息：怎么，不欢迎啊？我赶紧说，生日快乐，热烈欢迎！我告诉了她地址，她说你等着，我一天没吃东西了，快饿扁了。我一会儿到了给你打电话。她竟然还记着我的电话号码，这让我心头一热。

艾米莉从出租车里走下来，她穿着一件灰色毛衣，卡通针织手套，背个帆布包，看到我时，她略迟疑了一下，我朝她挥挥手，她便慢慢朝我走来。她比照片更漂亮些。个子高挑，身材稍显瘦削，皮肤极白，像很长时间没见过阳光了，隐约能看见脖子上乌青的毛细血管。黑白分明的双眼，掠过一抹浅浅的笑意。我说吃什么好呢。她说都行。她的声音很轻，我需要集中注意力才听得清。我们并肩走着，路人纷纷侧目，这让我感到有些骄傲，他们一定认为这个漂亮女孩是我女朋友吧。

我请她去肯德基。她看起来是真饿了，点了两个汉堡、炸鸡腿和大杯可乐。但仅吃了半个汉堡，她就停止了进食。我说你不是饿吗，就吃这么点？她用纸巾擦拭嘴角，说已经吃饱了。她说话时眉头往上扬了扬，看上去有些俏皮。"我跟后妈闹翻了，偷偷跑出来的。他们肯定被气疯了。"我说：从家跑出来的？她点点头，纠正说："不是从长沙，从永州跑上来的。"

我没去过永州，不过课本上学过，永州之野产异蛇，黑质而白章，触草木尽死。我怕蛇，对这句话印象深刻。"真有那么多蛇吗？"她扑哧一笑："矿山很多蛇啊，你怕蛇啊？"我如实相告，所有动物中，我最怕的是蛇。她说："那你怕不怕鬼？"我说没见过鬼，要是见了，估计也是怕的吧。"那我哪天要变成鬼你怕不怕？"我望着她漂亮的眼眸，说如果是你，那估计是不怕的吧。她观察着我的反应，突然放声大笑："那你等着吧。"

她说在长沙上学，父母住永州，她平时两边来回跑。母亲几年前去世，父亲迅速再婚，她和后妈关系恶劣，在她的描述中，那是一个母夜叉。前天她的狗丢了，她怀疑是后妈故意搞丢的，后妈对狗毛过敏，一直厌恶她养狗。她和后妈大吵了一架，作为报复，负气离家出走时，她顺手拿了她一点东西，具体是什么东西她没说。"她现在肯定暴跳如雷，哈哈！"为了证明所言非虚，她掏出手机，"我关了一天机了，他们不可能找得到我。"她的手机是新款的诺基亚E63，黑色，钢琴烤漆，很漂亮，是我羡慕已久的一款手机。她大大咧咧地扔桌面上，问我多大，我说刚满十八。她耸了耸肩说："相差一点点而已，我不会叫你哥的。"我问一点点是多少？她神秘一笑："就是一点点。"她和网上的艾米莉看起来更像是两个人。有那么一刻，我努力想将她和艾米莉融为一体，还是觉得格格不入。我再次小心地问起那只羊的结局，她想了一会儿才想起来似的，用一种不容置疑的口吻向我说道："我想告诉你时，自然就会告诉你的，但你别问，OK？"

从肯德基出来，我们一路闲逛。路过一家宠物店，她非拉我进去看一圈不可。告诉我各种动物名称：萨摩耶、雪纳瑞、泰迪、边牧犬、苏格兰折耳猫、曼切堪猫、龙猫、金刚鹦鹉……如数家珍。她蹲下来，抚摸一只雪纳瑞的头，长时间审视狗的眼睛。她问我养狗没，我说从没养过。她说你应该养一只狗试试。见我疑惑不解，她站起身说："狗不像人，从不撒谎。"听起来莫名其妙。

从宠物店出来，我们沿街溜达，走到驾校附近时，我想起三岛今天去湘潭出差，家里应该没人。我装着不经意的样子说:"我就住旁边,要不要上去坐一会儿?"她说,家里有什么好玩的? 我犹豫了下,说:"别的没有,倒是有很多书,就像一个小型图书馆。"她哦了一声,说:"有《小王子》没?"尽管我没听说过这本书,还是含糊其词地说:"应该有吧。"

那天驾校练车的人并不多,两台老捷达正慢腾腾地倒车入库,其间熄了几次火。我没看到陈教练,也没看到其他熟面孔的学员。我很想告诉她,我就在这儿练的车,刚通过科目二的考试,我是这批学员中最优秀的。

206停在楼下,三岛最近刚洗了车,灰头土脸的车身焕然一新,镀铬条擦得锃亮,看上去精神抖擞。她像是看出了什么,问我:这是你的车吗? 我说是表哥的。她俏皮地拍了拍车屁股。

我想每个初次造访三岛房间的人,都会发出类似的感叹:"哇,这么多书啊!"他们的目光顺着书脊一路扫去,最后会问:"这么多书,你都看过吗?"我第一次进三岛的住所时,就是这么问的。那天他没给我答案,仿佛这是一个无须回答的蠢问题。后来我想明白了,对于一个喜欢藏书之人来说,就像我小时候爱好集邮一样,收藏的过程本身就是一种快乐,光是这点就足够了。当然,他要是知道我偷偷带陌生人回家,还不晓得怎样数落我。

"都是你的书吗?"她问我。我摇摇头,说是表哥的。她问表哥是做什么的,我说那是一个怪人,她说,怎么怪了? 我答不上来,只好说他是报刊编辑。

《小王子》自然是没找着。从浩繁的书籍中找本想要的书绝非易事，即使有这本书，一时半会儿恐怕也难以发现。窗外一片银灰，雨意渐浓，果然淅淅沥沥下起了小雨，天气预报说，受西伯利亚寒流影响，未来几天还会持续降温。我开了电暖器，关紧门窗，几分钟后，书房逐渐暖和了些。她坐在床沿上，从书柜随手抽出一本小说，像发现了什么似的，哈哈大笑起来。我凑向前，问怎么啦。她指了指书名，《献给艾米莉的一朵玫瑰花》，作者是个外国人。

　　"这是献给我的玫瑰花，今天正好生日，巧了。"

　　她调整了一下身姿，轻声朗诵起来。

　　"艾米莉·格里尔小姐过世了，全镇的人都去送丧：男子们是出于敬慕之情，因为一个纪念碑倒下了。妇女们呢，则大多数出于好奇心，想看看她屋子的内部……"

　　她念了一段，将书放下，头朝后仰，露出白皙的脖颈和精致的白金项链。"原来艾米莉死了。我宣布收回刚才的话。"她陷入沉思，目光透着一丝深不可测的忧戚，仿佛是朝往事敞开的伤口。她的样子比我还小，但举止之间总是透着一种让我捉摸不定的神秘感。那种感觉紧紧地拽住我，像件精美易碎的瓷器，冰凉而富有光泽。我感觉内心某处突然坍塌了，在我十八岁的人生里，还未曾有过哪个女生带给我这么大的破坏力。有那么一会儿，我们谁也没说话。窗外的雨水，孩童的哭闹，教练车的轰鸣，仿佛都和我们无关，整个世界只剩我们两人。怎么形容此时的情景呢？我搜肠刮肚，也只想到"心有灵犀""心心相印"诸如此类的俗套话语。我想换成三岛,他肯定能想到更加优美文雅的诗句吧。但一想到三岛,我情不自禁地望向那台电脑。我飞快将他从脑海中驱逐出去,唯恐他亵渎此刻圣洁美好的时光。

她将书合拢,问我能不能将这本书送给她。"就当是送我的生日礼物吧。"她这么一说,我自然更加不好拒绝了。我想三岛书架上这么多的书,少了一本他也察觉不到。我说送你了。她将书小心地放进背包,道了谢。这时她说:"我们就这么宅着吗?"我说去哪儿逛呢?我能想到的城里女孩们玩的游乐项目,摩天轮啦,卡丁车啦,游乐场啦,都被她一一否决了。

"那些没意思,再说天气也不好。"

除了这些,我就不知道还能做什么了。在老家,他们会带女孩子去打桌球,溜冰,网吧包通宵,或去沅江划船。这里是她的主场,她要比我熟悉得多。

"你会开车吗?"她突然问我。

"哦。"我嘟囔着。她大概领会错了意思,以为我是会开车的。

"我想到一个好地方,我们开车上那儿去吧!"她为突然想起的点子兴奋起来,一副马上出发的样子。

"什么地方啊?"我说。

她神秘兮兮地说:"先保密,说出来就没意思了。我晓得路,我们走吧!"

我犹豫着要不要告诉她，其实我还没拿到驾照呢。再说，车也不是我的，三岛要是发现我开走了他的车，这事可比带陌生人回家严重得多。可要在这个关头说出实情，的确令人扫兴。看到那双充满期待的眼睛，我就晓得我无法拒绝了。我心一横，不就是开个车吗？没来这儿之前，我不也把小姨父的破福田开上路，最后又顺顺利利开回来了吗？何况，我已经通过了科目二的考试，挂挡、加减速以及基本的交通规则，都已经弄得一清二楚了。

我说："好吧，反正今天你生日，你是老大，都听你的。"这句话听得她心花怒放起来。我们迅速下楼，启动车。她坐副驾，拉上安全带，说："我晓得路，这儿离西二环很近，我们先上西二环再说。"我心想，西二环又在哪儿啊？

7

严格意义上讲，那是我第一回开车上路。小姨父的老福田，我开过最远的一回，也不过是从建材城开回家，相距不过四五百米，而且是夜里，路上压根儿没几辆车。

"你不晓得你就住在西二环边上吗？"艾米莉说。我真的不晓得。晓得又如何？我从没想过会驾车上二环。她给我导航，留意路过的每块指示牌。我将车速控制在四十码，在二挡和三挡间来回切换。"看到了，在那儿。"我顺着她手指的方向拐进匝道，朝右上坡，汇入主干道。不是西二环。她有点儿沮丧,"刚才明明看到西二环字样了。"我不知道西二环在哪儿,但我确定我的右侧就是湘江。我们沿江而上,一路朝北驶去。有一阵,雨下得有些大,慌乱中我将雨刮调至最大挡。它拼命挥舞着翅膀,我们面前眼花缭乱。我将车速放得很慢,不断有人超车。脾气暴躁的司机拼命朝我按喇叭,再一脚油门,扬长而去。态度嚣张且极具挑衅性。我想起一句话,路怒族眼中只有两类司机,开得比他快的傻×和开得比他慢的傻×。

"看来你是个菜鸟嘛。"她揶揄道。我没理睬,暗地里深踩油门,码表的指针通电似的往上跳,不断升挡,迅速超过几辆车后,我拍了拍方向盘说:"怎么样?"

用不着她表扬,我自觉开得还行。驾驶了一段路程过后,我对206越发熟悉,换挡、加减速、变道都得心应手。有她在身旁,我希望能一直这样开下去,这种感觉真好。

越往北,雨势越小,到后来逐渐停了,乌云密布的天空突然开了个豁口,露出一抹久违的阳光。我们心情大好。她说来点儿音乐吧。真是个好主意,开车怎么能没有音乐呢?一段节奏轻柔的旋律响起。和三岛接我那天的旋律很像,但我是音盲,大小提琴和钢琴都区分不出来。她靠着头枕,身体微微蜷缩,倒像沉醉在音律当中。"你听巴赫啊?"她说。我不知道谁是巴赫,他让我讨厌。"听起来像巴赫的《哥德堡变奏曲》,巴赫晚年的作品,长期被人忽视,直到上世纪五十年代,才逐渐走红,是巴赫作品中最重要的变奏曲……"

我如听天书一般。"你怎么知道这些的?"她告诉我,她

南方巴赫　　029

母亲是个古典音乐的发烧友,生前很痴迷巴赫,她在世时,曾教她弹过几年钢琴,所以对古典音乐多少懂一点。她说《哥德堡变奏曲》全作品包含了三十个变奏,主题反复,每三个变奏为一组,每组最后一曲都是卡农曲。

我欣赏不来那么高雅的东西,我只喜欢周杰伦。我耐住性子听了一会儿,就像听催眠曲,我说,求你了,去翻翻手套箱,看有没有别的CD吧。她找到几张,不知道三岛是哪根神经错乱了,竟然全是巴赫。

巴赫,巴赫,去他妈的巴赫。我心里暗自诅咒道。

不过聊胜于无,总比沉默好,再说轻柔缓和的音乐,也适合聊天。她告诉我,母亲和妹妹是在她九岁那年意外去世的。母亲晚饭后和往常那样,带妹妹出门散步,她一向讨厌和母亲散步,母亲一直用汗津津的手牵着她,不许她乱跑。她宁愿待在家看电视。那天傍晚,她目睹母亲牵着妹妹走出家门,消失于暮霭中。她们再也没回来。时隔多年,她还记得妹妹那天灰色外套上的卡通画和红手套。出门时,妹妹还不忘回头朝她挥了挥手,扮了个鬼脸。再看到母亲时,是在距离家几百米的地方,她被一辆车撞飞。母亲临死前在地上写了一个血字"钅",字没写完,就咽了气,而妹妹则不知所终。三天后,他们在山上发现了她,那时她已经没了生命体征。她怎么出现在山上?谁是肇事者?留下一个永远未解的谜团。

我脑海里想着这起耸人听闻的事故,一时难以置信。她茫然地望着前方,两侧的树篱飞速从眼前掠过,讲这些的时候,她语气冷漠,甚至带着一丝憎恶的神色,称得上有些诡异。我在想带"钅"旁的,想了一会儿,实在太多了。说到妹妹时,她说会后悔,她和妹妹几乎形影不离,那天妹妹本不想去散步的,她想陪妹妹一块儿看《猫和老鼠》,但妹妹被母亲拉去散步了。她说怀疑母亲写的也许是"钧",因为父亲的名字里,就有一个"钧"字。她说母亲性格比较敏感,常疑心父亲在外面有了人,父亲性格暴躁,说话很容易上头。母亲曾被父亲一巴掌打得耳膜穿孔、脑震荡,在长沙住了很长时间的院。两人的感情在一次次争吵不休中消耗一空了。

"你怀疑父亲是凶手?"我张大嘴说。

"那也未必,我父亲那天在深圳。但他知道我怀疑过他。"她露出一丝诡异的眼神,摇了摇头说,"我要把这些告诉警察,他不死也会脱层皮。不过嘛……他倒是很能挣钱,我总不能断了家里财路。我又不傻。"讲这些时,她始终瞪着前方,甚至没朝我看一眼,完全不顾我的一脸惊讶。

她父亲经营一座铷矿,是当地的纳税大户。我头一回听说这种矿产,她解释说那是一种稀有金属矿产,光电管、电光源、X射线图像增强器等都会用到它。她说父亲在矿区不远的地方建了个庄园,像一个村庄那么大。里面有别墅和娱乐场,一应俱全,还养了一匹马,她给它取了个名字叫"医生"。她说等念完高中,她就会出国留学,至于是去英国还是美国,暂时还没想好。她说母亲死后,父亲又迅速结了婚,是一位比母亲更年轻的漂亮女军官,因为有这层背景,父亲的矿产生意没出过什么差错。我不知道她为何要和我讲这些。她调整了下坐姿,朝我轻轻一笑说,不讲这些了啊。我说,还去那个地方吗?她说,当然去啊,大方向准没错的,也在北边。我说,到底是个什么地方?她说,一片坟墓。

她察觉到我的震惊和诧异,解释说:"别紧张,不是你想的那种坟墓。"

"那是什么?"

"一会儿你就知道了。"

那是一片荒无人烟的欧式别墅区,坐落在一个山谷,面积足有千多亩,主体已经完工,尚未安装门窗,按照步骤,接下来是相关的装修环节。但不知是资金链断裂,还是别的原因,没再继续下去。她说是"坟墓",倒也讲得通。别墅看上去已经荒废好些年头,茂密的杂草从房顶冒出,藤蔓盘踞着外墙面,蓬蒿、芭茅、野生珙桐、蕨类植物割据着各个角落。锈迹斑斑的铁艺装饰物,龟裂的水泥墙,触目惊心的青苔,让这片别墅区呈现出一种诡异和颓败之美。

我们停好车,拨开芭茅,拾级而上,站在一处别墅的露台上。

四周视野开阔,满眼秋色,正是漫山红叶,层林尽染之时,一切让人赏心悦目。空气通透度再高点,兴许能看见远处的湘江。周围异常静谧,连声狗叫都没有。我吹了声呼哨,声音一波波荡漾开来，传出很远，受惊的鸟儿不断从灌木丛中跃起，发出嗖嗖的振翅声。

"坟墓"虽已残破不堪，但造型讲究，环境幽静，重新装修一下，依然是有钱人的好归宿。我说："有点可惜啊，就这么荒废了。"她说："都十来年了，老板当年欠了一屁股债，最后自杀了，房子彻底烂了尾。"我说，你怎么知道的？她沉默了一会儿，叹了口气说："很巧，我们脚下的这栋房子，就是我妈生前以我的名义买的。如果不是因为烂尾，我很可能现在就住在这里。"她说每次和后妈闹翻，就想来这里看看。

"这栋房子能让我想起她们。这是她们留给我的一份念想。"她眼眶泛红，极力克制着即将崩溃的情绪。我一时手足无措，不知如何安慰她。她问我带纸巾没，我慌乱地伸进口袋，掏出香烟、打火机、车钥匙和游戏币，但没有纸巾。她说给我来一根，我愣了下才反应过来，背过风，点了烟，递给她。

她抽烟的样子看起来很娴熟。"常抽吗？"我说。她摇摇头："只是突然想来一根而已。"我当然明白，我说我偶尔也如此。她捏了捏鼻子，突然说："不抽了，不然她们会难过的。"她很快将烟掐灭了。"每年的生日我都会来这里，今天谢谢你陪我度过。"很认真的样子。我赶紧说："这算什么。"

她说趁天还没黑，给我来张照片做纪念吧。她开了机，让我用她的手机拍照。我笨手笨脚地拍了几张，我用的还是最老款的诺基亚，除了电话和短信，啥也干不了。她教我对焦，构图，按下拍摄键，其间很多条短信弹出来，她不看，索性抠出了 SIM 卡。落日余晖中，我们自拍了一张合影。我们靠得很近，脸几乎要贴一块儿了，我能感受到她的呼吸和少女身上独有的青春气息。她的发梢从我的脸颊拂过，这让我怦然心动。十八年以来，我还从没和女生靠得那么近。

最后一抹夕阳奋力穿透云层，给颓败的别墅群镀上一层金箔。看上去金碧辉煌，一切又恢复了活力。我想起回光返照就是这般光景。太阳迅速往地平线沉没，光影黯淡下来，四周蒙上一层青蓝。这时她飞快地朝我脸颊吻过来。一切如此突然，我根本来不及反应，她的嘴唇柔软，湿润，霸道，盖印章似的，带着点不容分说的压迫感。她将我的手探入她的内衣，握住她小巧圆润的乳房。那是我人生第一次抚摸女人。我笨拙地回应，有点儿喘不过气来，感觉某个部位胀得厉害，快要爆炸了。当我逐渐找到某种默契并主动出击时，她突然猛地一把将我推开。"留着下回吧。"她悄声说道。她转身沉默地望向青烟迷蒙的群山，层峦叠嶂的剪影在暮色中越发迷人。我努力确认她的眼神，看起来一切都那么正常，仿佛刚才什么都没发生。

8

薄暮时分我们开始返城。在车上，她忍不住回望了一眼身后的建筑群。我开了灯，小心驾驶着206，心里还想着刚才那惊心动魄的一幕。一切发生得太突然了。我心里淌过一种从未有过的情愫。我说不上来那是一种怎样的感觉,她的那句话,给我留下无穷的遐想。她安静地坐在副驾上。我开了音乐,熟悉的旋律响起,这回巴赫不再那么难以忍受,有那么一会儿,我沉浸在想象的世界,还差点走了神。

我问她晚上想吃点什么:火锅,剁椒鱼头,比萨?她一一摇头。"那到底想吃什么?"她说:"我现在一点不饿。"她侧过身,凝视着我。我想起她当时看雪纳瑞也是这种眼神。我说:"你不会难受吗?"她轻轻笑了:"我睡得很少,也不感到很饿,已经习以为常了。"

她问我未来有什么打算。我告诉她,我已经是一名准新兵了。对于即将到来的军营生活,我还是满怀期待的。只要能逃离那个早已厌倦的小县城,怎么都行。她问我去哪儿当兵。我说还没定,也许是新疆。她说:"新疆好啊,听说那儿的星空很漂亮,你去了替我多看眼星空啊。"我说:"给你摘颗回来都没问题。"她轻笑,说:"我们要两年以后才能见哦。你回来会来找我的对吧?"我心里还想着"下回"呢,我说当然啊,我问她两年后在哪儿见,她沉默了一会儿说:"长沙?"很快摇头否定,"你来矿山也说不定,"我没想到她会这样说,"就在我说的那个山洞见怎样?"她调皮地向我眨了眨眼。我拍了拍方向盘,附和说好。

有一阵,公路和湘江靠得很近。她问我能不能停下车。时值秋末,河流枯瘦,深蓝的夜空下,细长的江面泛起灰白的波光。我们下了防波堤，朝干涸的河床腹地走去。龟裂的河床，覆盖着无限蔓延的龟纹，我们一直走到水边，她才停住脚步。夜空下，水流轻缓，仔细听，似有呜咽之声。她蹲下，将手伸入水流，不紧不慢地拍打着浪花，突然心事重重的样子。我在一旁抽烟，不敢惊动她。她回头说："每朵浪花都会回来，对吧？"我愣了下，不知所以然。她说："湘江汇入洞庭，再入长江，最终流向大海，对吧？"我点点头说是的。大海蒸发，再经过水循环，进入大气层，化作雨水，汇入江河，浪花不就回来了吗？我想起高中地理，似乎是这么个道理。她高掬起一捧水，水柱在灰鼠色的暮霭中闪闪发亮。反复几次，她像玩腻了，直起身，说："回吧。"

回去路上，她斜躺着，很疲惫的样子。有好几次我以为她睡着了，侧头看她时，发现她一直醒着。天已黑透，车在城郊行驶着，前方灯火通明，跨江大桥像把闪光的长弓，横卧江面。我想用不着半小时，就能进入主城区了。

车祸就是那时发生的。一团黑影突然从路旁冲了出来，我尚未做出反应，听见砰的一声闷响，什么东西撞在汽车的保险杠部位，继而听见了狗的哀鸣声。

一只小黑狗，躺在206的左后侧，身体微微抽搐，看起来已经没救了。我的大脑一片空白，只听见一个指令：赶紧跑！我情不自禁地开始加速，将油门踩到底，206发出轰鸣，转速表指针飙升到4000转我才想起换挡。我听见她在尖叫，用力拍打我，命令我快点停车。我不能停车。离它越远越安全。

我害怕鲜血淋漓的狗,害怕愤怒的狗主人,害怕赶来的交警。我没法告诉她,我还没拿到驾照呢。

她在哽咽,一切糟糕透了。车进城区,她的情绪才缓和过来。她问我,刚才为什么不停车？我说,撞得那么厉害,无论如何也没救了。她目不转睛地盯视我,仿佛要将我看穿。我被她盯得非常不自在。我说,我不是故意的,刚才我太害怕了。我懊恼地拍打着方向盘,狂躁起来。

"不管怎样,我们至少应该查看一下它的伤势。"

我说:"是的,我错了。"

"不管怎样,你不能任由它躺在那儿汩汩地流血……"

我说:"我怎么办？它都这样了。"我鼻子发酸,感觉快要哭了。

"我要是你,我就会倒车,将它彻底碾死。你要知道帮人解脱,也是件积德的事。"

我惊讶地望向她,她眼神涣散,茫然望向前方闪烁的街灯,挡风玻璃映现着扭曲的波纹光影,远处橘子洲狭长的剪影横卧江心,领袖的雕像在夜空中闪闪发光。

此后,她不再说话,仿佛事情就这样过去了。她让我在潇湘中路的岔路口放下她。我说我送你回家,她坚持说不用,她会打车回家。

她下了车,临时像想起什么,敲了敲车窗。我放下玻璃。她探身说:"尽管刚才发生了点小插曲,但还是要谢谢你,陪我度过一个难忘的生日。"我正想说点什么,她突然话锋一转说:"忘了告诉你答案了,那只羊后来死了。"我说,是哪只羊?她说:"摔伤的那只。"这大大出乎我的意料,我说,为什么是这一只呢?她浅浅一笑说:"她伤得有点重,活着对她来说也是一种折磨。况且两只看起来一模一样的,留下一只不就行了吗?"说完,她朝我挥挥手,不顾我一脸的愕然,快步穿过斑马线,消失在大学城茫茫夜色中。

我将206开回住处,下车时发现她的手机落在座位上。我想起来,我还没有她的电话号码,甚至连她姓名都不知道呢。我问过她,她说叫她艾米莉就行,大家都这么叫。我想她有我的号码,很快就会联系我,到时我会把手机还给她。

206的保险杠撞凹了一点,但没想象的严重,不仔细看,看不出来。撞击处沾着狗毛和血迹,我找来矿泉水,简单冲洗了一下。三岛已经在家等着我了,他冷冷地瞅着我,等着我主动解释。我想没什么好说的。要杀要剐随便。我将备用钥匙放归原处,换鞋,脱掉外套,一言不发地坐在沙发上。他也许从没见我这副样子,或被我阴沉沉的眼神镇住了,只说了一句,你还没拿到驾照,怎么能随便开车呢?我说,不会有下次了。我回到书房,一头栽倒在床上。

9

我一直等着艾米莉的电话。奇怪的是,一连几天都没有她的消息，仿佛她把手机这事彻底遗忘了。我在QQ上给她留言，也音讯全无。手机足有九成新，像刚使用没多久，一点划痕都没有。手机的SIM卡已经拔掉。里面存着傍晚拍的几张照片和一段奇怪的录音，除此什么都没有，甚至电话簿都是空白的，像是被刻意清理过，什么痕迹都没留下。之所以说那段录音奇怪，因为录音没有显示时间，也没有什么内容。我听了几遍，疑似拧开的水龙头或别的流水声，但也不确定。我以为会听到说话声或别的，却什么也没有。这让我百思不得其解。我想兴许是误录吧。

想她的时候，我会看我们的合影，她侧身靠着我，漂亮的杏仁眼满含笑意。我想那一刻，她是快乐的。这样想时，我也会感到些许的欣慰，觉得这份快乐里，和我多少也有点关系。我猜测她被什么事牵绊，或者被家人接回永州去了。

父亲给我打来电话，告诉我入伍的时间确定下来了，去云南大理，十二月初就得出发。去大理，不是新疆，对于这个结果，父亲很满意。不知怎的，我突然有些小小的失落，我觉得去新疆也蛮好的。他问我车练得怎样了，我说还行，已经过了科目二。我看了日期，如果能顺利预约考试，时间刚好来得及。

我把想法告诉了三岛。他说了一通鼓励我的话，说在部队好好表现，争取考个军校，最好是能提干，留在部队。又说驾校那边他会打好招呼，预约考试的事无须担心。他和颜悦色，心情看上去很好，仿佛我即将搬走对他而言是再好不过的事。

我想起那台破电脑，无疑更加印证了自己的看法。

科目三的考试时间最终确定下来。考前一天，我在道路上进行了最后的模拟考试。起步，加减挡，直线行驶，变更车道……所有步骤都行云流水。陈教练看上去比我还有信心。"金宏明，不要紧张，你绝对没问题。"他兴许听三岛讲过我私自无证驾驶的事了，还不忘调侃我，"拿了驾照才能上路哦。"

我等着艾米莉的电话。她始终没有联系我。手机电池即将耗尽，我买回万能充电器，将手机充满电。夜里我一遍遍看着我们的照片，无数点滴涌过来。我仔细揣摩她在江边说的那些话，觉得眼前是一个巨大的黑洞，神秘莫测，要将我吞没。我又在想，如果当时把车停下来，还能不能挽救回那只受伤的狗？她是不是因为这件事，生我的气，所以一直不理睬我？我甚至想过，倒车将狗彻底碾死，她会做出怎样的反应。我想了很多，总是觉得有些地方让人摸不着头脑。我后来想到那篇小说，特意去网上搜来读了。

> 她死在楼下一间屋子里，笨重的胡桃木床上还挂着床帏，她那长满铁灰头发的头枕着的枕头由于用了多年而又不见阳光，已经黄得发霉了……

我没读懂那篇古怪的外国小说，书中的艾米莉让我产生不适。夜里做了一宿的噩梦。梦中，一只恶狗死死地追咬我，怎么也甩不掉。

十二月初，一个阴冷的早晨，我被安排第一个考试。上车时，副驾已经坐着一个黑胖的考官了。他一言不发地坐在那儿，嚼着槟榔，腮帮子一鼓一鼓的。车内响起"请学员做好考试准备，并进行指纹验证"的口令，我系好安全带，遵照各项指令，起步、路口右转弯、掉头、直行通过路口、加减挡操作……一切有条不紊地进行，等红绿灯时，我甚至拉上手刹，松掉离合器。我看上去就像一个斫轮老手。我甚至看到考官略带肯定的眼神。就在即将大功告成的当头，一只流浪狗突然从街边窜了过来，一闪就不见了身影。我心一慌，车头剧烈抖动，熄了火。考官命令我重启，靠边停车。我们下了车，发现狗安然无恙，它已经跑到马路对面去了。我想，这难道是报应吗？我气鼓鼓地瞪着它，真想把这狗日的一脚踹死。"你还剩一次考试机会。"考官说。

我没有把握住第二次机会。原因很简单，忘记系安全带就起步了。败在这个小细节上，实在憋屈至极。我涨红了脸，眼泪都快下来了。考官倒是没忘安慰我："你车技不错，但粗心了点，等着下回补考吧。"

我将考试挂掉的消息告诉陈教练，他一副不可思议的样子。他说补考最快也要等到十二月中旬了。我算了下时间，那时候我应该已经在新兵营稍息、立正、齐步走了。

仿佛是出于安慰或告别，临走前，三岛请我去吃了顿重庆火锅。席间还有一个学生模样的女生，三岛说那是他新带的实习生，一所师范学院新闻系的大四学生。她拘谨地坐在他对面，毕恭毕敬地一口一个徐老师，殷勤地给他烫菜，敬酒。我看着那张稚气未消的脸，比我大不了多少，说话时还会脸红。我一下想起三岛电脑里的那些女生，她们只是他积攒的一张张邮票，无论如何，我也没法将她和她们的样子联系在一起。尽管我很想告诉她，远离你面前这个混蛋，他会想方设法去睡你。但我知道我不能。他们喝酒，聊天，谈笑，我从头到尾，闷声不响地吞咽着食物，羊肉卷、鸭肠、黄喉、毛肚、豆皮，这些我钟爱的食材，它们远比这个世界诱人可爱。

10

我们在教导队进行三个月的新兵训练。每天重复着列队，齐步，操练枪支，投掷手榴弹，打靶，拉练和战术演习。那是我头一回尝试真枪实弹，QSW 06手枪、QBZ 95式自动步枪、QBU 88精确射击步枪、QJB 95-1机枪都轮了个遍。所有枪械中，我最喜欢QBZ 95式自动步枪，稳且准，后坐力也不大。10环，5发子弹，我最好的一次，打靶成绩45环。对QSW 06手枪有心理阴影，后坐力大，震得虎口发麻，好几次直接脱靶。

总算熬过三个月的魔鬼训练，回到大理营区，还没来得及喘口气，我便被单独派往坦克基地练习装甲车，进行为期一个月的驾驶学习。被选为驾驶员，这或多或少得益于我有一定的驾驶基础。新兵班一共九人，只有我摸过方向盘。

驾驶 ZSL-92B 型轮式装甲输送车这个庞然大物，需要点技术。ZSL-92B 一共十个挡位，两个空挡，起步时需先轰油门，再踩离合器挂挡，和开206差别很大。我的教官是一位有十六年军龄的老兵，西藏人，皮肤黝黑，像刚从煤矿爬出来。我起先叫他张班长，关系混熟了，也叫他老张。老张技术过硬，能直接五挡起步，全连百来号人，只有他能做到。他烟瘾很大，一天两包红河。那段时间，我没少给他买红河。我的烟瘾也逐渐大起来。将烟深吸入肺，再酝酿一会儿，最后从鼻孔喷射出来，感觉浑身每个毛孔都舒张开来。

驾驶 ZSL-92B，会有种君临天下、势不可当的霸气感。ZSL-92B 底盘采用等轴距6×6驱动方式，车体为装甲钢制全封闭式浮壳结构。毕竟驾驶的是十几吨的大家伙，小汽车在它面前跟玩具一样。有回我不小心碰倒一棵桉树，一点都没察觉，直到战友喊我才晓得。听开坦克的老兵吹牛，一切障碍物在他们看来都是纸老虎，当然在他们眼里，ZSL-92B 又是小老弟了。不过我庆幸没有去开坦克，我体验过一回，里面比 ZSL-92B 还闷热，蒸桑拿似的，而且有股很难闻的柴油味。一个月后，我已经能熟练驾 ZSL-92B，便前往318高地与连队集合驻训。

那儿离大理营区有七八十公里，最高海拔四千七百米。他们给318取了个古怪的绰号叫"教之栋",谁也说不出这代表什么。我们驻扎在一个山麓坝,海拔两千八百米,周围人迹罕至,几天见不着一个老乡。营房前方的山麓上立着一台风力发电机,像个孤独的巨人,每天冷清地旋转着转子叶片。

我喜欢夜里站岗,抬头就是浩瀚的银河。像天鹅绒上撒满钻石,星光璀璨,触手可及。偶尔也能看见彗星,拖着长长的尾巴划过天际。我想用不着去新疆,这儿的星空同样美得让人窒息。那样的夜晚,我会想起艾米莉,想她那双漂亮的杏仁眼,想起答应过她,要替她多看一眼星空。

我们彻底失去了联系。三个月的新兵训练,我连大理城区都没逛过一回,甭提给她QQ留言了。驻防到教之栋后,更加与世隔绝,连手机信号都没有。但我一直带着她的手机,时间久了,觉得这是件信物,我甚至怀疑,她是不是故意落在车座上的?睹物思人,看到它,我就会想起艾米莉,回味她说过的每句话,她身上有种神秘感让我欲罢不能。我也会想起她可人的模样,想起她湿热的吻,高挑的身材,小巧圆润的乳房,不禁让我心旌摇曳。有几回,我梦见了她。在梦中我们热烈地拥吻,她变成了扑克牌上的女人。醒来我发现内裤湿透,竟然梦遗了。这让我羞赧不已。

我始终坚信,总有一天,我们会恢复联系,就像她从隐身状态突然亮起头像,分享她的近况和一些隐秘的心事。再说,我还等着她的"下回"呢。

第二年，我们换防至德宏边境。那儿海拔要低得多，气候温润，满眼都是葳蕤茂盛的亚热带植物。我们驻训在一所废弃的橡胶厂房，四周种满杧果和木瓜，猛一吸鼻子，能闻到一股淡淡的杧果味儿。海南来的战友教我们打边炉，从老乡那儿买回羊肉，和着豆腐、木瓜一块儿炖。木瓜炖烂，整锅羊肉汤清甜。我们还学会了像本地人那样吃酸木瓜，削皮，切成小块，蘸上盐巴和干辣椒粉。咬一口，酸得浑身打哆嗦。

ZSL-92B能将我们班一次性装满。通常我负责驾驶，旁边坐班长，他是通信手，炮手坐炮台，后排由副班长带队，左边坐俩步枪手，右边坐正副机枪手、火箭筒手。班长是福建人，讲话有点大舌头，咬字不清，刚来时我有些听不清，背地里开过他口音的玩笑，不知谁嚼舌头，把他得罪了，后来没少给我小鞋穿。某个周末，他看见了我的E63，问我能不能借他玩会儿游戏。如果是其他手机，我会毫不犹豫借给他，但这部手机对我而言，意义非凡，我不想有人碰它。我没有答应他，算是把他彻底惹毛了。

在部队的生活简单且单调，每天重复着日常训练，偶尔打场篮球或搞点烧烤。周末，如果驻训的地方离居民生活区不太远，可以请假分批外出。一次四人，四小时。我利用这宝贵的四小时，除了购买日常生活用品和吃饭，我还会去趟网吧。她的QQ头像一如既往，都是灰色的。我给她的留言，一次也没回复过。她的QQ空间的动态也未曾更新过。我还是经常会想起她。这份思念并未随着时间的推移而变淡，反而变得更

南方巴赫　　045

为浓烈。在最难熬的那段时间里，艾米莉俨然成了我的精神支柱。握着 E63，就像握着她的手，我能感受到她身上独特的少女气息。

我和关系最要好的老丁说起过和艾米莉的故事。他是湖南老乡，邵阳人，平时对我还比较关照。他听了我们的故事，不无遗憾地说："你当时就应该一鼓作气，把她拿下的。"没多久，全班都听说了这个故事，他们艳羡的语气不无讥讽："退伍后赶紧把她搞定吧，以后你就是矿老板的女婿了。"听着有些刺耳。我晓得那是出于嫉妒。我后来再也没和老丁分享过秘密。

我想起三岛的话，在部队好好表现，争取考个军校，最好能提干并留下来。去了部队，我才晓得对于一个开棋牌室的家庭来说，那些只是美好的梦想。我只想快点儿退伍。尤其后来和班长关系闹僵后，连周末外出他都百般刁难，总是会有层出不穷的杂活儿等着我去干，保养、擦洗车辆啦，内务卫生啦，随便一个理由就可以左右我。

一个周末，我请了假，去城区购置完生活用品，理完发，还剩余点时间，于是又去了网吧。艾米莉依旧没有消息，倒是 QQ 邮箱里多了一封陌生人的邮件。

"你是男人吗？"只有一句无头无尾的话。我以为是漂流瓶，随手回复：是的。"那就好。我可不可以和你分享一个秘密？"对方也在线，很快回复。我说没问题。对方于是给我发来了一段长长的文字。

我的秘密是九岁那年夏天开始的。起因是我吃了太多的冰镇西瓜，正是午休时刻，别的小朋友都已睡着，我挺着浑圆的肚皮，浑身是劲，怎么也无法入眠，于是我和她说起悄悄话，直到老师把我们请去办公室，体罚我们站在办公室面壁思过。我反正也睡不着，有她一块儿陪罚，倒也无所谓。老师说，反正你俩也睡不着，就在这儿好好站着吧。他打着哈欠去外间午休了，我们如释重负，继续说着悄悄话儿。正对我们的墙上，挂着一只黑色的钟。能听见指针清脆的跳动，每一下都干净利索。起先我们有说有笑，觉得时间并不难熬。后来膀胱渐渐膨胀，我感觉到了强烈的尿意，就像一个慢慢蓄满的蓄水池，水一点点地溢满，再不打开阀门，将有崩溃的危险。她似乎毫无察觉，依旧兴致盎然地和我说着话。她的声音变得越来越缥缈，倒是墙上的指针声音越来越刺耳，每一下都像在敲打我的天灵盖。为了不显得失态，我悄悄夹紧大腿，用指尖狠狠掐着手心，试图用疼痛来转移尿意。我随声附和她的谈笑，极力掩饰身体的不适。我不知道当时为何要选择坚忍，是不想打断她眉飞色舞的雅兴还是羞于向正在外间午休的老师请假？总之，我决定就这样咬牙坚持下去。我将大腿夹得越来越紧，手心、手背被掐得乌青，头上的指针不再清脆，越发沉重，滞碍，我的脑门因为高度紧张而微微冒汗。她似乎察觉到了我的异样，眼神透出一丝关切。我示意她继续讲下去。她在讲蜡笔小新，正在兴头上，我不想打断她。于是她收回目光,恢复了讲述。出于掩饰和附和,我甚至笑出声。我的注意力全在膀胱上。我必须时刻集中注意力,才不让满满的蓄水池溢出。这时,一种奇怪的感觉从膀胱往上延伸,沿脊椎骨直通我的脑门,我的身体突然被一股神秘的电流击中了。在极致的难受中,我体验到了一丝隐秘的快感。这股快感非常强烈,难以描述,我的身体忍不住微微地抖动。她探询式地望着我,我极力挤出一个微笑。这时外面响起一阵急促的铃声,午休结束,我的身体仿佛得到了某种指令,哗的一声蹲下去,汹涌的洪水肆意喷射,我再也坚持不下去,在急促的铃声以及她惊诧的目光中,我翻着白眼体验到了人生第一次高潮。她脸上泛起一阵潮红,仿佛洞悉了我的内心。不仅是失禁这件事,而是她也察觉到了那股隐秘的电流,这让我感到羞臊和后怕。尽管她发誓会替我保守秘密,但我还是不想让另外的人知道这事,即使是她。

邮件写到这里就没了。后来呢?我忍不住对她所说的"她"产生了好奇。对方没了音讯,像是下线了。几天后,我再次收到对方的回复,不知是她误解了我的意思还是索性不予理睬,她继续写道:

  这种事,但凡开了头,便会变得欲罢不能。我开始频繁地体验这股隐秘的电流。为了追求那种极致的感受,我后来尝试当着陌生男生这样做。将他们邀请到一些荒凉僻静的地方，我穿着裙子和隔尿垫，在强烈的尿意中紧夹双腿，努力装作什么事都没有的样子，在他们浑然不觉间达到高潮。越是危险的地方，就越紧张和刺激，那股隐秘的电流就来得越强烈。当然，临界点也随着危险的系数而增加，这事有时甚至发生在课堂上。这个秘密从未被人发觉，除了她。每次看到她，就觉得她的目光耐人寻味，在她面前，我就是一个透明人。我越来越自卑，自觉罪孽深重，但我完全没办法停止，一次次挣扎，最后还是忍不住要去做那件事。可悲的是，我永远无法摆脱她。因为我们彼此都是对方的"影子"，一个人是无法摆脱她的影子的，除非她再也无法动弹，影子才会死去。

最后一封邮件带有附件，是个视频，只看得见她的下半身。她解下裤子，猛地蹲下去，一股赤黄的尿液汹涌而出，将脚下的泥土迅速冲出一个拳头大的凹坑。她微微地颤抖，显然整个身心都沉浸在排泄的快感中。我呆若木鸡，这猝不及防的一幕震惊得我说不出话来。她向我表示了歉意："……在陌生人面前，我总控制不住要这样做。这种事当然不能让身边人知道。好在可以借助漂流瓶和给陌生人发邮件的方式，总之，每次做完，内心多少会得到一些释放。谢谢你。"

我给她QQ，但她并没加我。我问她为什么要给我发这种邮件，我们认识吗？她回答，我们只是陌生人，你不要再打听了。此后再也没收到过她的邮件。

11

2011年冬天，我结束了两年的军营生活，返回长沙。两年弹指间，但对我来说，却显得异常漫长。在瞭望星空的那些夜晚，我会一次次地想起艾米莉，想她此刻正在做什么，她和家人的关系是否还那么紧张，她是否还经常长时间不吃不睡？

我一直随身携带着她的手机。人们总是喜欢新鲜事物，之前备受追捧的诺基亚已经无人问津，iPhone 成了时髦货。看新闻，有人为了买一台 iPhone 4，甚至不惜卖肾。听来不可思议。我的退伍费将近三万元，买一台 iPhone 绰绰有余。但那不是我迫切需要的。我迫切需要的是尽快见到艾米莉。我有很多疑惑，无论如何，我也要见一见她。我将 SIM 卡插入 E63，彻底取代了我的旧手机。

三岛的变化最大。两年不见，他不仅搬迁了新居，结了婚，还生了儿子。甫一听说，我惊诧得说不出话来。父亲说，你在长沙，无论如何也要去祝贺一下。

我买了些水果，准备了一份贺礼。三岛的新家靠近西站，一个新小区，四室两厅，比原来的两室居宽敞明亮许多。两年未见，他胖了些，发际线后撤得更明显。我们坐在沙发上喝茶，聊天。他说老婆上班去了，是一位财税局的公务员，湘西人。言语中不无自豪之感。我看了一眼客厅墙上挂的婚纱照，尽管经过了摄影师后期的不懈努力，我还是一眼能断定，那是一个姿色平平的女人。满脸肥肉，三角眼，而且看起来很凶。我不晓得他为何选了这么个女人结婚。我还以为他会为了某种理想一直单身下去呢。

婴儿醒来，大声哭号，他急匆匆跑进卧室，小心抱哄。一个肉嘟嘟的小男婴。小眼睛，塌鼻子，脸上的器官被肥肉挤成一团。我抱了抱他，他小嘴一咧，哭得更起劲了。谈不上可爱，甚至有点丑陋。给婴儿喂完奶粉，哄睡后，他带我参观了一圈新家，介绍他家昂贵的进口地板、中央空调、地暖和新风系统。我说："你的那些书呢？每个房间都没有看到书。"他愣了下，说："全处理掉了，那套房子也卖了。"我说："书全处理掉了？"他说："打包转让给一个做房地产的老板了。他有个大会所，需要一些书来充门面，卖了十五万块钱，给我老婆换了辆车，正好够首付，她很高兴。"我说："你不是很喜欢看书的吗？"他笑笑说："看那么多书，到头来也没卵用。现在每天带孩子，也没时间精力，老婆是学财务的，她也不爱看书，说书里有螨虫，对宝宝皮肤不好，索性就处理掉了。"他大概是不想再谈这个话题，呷了一口茶，呵呵一笑说："处理了也好，你看我现在的生活，老婆孩子热炕头，生活不就应该这样嘛。"

他问我接下来有什么计划和打算。我说暂时还没想好。他听说了那笔退伍费,建议我拿着这笔钱去学门技术,或者读个函授大学,提升下学历。

"毕竟才二十岁,这个社会很残酷,没有关系和资本,就只能凭自己本事。"

我望着墙上的婚纱照,心里一阵冷笑。我很想问问他,那个实习生后来去哪儿了,觉得突兀,忍住了。我奉上贺礼,他要挽留我吃晚饭,说嫂子一会就下班了,我推说还约了朋友。我问他最近能不能借用下他的车。这回他大度地给了我车钥匙,说你尽管开,不急着还。他颇有些自豪地说:"你嫂子也有车,平时都是开她的宝马。"兴许是受不了他那副得意样儿,临走前我终于忍不住说:"那台电脑呢?""什么电脑?"他一下愣住,脸部表情瞬间僵化,眼神也明显不自然起来。"就是书房的电脑,你还设了密码。"我报复式地朝他眨了眨眼,笑着走了出去。他像被点了穴位似的,呆立门口,甚至忘了和我告别。

我开上206,沿湘江一路向北驶去。两年没开206,有些陌生了。和ZSL-92B相比,它太小了,就像一个小玩意儿。我打开音乐,蹦出来的竟然是庞龙的《两只蝴蝶》:"亲爱的,你慢慢飞,小心前面带刺的玫瑰……"我哑然失笑,心想这世界他妈的到底怎么了。不就两年时间嘛,变化怎么这么大。两年前,也是开着这辆车,也是这条路,也是这样的时节,载着艾米莉前往"坟墓"的情景依然历历在目。我还记得每个细节,我们说的每句话,撞死的狗,巴赫的《哥德堡变奏曲》,耳畔仿佛还能听见雨刮在挡风玻璃上发出的摩擦声。

我沿着记忆的轨迹,情不自禁地朝"坟墓"方向开去。

一条崭新宽敞的双车道取代了当年破败的单行道。隔着老远我就看到了"翠峰府邸"的房地产招牌,我记得当年好像不叫这个名字。当我抵达当年的记忆之处时,被眼前的景象彻底惊呆了。不知道被施了什么魔法,那批荒废的别墅,经过重新装修后,焕然一新,芭茅、野生珙桐、蓬蒿、蕨类植物荡然无存,取而代之的是婆娑的棕榈、金桂、佛肚竹、蒲葵、垂序商陆。小区已经有人入住,高大的落地窗透出暖黄的灯火。我摁响两年前那栋楼的门铃,一个保姆模样的女人开的门,她问我找谁,我说这里有没有一个永州女孩?她一脸诧异,摇头说没有。这时从客厅探出一个更年轻的身影,看起来像女主人模样。我说,你们是永州人吗?被她用长沙话否定了。她说她们家祖辈都是地道的本地人,也没人去过永州。我还想再问点什么,门已经不客气地关上了。

回去的路上,我觉得仿佛做了一场梦。物是人非,除了206和E63是真实的,一切都如此梦幻。

经过当年那个地方时,我停了车,走下防波堤,再次朝河床腹地走去。和两年前略有点不同,这年冬季雨水充沛,河道要比两年前宽出不少。我走到河岸,点燃一根万宝路,想起两年前,她将手伸进水中,拍打浪花的情景。每朵浪花都会回到原处吗?这听起来更像是一个禅宗或哲学的问题。我将手伸进水里,拍打着水面,高高掬起一捧水。水从指缝流走时,我猛地一震,突然想到了那段录音。我掏出手机,对比录音,二者似乎相似,但又觉得略有不同。录音后段,水流急促,更像是受到外力的挤压,喷射而出。这倒让我联想起陌生人发我的那段神秘的视频了。我无论如何也没法将艾米莉和那段视频联系在一起,这不可能。

12

我问三岛,能不能把206转让给我。他说,你现在每天都要用车吗? 我说有辆车会方便些,更何况他添置了新车,这台206大多时候处于闲置状态。206已经突破九万公里数,车龄也好几年了。我让他按照市场行情,报个价格。他说你拿着开就是了,报什么价,显得生分了。我打听了行情价,还是坚持给了他两万元。见面的时候,他一副惶恐不安的样子,一个劲地试探我。起先他对设了密码的电脑显得信心十足,直到我暗示门禁的密码时,他才神色大变,眼神立刻流露出哀求之色,显然他担心我会泄露他的秘史。我尽量装糊涂,说了些模棱两可的话。我想他一定恨透我了。第二天,我收到银行短信,账户上莫名其妙多了两万块钱。我想应该是他打给我的。果然,很快就接到了他的电话。他说:"老弟,这两万块钱,当是哥给你的起步资金,人的一生很漫长,会经历很多事情,男人嘛,也难免会犯很多的错,睁只眼闭只眼，看破不说破，生活才能继续，是吧？"我说："哥，听明白了，我很赞同你的观点。"他连夸我懂事，悟性高，以后必会成就一番事业。拿到车钥匙后，我将三岛电话拉入黑名单。我解释不清原因，我只知道我必须这么做，总之我不想和这个人再扯上什么关系。

拥有一台真正意义上属于自己的车，这对我而言意义非凡。我将206做了彻底清洗，前后保险杠重新刷了油漆，凹陷处做了钣金，换了新的座椅套和轮胎。三岛的痕迹荡然无存了。我每天驾驶着206，有时连睡觉都在车上对付。有了车，就像有了家。我的活动半径也大了很多，其间回了趟家，父母催我赶紧找份工作，我胡乱答应着。

我还有更重要的事要做。

我在网上搜到几家铷矿，按照艾米莉的描述一一排查。电话打过去，有的几年前就已倒闭，有的连电话都是错的。有一家我觉得有点相似，电话接通，我问老板是不是有个叫艾米莉的女儿，对方明显愣了下，误以为我在戏弄他老板，问候了我十八代祖宗一番，"啪"地挂断了电话。几家铷矿都没了线索，我有些沮丧。闲极无聊，看到一家"金山冶炼"的招聘信息，这个矿看起来和艾米莉描述的倒有几分像，但不是铷矿，是铅锌矿。公司就在永州境内，我浏览了招聘信息，近期正好需要招聘一批安保人员，退伍军人优先。我记下电话号码，拨打过去。电话那头听完我的自我介绍，说："金先生，有兴趣的话，不妨这两天就过来面试一下吧。"

这当然是再好不过了。我开着206，从长沙一路南下。几天前在一家音像店，我买到了巴赫的CD，前往南方的路途中，我一路听着巴赫的《马太受难曲》。我依然听不出什么味道，但这是属于南方的巴赫，艾米莉的巴赫。我甚至还特意去搜了搜巴赫的生平，这么去听的时候，又有了不同的意义。

促使我下决心去永州，还有件蹊跷的事。当我再次访问艾米莉的QQ空间时，发现已经被人设置了访问权限。我查看她的资料，发现头像换成了加勒比海盗的骷髅头，性别男，个人签名变成了一串火星文，这很不像艾米莉的风格。空间需要输入密码才能申请访问。我尝试了很久，最终也没辙。这比破译那台电脑难多了。尽管最终没能破译，我还是有些振奋，至少近期有人登录过这个账号。我决定第二天就去永州。

矿区距离永州市区一百多公里。下高速，走县道，再转入一条蜿蜒曲折的小山路。一路沿溪而行，穿过一个个陌生幽静的峡谷，几经周折后，终于看到了"金山冶炼"醒目的招牌。周围荒无人烟，只听得到各种机器的轰鸣，整个山谷都被搅响了。

通往矿山是条土路，很快我就看到了蓝皮钢构厂房、重型板式给料机、皮带运输机、锤式破碎机、砂泵、运矿车，一群采矿工正在忙碌，我说明来意，他们说我搞错了，这儿是采矿区。一个矿工给我指了指前方："翻过那个山头，你就能看到公司了。"

我站在山头，底下是一大片盆地，有屋舍、篮球场、网球场，菜圃一片葱郁，一条小溪蜿蜒穿过。和山背后的矿山相比，这里仿佛世外桃源。我想，这是不是艾米莉描述的庄园？一会儿能不能见着她？她是不是已经将我忘了个一干二净？

一个大高个儿负责面试我。他穿西服，身材挺拔，四十岁上下，面相威严。从他的步伐我可以断定，这人一定是退伍军人。我简单介绍了一些家庭和在部队的情况。他对我开装甲车比较感兴趣，问我如果换成别的车，车技如何？我说没有问题。在部队两年，勇士、霸道我都试过。听完后他说，我们这里严格按照军事化管理，这点你能接受吗？我说当然没问题，我刚退伍，生活作息依然保持部队那套。他严肃的脸上终于挤出一团笑意，说很多人都受不了这点，所以这次只招退伍军人。又聊了工作要求和待遇食宿，特意强调这儿的待遇不错，比广东都高，而且食宿全包。我当然都没问题。我心想，即使一分钱不给，我也愿意留下来。我来这儿又不是图这份工作。

办好入职手续后，我换了身行头，黑色安保制服、白手套、警棍、皮靴。立正、跨立、稍息、齐步走、敬礼……从军人到保安，几乎没有过渡的痕迹。他带我四处参观了一下，庄园占地几百亩，分生活区、工作区、休闲娱乐区，食堂、菜圃、澡堂、篮球场、网球场、游泳池一应俱全。他告诉我，网球场和游泳池是老板专用的。那栋豪华的法式别墅就位于网球场侧方，绿荫掩映，旁边停着一辆路虎卫士、陆巡5700和一辆红色悍马。果然是矿老板的做派。他告诉我，这是老板的住宅区，没有老板的指令，谁也不能靠近这栋别墅。

安保队一共十人，相当于部队一个班的建制规模。都清一色的退伍军人。我们的头儿就是面试我的那个大高个儿，全名赵京华，背地里都叫他"赵精华"。除我刚退役不久，其他人都是退役好几年的老兵，都比我大。我们的工作是负责矿区的安保，处理一些突发事件，对付偷懒闹事的矿工啊，前来寻衅滋事的混混啊，保护老板一家的安全，等等。换句话说，我们是一群专为老板"了难"的人。头儿交代，见了老板和夫人要敬礼，大声喊首长好。遇到不听话的，狠狠收拾就是，有老板担着，不用怕。

我开车来这儿应聘的事让他们产生了好奇心，纷纷问我，怎么跑这里来了。我说，你们不也一样嘛。他们说，你都有车了。问我206多少钱买的。我说一辆破车，值不了几个钱。也是实情。他们说老板还有一台路虎揽胜，三百多万，V8，5.0的排量，光那辆车就能在长沙买套别墅了。

河南人小李大我两岁，也在云南服的役，因为这层关系，我们能聊会儿天。一连几天，我都没见着老板。别墅夜里也没开灯光，想必没人。我问小李，怎么没见老板？小李说，老板不是经常住这儿，他很多地方都有房产，有时住永州，有时住长沙,有时住深圳。他说,他都来了一年了,也没见着过几回。我问他,老板一家几口人。他说四口人,老板叫祁宏钧,夫人是位军官,一子一女,都在长沙上学。我说,是金字旁的钧吗?他点点头。我说,女儿多大?他瞥了我一眼,揶揄道,还是嫩苗呢,小学还没毕业。和小李混得更熟点后,我问他认不认识艾米莉。我给他看了照片。他摇了摇头,说从没见过有这么个人。我问,四周是不是很多蛇?他说大冬天的,有蛇也冬眠了。我又问,老板是不是养了匹马,他一脸疑惑,说从没见过马。我有些纳闷起来。

我在庄园四处晃悠,希望能突然碰见艾米莉。大多数人和小李一样,谁也没听过"艾米莉"。当我问起老板的婚姻,有没有离过婚时,他们神色一下变得讳莫如深,问我为啥老打听老板的情况,他们的语气带着一丝警惕。谨慎起见,我暂时放弃了探问。

几天后,老板回来了。开着那台他们说得神乎其神的路虎揽胜。司机停好车,给他们开门。老板先下车,黑色羽绒服,黑皮鞋,披着一条羊绒围巾。随后下车的是一位少妇,穿着套裙,身材曼妙。我听见头儿大声喊,全体列队,敬礼,首长好!我也赶紧敬礼,跟着喊,首长好。老板没朝我们这边看,径直朝别墅走去。

不久我就被老板叫往办公室,头儿也在,头儿说,这是刚招聘的保安,小金,退役不久,才二十岁,在部队开装甲车的。老板饶有兴趣地望我一眼说,开装甲车和越野车有什么区别？我琢磨着这句话什么意思，我说装甲车和越野车毕竟不同……我吞吞吐吐说了几句，被老板打断，说有啥不同的，在这儿你把越野车当装甲车开就对了。老板和头儿哈哈大笑起来，问我明白了没有，我赶紧点头说明白了。那是我第一次见到老板。

那几天陆续来了几批前来视察矿山的领导，迎来送往多起来。庄园有一个能容纳三十人用餐的巨大包厢。老板花高价聘请的厨师，擅长湘菜和粤菜。在这儿能吃到外面酒店也难得吃上的各种山珍野味，麂子、野猪、娃娃鱼、穿山甲、大雁。厨房忙不赢时，我们也会当下手，传递菜肴，更换骨碟，端茶倒酒。那些人酒量都很惊人，有时一顿饭要喝掉整箱茅台。一些特殊宴请的场合，老板夫人会换上两杠一星的军装，陪老板应酬。她善饮，说话不拖泥带水，五十毫升的分酒器，能一饮而尽，赢得满堂喝彩。看得出是个强势的女人。我知道艾米莉为什么要说她是"母夜叉"了。酒局通常很晚才结束，留下满盘狼藉，交由我们来料理。有时我也负责接送客人，通常是开那辆陆巡，将宾客接到庄园用完餐，再送回酒店。我车开得稳，平时谨言慎行，渐渐赢得了老板和头儿的信任。

13

几天后，负责给老板开车的司机因为家中亲人过世，需请假回家奔丧，我便临时顶替他，成了老板的司机。当然这也许是老板有意的安排,借此机会来考查我。那是我第一次开如此昂贵的汽车。三百多万的高级货,路感和质感的确非同寻常,车就是人的一张脸,老板的这张脸无疑是尊贵的象征。他沉默地坐进专属的后座,让我播放"四大天王"的歌曲,看得出他对张学友情有独钟。即使他什么也不说,我也能感觉背后透来的无声的威严。我小心驾驶着车,生怕出什么差池,惹他勃然大怒。只有一次,当我指着中央后视镜上悬挂的全家福恭维他有一双可爱漂亮的儿女,他笑了,紧绷的脸部线条骤然变得松弛,露出一副慈祥和善的神态。他问我在部队表现如何,有没有谈对象和一些家庭情况。我小心翼翼,尽可能回答得让他满意。我很想就着这个话题打听一下艾米莉的情况,话到嘴边,又硬生生吞了回去。理智告诉我,这纯属自找麻烦。

　　清洗车辆时,我发现了后备厢的棒球棍、狼牙棒和砍刀。看到那些沉甸甸的家伙,我感到后脑勺发凉。

　　一天夜里,我和小李送完客人回酒店,结束了一天的工作。我说请他消个夜,他愉快地接受了。几瓶啤酒下肚,可聊的话题便多了起来。有意无意之间,我就聊到了后备厢的那些东西。小李心直口快地说:"这有什么稀奇的嘛,你刚来,还没见识过比砍刀更厉害的家伙呢。"我说:"什么家伙?"他说:"你是退伍军人,难道不懂吗?"我说:"搞那么多家伙干啥,又不是打仗。"他说:"那都是老板用血换来的教训。"见我惊诧的样子,小李便说起了老板一家的遭遇。小李说那是几年前的事了,老板的一对双胞胎女儿被人绑架,三天后才被人在一个废弃的矿井里发现,大女儿受了点惊吓,倒没大碍,小女儿的头部和腿都有摔伤,伤势很重,最终没有救过来。据说两姐妹趁看守的绑匪睡着,偷偷解开绳子跑出来,最后双双跌进了矿井。这件事曾经轰动一时,周围很多人都知道,对老板刺激很大。他很忌讳别人谈论这事,尤其在矿产公司。之前矿上的安保远不像现在这么严格,自打出事之后,老板聘请了一批保安,都是些退伍军人,各种家伙都备齐,矿上再没出过事。

小李说完,我心里一下就豁然开朗了。怪不得他们对我打听老板的事讳莫如深,原来是因为这个。我说,那老板的大女儿呢?小李说,我也才刚来一年,从没见过呢。我想再提艾米莉,但想到他看过了艾米莉的照片,忍住了。我说,矿山是不是有很多废弃的矿井?小李点头说是,听说以前更多,不小心掉下去,喊天天不应喊地地不灵,饿死了都没人发现。这两年上面要求严格起来,都做了封存,比以前安全多了。他好心告诫我,在矿上最好少打听,老板很忌讳这个,一旦被老板知道,不仅仅是开除了事,搞不好吃不了兜着走。我向小李敬了满杯的酒,感激他的忠告。

没事时,我就往矿山转悠。矿山的制高点视野开阔,晴朗的时日,能看到远处葱郁的丘陵地带和种满农作物的田地。一条平缓的小溪紧挨庄园,蜿蜒东去,几只鹅鸭在水面闲适地游弋,偶尔嘎嘎地拍打翅膀,洁白的羽毛在阳光下闪闪发亮。

我虽对乡村生活并不陌生，但这片田园风光依然称得上几分迷人。

被铁栅栏封死的矿洞有好几处，有些被杂草掩盖，轻易不太容易发觉。扒开杂草丛，探头下看，洞底漆黑，深不见底，如巨兽贪婪的大嘴，冒着寒意，随时有被吞噬的危险。我想，即使好奇心再强的人，也不敢贸然下去一探究竟吧。这当然不是艾米莉描述的那个山洞。她说的那个山洞旁边有棵野猕猴桃树。我必须找到那棵野猕猴桃树。触目所及，满山都是枯黄的柳枝稷和芭茅，劲风拂起，吹得四周草木窸窣作响。

那棵野猕猴桃树被茂盛的茅草遮掩，叶子早已落光，黄褐色的藤枝静伏草丛，不凑得很近，很难发现。确定就是那个洞时，我的心猛然抖动起来。

洞口被铁条焊死了。我返程找来工具，颇费了点力气，才将铁条撬开。是个L形洞，并不算深，垂直深度三米左右，洞底一览无余，什么也没有。要不是艾米莉之前的描述，我也觉得没有下去的必要。洞壁有几个凸出来的坎，正好借力，我抓着野猕猴桃树的枝蔓，下到洞底，这才发现底下别有洞天，往里还有一个更大的洞，很隐蔽，在上面根本无法察觉。洞底散发着一股潮湿腐朽的气息。我打开手机的"手电筒"，地面散落着饼干盒、口红、绳子、红手套、电动小斑马、手电筒等，像一个小型储藏室。黑暗中，我不小心踢到一个东西，那东西一骨碌向前滚去。是瓶"地西泮"安眠药，已经空瓶。

南方巴赫

我顺着光源继续往山洞深处摸索,猛地一抬头,看到一个人背壁而坐,手上抓着一本书。即使是军人、血气方刚的无神论者,甫一看到这个惊悚场面,我一时也吓得魂飞魄散,一屁股跌坐在地,许久说不出话来。

是一个女玩具人偶,脸上涂满口红,手上那本书很眼熟,正是艾米莉从三岛书房带走的那本小说。看到眼前这诡异可怖的一幕,我的心剧烈地颤抖,感到脊椎骨阵阵发凉,冷汗从毛孔奔涌而出。我双腿发软,几乎连滚带爬。脑海只有一个念头,赶紧出去。洞壁湿滑,藤枝来回摇晃,上去的难度比我想象的大得多。我尝试了很多次,使出浑身解数才爬出山洞。此时已是夜里十点钟了,头顶寒月高悬,映衬着澄碧的夜空,整座矿山死一般沉寂。我筋疲力尽,瘫坐在地,全身被汗浸透,想到这就是她说的那个隐秘乐园、心灵的避难所,一时百感交集,一股不可名状的情绪笼罩心头。

14

元旦节前一天,老板派我和头儿去趟长沙,将他的一对儿女接过来团聚。

男孩不爱说话,六年级,个头已经到我肩头了。女孩一上车就叽叽喳喳,说个不停。兄妹长相都随母亲,容貌和艾米莉大相径庭。回去途中,车进服务区加油,头儿和男孩去洗手间,女孩不肯下车,就待在车上。我给车加满油,趁他们还没回来,我问她叫什么名字,她说叫祁蒙,大家都叫她蒙蒙。我问她,今年多大了? 她说九岁了。我说,你是不是还有个姐姐? 她明显犹豫了下,看了我一眼,小声说是的。我望着她说,你姐姐现在在哪儿? 她皱着眉,像被我戳中痛处,憎恶地瞪着我。我提高了声调,她现在在哪儿啊? 她摇摇头,眼泪汪汪,说姐姐走了。我说,怎么走了? 她说,姐姐走了快两年了。我怔住,过了许久才反应过来,我想我的样子把她吓住了。我看到头儿和男孩正快步朝车走来。

天色阴沉,朔风卷地,天气预报说今晚将迎来年末的最大一场雪。越往南,天气愈加糟糕,有些地段已经结冰。天空灰暗,细雪如粉,落地即化。我汗津津地握着方向盘,一路心神不宁,心想:女孩说的"走了"到底是什么意思? 又想到山洞中那瓶地西泮,顿时心乱如麻。下高速时,大雪纷飞,朔风席卷着雪花,已是一望无垠的洁白世界。雪覆盖了郊野的农田、屋舍、草木,覆盖了南方的山川、河岸,覆盖了世间万物。回到庄园,天已黑透,两个孩子兴奋地跳下车,跑去庭院堆雪人打雪仗去了。

饭点已过,食堂冷冷清清,他们早已吃完散尽。我要了份关东煮、花生米和一瓶牛二,找了个角落坐下,慢慢喝着。食堂师傅过来问我需不需要加菜,一会儿要收摊了,我说不用,随便吃点就行。我一点胃口没有。一个人喝啊? 他讪笑说。我不太想搭理,说,冷,喝一点暖暖身。见我语气冷淡,他转身走了。

我开始想小女孩说的"走了"是什么意思。难道死了？怎么死的？为什么会死？几杯酒下肚，我心里涌出无数问号。我望向窗外，大雪已停，积雪映照的夜空微微发白。外边在放烟花，2012年即将到来。一束束烟花冲天而起，将夜空点燃。璀璨，炫目，热闹，无聊。我想起前几年看过的一部好莱坞电影，2012年，太阳活动异常，地球内部的能量平衡系统面临崩溃，玛雅人的预言即将实现，人类将遭遇灭顶之灾。当时觉得很恐慌，现在我倒希望2012年早点来。一斤装的牛二很快下肚，我摇摇晃晃站起来，朝雪夜走去。烟花还在继续，我听到欢呼声，抬头一望，夜空中绽放出一条腾飞的金龙。我裹紧棉衣，酒精夹杂着冷意，胃一阵痉挛，脑海却全是艾米莉的影子。

我看到停靠在墙脚的206，它被厚厚的积雪包裹，膨胀了一圈。我胡乱清理了挡风玻璃上的冰雪，坐进206，点了支烟。在车内冷得发抖，我开了暖风。熟悉的旋律响起，我全身心沉浸在巴赫《马太受难曲》的世界中，虽然依旧听不出名堂，借着酒劲，这次却听得百感交集。我情不自禁地想起当年艾米莉坐副驾的情景，音容犹在，恍如昨日。一切如此清晰，如此鲜活，如此真实，看上去就像一场不真实的梦。

老板一家似乎还没休息，别墅的窗户透出暖黄的灯火。我凝望那片灯火，有那么片刻，我想窗户背后兴许也有双眼睛在望向我。我感觉浑身发烫得厉害，紧咬牙关，依然忍不住微微颤抖。也许感冒了，也许是喝多了。我顾不得那么多了。我必须上去看一看。我打开手套箱，一顿乱摸，想找点东西壮胆。我摸到了手电筒、CD和一把梅花螺丝刀。我抓了螺丝刀，趁他们的注意力被璀璨的烟花吸引，立马下车，踉跄地翻过绿篱、围栏，潜入了别墅的后花园。

一楼所有门窗都关得严严实实，无从下手。我摸索了一圈，最后才从洗衣房找到突破口，那儿只关了一扇纱窗。我用螺丝刀弄开一道口子，弓身钻了进去。后背汗津津的，但我一点也不害怕。我脑海只有一个念想，那双眼睛就躲在窗户后面，她此刻需要我。我顺着楼梯，爬上二楼。熟悉的水晶枝形吊灯，波斯地毯，高级真皮沙发，怒放的百合花，一切和艾米莉照片中的一样。但照片终归是照片。置身这奢华的空间，我才真正感受到自身的渺小和卑微。

他们正在看电视，见到是我，都吃了一惊。老板注意到了我手上的螺丝刀，将女儿轻轻揽入怀中。不易察觉的动作。女人说："你怎么进来的？"我有些语无伦次，一刹那，脑海乱作一团，突然不知道该说什么好。兴许是闻到了我身上刺鼻的酒气，女人说："你是不是喝多了？"我说："我想了解⋯⋯了解⋯⋯下情况。"我涨红了脸，吞吞吐吐说着。"滚出去。"女人的语气透着军人不容置疑的威严。我说："我只想知道艾米莉最后怎么了。"老板愕然，说："谁？"我说："艾米莉。"女人说："这里没有人叫艾米莉。"她的神情带着一丝不屑。我被她倨傲的眼神一下激怒，提高声音说："就是你们的大女儿，她叫艾米莉，她怎么了？！"他们惊讶地互望一眼，陷入沉默，空气凝滞一般。我急躁起来,催促道:"她到底怎么了?"他们交换了下眼色,仿佛确证了什么。女人刚想发作,被老板轻轻按住。女人吁了口气,冷冷地望着我笑:"你说的是祁诗灵吧? 这个小贱货,两年前偷走了我好几件贵重的首饰,还拿了保险柜里好几万现金,现在还不知道在哪儿浪,我也正想找她呢。"

她这副气定神闲的模样让我很生气。我朝她怒吼:"这不可能,你撒谎。"她拖长声调:"她怎么了吗?"我用螺丝刀指着她的脸骂道:"你装什么糊涂? 雪纳瑞呢? 是不是你故意弄丢的?"她收敛起刚才的神态,眼睛闪过一丝警觉,表情有些疑惑:"什么雪纳瑞?"我说:"艾米莉养的那只狗,是不是你故意丢的?"她摇头否定,说:"祁诗灵从不养狗。"我说:"你不要不承认,艾米莉都告诉我了,都是你害的,你这个母夜叉。"听到"母夜叉"三字,她再也坐不住了,打断我说:"小子你给我嘴巴放干净点,别血口喷人,一会来人了,看我怎么收拾你。"这时老板朝她瞪了一眼:"你是不是也喝多了? 和小金计较这些做什么,快带孩子上楼休息去。"

酒意不断上涌,我感到五脏六腑都在燃烧。讲不清是失控还是有意,莫名的焦躁下,我打碎了茶几上的玻璃杯。清脆的一声响,这下满屋子都安静下来,继而两个小孩放声大哭,惶恐不安地望着我。我满头大汗,将螺丝刀指向老板:"你也一样,你更不是什么好鸟。"他沉得住气,不作回应。直到我说:"是不是你派人撞死了艾米莉她妈,然后和这个狐狸精结的婚?"他才抬起眼皮瞪我一眼:"你别胡说八道,她母亲活得好好的。"我说:"怎么胡说八道了? 祁宏钧,你他妈的就是凶手,你不仅害死了你老婆,还毁了你女儿。"说到女儿,我突然泄了气,喃喃地说:"她可能已经死了,我再也见不着她了,我去过那个山洞。"我带着哭腔,身子忍不住微微颤抖。听到"山洞"时,老板脸色瞬间阴沉起来,陷入沙发,久久未作声。目光深邃,像口深井,像在咀嚼回味我刚才的话,强忍怒火,又隐约透出一丝悲痛。那眼神让我坐立不安。

女人这时脸上流露出忧惧,劝我不要冲动:"你被祁诗灵这个小贱货骗了。她母亲现在在永州,过得好好的,祁诗灵小时候受过点刺激,脑子有点儿不正常,你听到的都是她的幻想。"提到这些时,女人的眼神夹杂着怨愤,"你只是被她骗了,她不仅骗了你,还骗了我们所有人。我们不怪你。"她的瞳仁刹那间无比透亮。那样子看起来不像在撒谎。我看了她一眼,便失去再看的勇气。这时酒已醒大半,我顿时陷入迷茫和纠结之中,搞不懂谁说的才是真的。

老板点燃一根香烟,叹口气说:"都过去了,还提这些干什么,再怎样,她也是我的亲生骨肉。"他起身去酒柜拿了瓶洋酒,抓起两只酒杯,朝我扬了扬说,"今天过节,不如我们喝一杯?"惊愕之中,他已打开那瓶看起来颇为贵重的洋酒。倒了两小杯,朝女人挥挥手说:"不要再烦我了,你们去休息吧,我陪小金喝两杯。"

我尚未回过神,手已经握住酒杯,我听到清脆的碰杯声和女人带孩子上楼的脚步声。他呷巴了一口,凝视酒杯,琥珀色液体在玻璃杯中轻轻摇晃。那种感觉很眩晕,很高级。他问我喝过这款XO没有。我说从未碰过洋酒。他说,感觉怎么样?我如实说:"喝起来有股奇怪的味道。"他说:"看来法国顶级进口货也未必对每个人的胃口啊。"我一时语塞。他说:"我头回喝,也觉得它味道古怪,后来就习惯了,你知道为什么吗?"我说不知道。他望我一眼,忍住笑意:"因为这玩意儿他妈巨贵。光是这小杯酒,就抵得上你半个月工资了。你如果这么想,这玩意是不是就不难喝了?"

我端起酒杯,回味他的这番话,感觉舌尖发涩,一时窘迫交加,说不上话来。他轻蔑地扫了一眼我手中的螺丝刀说:"你杀过人吗?"我摇摇头。"你不会是想用这玩意儿杀人吧?"他这么一说,我就觉得螺丝刀有些烫手,轻轻把它搁在茶几上。他瞅着我,刻意压低声调说:"你想知道杀人是什么感觉吗?"

我完全没想他会说这些,一时不知所措。他嘴角微微抽搐,像在酝酿一段久远的回忆。"我当兵那年,在老山前线,遭遇战,早晨山林大雾,双方都没料到,面碰面了才发觉。场面相当混乱,根本开不了枪,抡起枪托就往对方脸上砸。只一下,对方脸就开了花。"他一口饮尽杯中酒,直起身,手臂比画砸人的样子,"咔的一下,那人颧骨裂开,半边脸就塌了,血溅得我满脸都是。"

他的视线一刻也不曾从我身上转移,居高临下地注视着我:"那人看起来比你还年轻,还没死,向我求饶,管他娘的,继续往死里砸!"他挥舞着手臂,狠狠朝空气捶击,"你见过摔碎的西瓜吗?就是那样子,眼珠、鼻梁、嘴巴、脑浆全混作一团,像只摔得稀巴烂的西瓜。"他额头上冒出闪亮的汗珠,又倒了一小杯酒,坐下来,一口饮尽,"那种感觉真叫人难忘啊。"他深深叹口气,"很多年来,我都在回味那种声音,那种颅骨开裂血肉模糊的声音,就像深夜听巴赫一样美妙。"提到巴赫,他像想起什么似的,打开了旁边的音响。一阵熟悉的旋律徐徐响起。我心里咯噔一下,正是巴赫。

他侧过脸,望着我,一张余怒未消的脸,眼神夹杂着一丝奇怪的怜悯:"你还想了解那个山洞吗?"我一时呆住,在巴赫的世界中,不断渗出的冷汗顺着脊背往下流淌,整个后背全湿透了。酒意渐渐消散,一股不可言状的恐惧紧紧攫住我。怎能如此冒失冲动,闯这儿来了。我懊恼不已。在我还没来得及设想接下来的对策时,就听到外面传来纷乱急骤的脚步声。"别让那小子跑了,抓住他!"我想整个保安队都冲我而来了。想到他们手中的家伙,想到他们接下来将会怎样处置我,我慌忙夺门而出,朝206飞奔而去。

打开车门,大脚油门,206发出一声怒吼,飞也似的朝大门方向冲去。拦我的人四散开来,纷纷躲避,大声勒令我下车。有人打开车门,差点把我拽出来。我甩掉他们,撞开铁门,朝茫茫野外疾驰。后面车灯乱射,长长的灯柱刺破夜空,好几辆车紧随其后。我知道搞砸了,这下捅了马蜂窝,一切变得不可收拾。我脑海一片空白，顾不上再想别的了。加速，加速，向前，向前。我将油门踏板踩到底，满负荷的发动机发出歇斯底里的嘶吼。

雪继续在下。细细的雪粒借着风势，在灯光中急速旋转，飞舞，跳跃。四周一片白茫茫，整个南方都在乱雪纷飞。我已经多年没见过这么大的雪了。零点已过，2012年的钟声敲响。熟悉的旋律中，我紧握方向盘，就像紧握自己的命运。我没有方向，也没有目的地，但我必须驾驶我的车，在这个雪夜一直开下去，开下去……

2022年6月7日　长沙月亮岛

国产轮胎

车轮一旦开始往坡下滚动便无法阻挡。

——村上春树《山鲁佐德》

1

上午时分,男孩从校门口旁边的小巷里走出来。他穿着肥大的蓝白校服,左脚的解放鞋裂开了道口子,露出乌黑的大脚趾盖。入秋已经一段时间了,气温却还没降下来,依旧热风扑面。男孩沿马路慢慢走着,双手插进衣兜,捏住五毛钱折成的千纸鹤,模仿香港电影里的杀手,用手指挑起口袋,比拟手枪的动作,对着路人挨个点射。男孩面容苍白,上唇冒出淡淡的胡须,校服脏兮兮的,明显不合身,衣摆快要罩过他的膝盖了。

路过镇上的新华书店时,他忍不住瞥了一眼:二层楼,白瓷砖，淡绿色门窗，里面摆满书籍。售货员那天身穿浅蓝色套裙，双臂交叉，立在玻璃柜台后边。他认得这位女人，他们背地里给她取了个"金鸡"的绰号。这绰号一度让他看到女人时感到难堪。女人四十左右，神情肃穆，常年塑雕像般立在那儿。听说至今依旧没结婚。如此岁数尚未嫁人，多年来都是小镇的热门话题。男孩推开玻璃门，进入书店，女人瞟了他一眼，又将目光伸向外面。对面是镇卫生院，四层楼，赫鲁晓夫式风格，墙上刷满计划生育的标语，蔚蓝色门窗，油漆剥落，透出一股腐朽的气息。二楼走廊上，三位穿白大褂的女护士坐在木椅上织毛线衣。女护士们表情看起来和指尖上的织针一样欢快，不时爆发一连串响亮的笑声。女人冷冷地瞅着对面。

这年头读书的人越来越少了。盗版的金庸、琼瑶，地摊上三块钱就可以买上厚厚一摞。每次经过书店，里头都冷冷清清的，他不知道书店是靠什么维持下去的。第一次进书店时，男孩也站在书架前同样的位置，一眼就看中了四大名著。最引他注目的是那本《水浒全传》，淡绿色封皮，精装本，岳麓书社，定价17.5元。他喜欢大碗喝酒大块吃肉的好汉。

现在四大名著不见了，书架那儿空缺了一角。他以为挪别处了。并不是。男孩胡乱翻了翻别的书，心里空荡荡的。他又向那边偷瞥一眼，女人依然保持刚才的姿势，满眼厌憎，瞪着对面卫生院的走廊，嘴角忍不住浮起一丝不屑。男孩裤兜里的钱只够买两个馒头，离买本书的钱还差得远呢。男孩贪婪地望了眼书柜，悄悄步出书店。

阳光猛烈，水泥马路白得耀眼。许久未下雨，路旁的香樟无精打采，落满了厚厚一层灰。一只老黑狗卧在理发店铺门口，耷拉着耳朵，露出脏兮兮的白肚皮。他踢着百事可乐易拉罐，一路哐哐当当，路过米粉店、废品回收站、五金杂货铺，朝斜坡上方走去。坡顶是宏明汽修店，紧邻省道，路边竖立着一块"风炮补胎"的广告牌。广告牌早已锈迹斑斑，中间一处透明窟窿，碗口大小，如窥视的巨眼，紧盯着坡下的镇子。老板是对五十上下的夫妇。男的早些年中过风，麻了半边，后来康复，手脚终究没原先麻利，干不了重活儿了。之前店里雇了两名伙计，都辞职去了广东。上月新来的年轻伙计，大家都叫他"小湘西"。他喜欢看小湘西修车。

小湘西戴顶深蓝色鸭舌帽，正将拆卸下来的轮胎放在轮辋拆装机上，用力压下垫圈，取出锁圈和密封圈。他蹭到小湘西跟前，一言不发地望着他忙活。"文跎，又逃课啦？"男孩脸蛋露出羞赧的表情。小湘西压下挡圈，取出垫圈，最后压下轮辋，用机械手将拆卸下来的轮胎、轮辋组件依次取了出来。阳光扎眼，照着小湘西细长白皙的后脖颈，后颈上的茸毛在阳光下呈现金黄的色泽。男孩看到店门前的地坪上堆着一圈轮胎。一只重型卡车双排后胎在一旁靠着，等候拆卸。

男孩叫文彰，但他从不叫男孩名字，给他取了个古怪的绰号叫文跎。男孩不晓得文跎是什么意思，起先还想反驳，我叫文彰，表彰的彰。他故意提高声调，叫文跎有什么打紧？文跎，文跎。男孩见他这样，也任由他叫了。相比班上"病橘子""同性恋""金刚钻"等绰号,"文跎"至少没什么恶意。

小湘西看起来比他大不了几岁,一张斯文秀气的脸,身上干干净净的,怎么看都不像是干汽修行当的。男孩问过他年龄,他让男孩猜。十五六岁?他故意板起脸,老子像十五六岁的?男孩说,那你多大嘛?老子二十了。男孩说,骗鬼呢,你看起来顶多十七八岁。他说不信拉倒,老子走过的路比你踏过的桥都多。男孩咻咻地笑。小湘西说,骗你干吗?他小心摘下沾满机油的棉纱手套,脸颊上的汗珠在阳光下闪闪发亮。

那你为何不待湘西,跑这边做什么?男孩问。老子爱上哪儿就上哪儿,让你管那么多闲事。男孩又嘿嘿笑。听说你在广东待过?他假装没听见,在盛汽油的脸盆里洗了洗手,抓块毛巾将手擦干,点燃一根香烟。香烟翘了翘,被他紧咬住。一口洁白的好牙。他深吸一口,张开嘴,吐出一个浑圆的烟圈。烟圈徐徐上升,逐渐扩张,往男孩头上飘去。他吸烟的样子很酷。男孩说,能不能教教我?他说滚一边去。

男孩从小就喜欢车,见到车挪不开脚。小时候车少,一天难见到几辆。路上跑的大多是衡阳牌拖拉机、福田牌小四轮,后来"慢慢游"多起来,一种带篷子的三轮车,突突突,五毛钱就能上车,遇上坑洼路段,颠得屁股疼。这些车他早就看腻了。男孩想看电视上的小轿车。最近他陆续认得了丰田、本田、尼桑、现代等韩日系品牌。这些小汽车平时在镇上凤毛麟角,几天都难得一见。省道上倒是常见,但很少在小镇停留。偶尔在宏明汽修店见到一辆,通常是抛了锚或爆了胎,虎落平阳,动弹不得,再神气也没法子走了。在石门,人生了病进卫生所,车子出故障,都去宏明汽修店。他觉得小湘西蛮厉害的,火眼金睛,车辆哪儿出了故障,捣鼓几下就搞定了。修好的车,又恢复了神气,一溜烟就不见了踪影。

和他混熟了,男孩也逐渐学会了一些汽车方面的知识。心情好的时候,他会教男孩一些汽车方面的知识,他告诉男孩发动机的基本原理,汽油和空气在发动机缸内燃烧,产生下压活塞的力。下压力使轴承旋转,然后旋转力传递至动力传动系统,再从发动机将动力传至轮胎。男孩听不太懂,也饶有兴趣,觉得这比听课堂上老师讲的好玩得多。有时他趁小湘西不注意,偷偷钻进车厢,坐在主驾位置摸一摸方向盘,装作在开车,过把干瘾。

小湘西告诉他,一辆车大概由两万多个零部件组成。男孩听了直咋舌:"两万多个零部件,拆散了你还能组装回来吗?"小湘西装作不屑的样子:"这有什么难的,玩积木一样。"男孩觉得小湘西肯定在吹牛。

这天小湘西维修的是一辆老款日产蓝鸟。贵州牌照,风尘仆仆,像赶了很长时间的路。好几处车漆剥落,露出赭黄色锈斑,制动卡钳上锈迹斑斑,左前灯瞎了,后保险杠凹陷,被撞击过,已经摇摇欲坠,随时一副摊牌的架势。小湘西打开发动机盖,将头伸进机舱,排查发动机故障。男孩露出嫌弃的神色,这么破的车,车漆都掉了,还能跑这么远? 小湘西起先没搭理他,男孩用手指摸了摸后保险杠,说这儿也快掉了。小湘西

国产轮胎 077

瞥他一眼,说这有什么打紧,只要发动机、变速箱、底盘这三大件没事,其他都是小问题。男孩说,它现在哪儿出了故障？他指了指男孩的胸脯说,心脏。男孩说,还能修好吗？他拍了拍车身说,没有什么车是修不好的,但要看还值不值得修。

车门上残留着一只乌黑的手掌印。男孩盯着那只手掌印,手掌印上的指纹扭曲变形,渐渐变成血手印,男孩打了个激灵。小湘西正埋头检查发动机,男孩悄悄拉开车门,一屁股坐进主驾位。车内弥散着汗渍味,混合着老车独有的陈旧气息。皮质座椅伤痕累累,起了厚厚一层包浆,色泽可疑。他扒下遮阳板,朝脏兮兮的化妆镜伸舌头扮了个鬼脸;将车窗玻璃摇下摇上。手刹硬邦邦的,他扳了几下,纹丝不动,仿佛暗地里有股誓死抵抗的劲儿。强攻看来不行。他看见手刹前端有个按钮,往里一摁,顺势往下一扳,手刹顿时泄了气,轻轻松松就给放倒了。他有些得意,扳起又放下,反复来了好几下。最后还踩了脚制动踏板和油门。车没有任何反应。他尝试了几把,兴趣转移向了手套箱和扶手箱。里面装着一堆乱七八糟的票据、证件,没有他感兴趣的东西。直到最后他才发现那只黑色旅行包。旅行包放在后座底下,上面盖着件夹克衫,轻易难以发觉。男孩往外瞟了眼,没人往他这边看,撑起的引擎盖把车内的视线遮挡得严严实实。旅行包里装满衣物和洗漱用品,像做足了出远门的准备。男孩伸手探入包内,摸到衣物、毛巾、牙膏、剃须刀。正准备收手时,突然摸到了缠着耳机线的随身听。金属机身带着冰冷的质感。男孩感到肾上腺素瞬时飙升，心脏一阵狂跳。这时，男孩听见小湘西拨弄引擎盖支撑杆的声音，他赶在小湘西合上引擎盖前，将随身听塞进衣服，下了车。

小湘西手上拿着手电筒，眉梢间透着股得意劲儿。男孩脸蛋红扑扑的，说，这么快就修好啦？小湘西说，搞定了。小湘西心情很好，像远行的骑手最后检查一遍马鞍，说，想不想看眼底盘？男孩还从没见过底盘呢，说好啊。他跟着小湘西猫身钻进修理槽。从修理槽往上看，车子底盘一览无余。小湘西用手电筒指着变速箱、油底壳、传动轴部位，教男孩一一辨别。男孩有些兴奋，这些都是他从未见过的东西。男孩看到变速箱部位有渗出的油迹，响亮地喊道，那儿漏油呢！他嗯了一声，说看到了。男孩说，那还能开吗？他说，小事情，不碍事。

男孩钻出修理槽，看到店门前码着的那堆废弃轮胎，像只小猴子似的爬了上去。他坐上面晃悠起双腿。那是一堆粗壮的重型卡车轮胎，码那儿已有些时日了，直径比男孩个儿还高。男孩骑上去，用脚跟敲打着轮胎，双腿使劲抖着，轮胎纹丝不动。小湘西在凉椅上抽烟休息，看着轮胎堆上的男孩。男抖穷，女抖贱。男孩装作没听见，继续抖着腿。男孩说，这些轮胎还能用吗？他说报废了，没什么用了。他望着男孩那双脱胶的解放鞋。男孩很久没修剪趾甲了，趾甲盖下藏着厚厚的污垢。他站起身，走向前，目光钩子似的盯着胶鞋。男孩被他盯得有些害臊，下意识地往后弓了弓脚指头。鞋上的破洞像个放大的"穷"字，深深刺痛了他，男孩恨不得找条地缝钻进去。"把你鞋子脱下来我看看。"男孩感到一道灼热的光，正牢牢地盯着鞋上的破洞。男孩抬头刚想说点什么，突然被抓住脚踝，还来不及反应，鞋已被小湘西薅了过去。只见他将鞋举到鼻尖，朝鞋口深深吸了一口气。双目紧闭，脸部扭曲，像个烟鬼吸上了久违的香烟，深深入肺，陷入陶醉之中。男孩又羞又惊："你搞什么啊？"从轮胎堆一跃而下，夺回了鞋子。小湘西笑嘻嘻的，像过足了瘾的烟鬼，一脸的惬意。男孩整张脸都红透了，瞪着他脚上的鞋子说："有双新鞋了不起呵！"男孩气咻咻朝长坡下方走去。刚走上马路，他听见有人大声呼唤："小湘西，上来吃午饭了。"

2

小镇只有两条街，丁字形，上坡一条路，连接省道，横路则是镇上主干道。主干道从东走到西，也就一根烟的工夫。他刚来石门时，连准确的方位都说不上来。这里的人说话口音古怪，很难听懂。起初他连蒙带猜，适应了大半个月，才慢慢听懂个大概。他从没想过要在这儿生活。他随意搭上一辆中巴，一路翻山越岭，尘土飞扬，直到车停下来，所有人都下了车。他问司机这是什么地方，司机指着挡风玻璃上"石门"二字，说终点站到了。

没人认识他。陌生之地给了他足够多的安全感，他享受这种感觉。傍晚时分，小镇陆续亮起为数不多的几盏路灯。此时绯红的晚霞慢慢褪色，天边堆积起厚厚的钢青色云层，天光正一点点散尽。省道那边偶尔驶过一辆车，接下来又陷入无尽的寂静。这是一个没有夜生活的地方，天刚黑，街面上就看不到什么人影了。

暮霭中，他将汽修店外边的扒胎机、电瓶线夹、千斤顶、拉马等工具一一搬进店内。收拾停当，小心摘下手套和鸭舌帽，拉下卷闸门，落上锁，宣告一天的工作结束。

宿舍是老板免费提供的，三楼的阁楼，空间逼仄，一张单人床几乎将房间撑满。老板一家住二楼，一楼是门面，做了汽修店。他躺在窄小的木床上，墙上的张曼玉烫着爆炸头，双手插兜，站在海滩，朝他妩媚地笑。笑容放肆，一心要将他融化。他转而望向天花板，头顶悬挂着25瓦的白炽灯。灯泡长久没擦拭，落满厚厚一层灰。他望着昏黄的灯泡有些出神，想起泡在桶里尚未清洗的衣服，想起指甲缝未剔干净的机油黑垢，想起鞋面上未擦拭干净的污迹。他只是想想，并没起身的念头，就这么躺着，这种感觉很好。

"你是哪里人？"这是这些年他被人盘问得最多的问题。他有时说是湖北人，有时说是广东人，有时说是湘西人。这是一个他不喜欢回答的问题。可每次被问起，他还是会礼貌地给对方一个满意和信服的答案。在广东人面前，他说话带点湖南腔。和湖北人聊天时，他偶尔会讲几句粤语。时髦的粤语，总能引人青睐。在比他大的人面前，他从不大声说话。目光低垂，双臂垂直，脑袋微前倾，给人一种谦逊、乖巧的印象。

第一次在异乡听到天气预报的背景音，他的心像被蛇咬了一口。渔舟唱晚，熟悉的旋律，一切又回到了小时候。矮脚柜上那台18英寸长虹牌黑白电视机，是全家的焦点。姑妈有每天观看天气预报的习惯，他跟着一起看。北京……武汉……西宁……海口……一个个陌生城市的名字从眼前掠过，在他心里泛起异样的涟漪。"局部地区将会有雷暴雨"，几乎每晚播音员都会重复这句话。他想"局部地区"那是一个怎样绝望的地方啊，每天不是打雷就是下雨。姑妈神情肃穆，生硬的法令纹在屏幕荧光映照下清晰可见。

姑妈是汽配厂会计。她不打牌，不跳舞，也不爱穿时髦花哨的衣服，一头短发，总是梳得一丝不苟。她的生活就像账簿上的数字一样刻板、乏味。姑妈没有别的爱好，心情好时，偶尔拉会手风琴。尤其钟爱那首《莫斯科郊外的晚上》，琴声如诉，悠扬沉郁，算得上是她荒漠一般的生活中为数不多的点缀了。弹琴时的姑妈像换了个人，平时紧绷的脸部肌肉渐渐松弛，不经意间透出几分平易近人的温柔。他喜欢弹琴时的姑妈。一个个秋日慵懒的午后，蜜色光影透过纱窗，涂抹着她的脸和细长的脖颈，琴声夹杂着楼外孩童的追逐嬉闹，这些是他灰暗童年中少有的鲜艳记忆。

五岁那年，工厂大火，父母的车间起火后发生了爆炸，两人都没跑出来,姑妈成了他唯一的亲人。他和姑妈一块生活了十年。那是他人生中一尘不染的十年。姑妈是一个有着极端洁癖的中年妇女。她忌讳人碰她任何私人物品,回家必须全身上下挥洒一通消毒水,再脱掉外套,换上拖鞋,步入卫生间洗手。开水龙头时,会先用纸巾小心翼翼擦拭干净,仿佛水龙头上沾满不洁之物。她洗手的动作在他看来简直是一项细致烦琐的工程,将手充分浸湿后,细细地抹上香皂,再一遍遍用力揉搓,直搓到手掌紫红发白,唯恐错过每个毛孔。香皂消耗得很快,几天就瘦成细细一条。她常向他举手示范:"给我看清楚了,这才叫洗手。"

他严格按照姑妈的要求去生活。在姑妈眼中,家中所有东西都是污染源,沙发、餐桌、电视、冰箱、地板、衣物……她无法克制自己一遍遍去擦拭它们的冲动。他刚来时,洗澡总是潦草应付,几分钟就完事。姑妈有天终于忍无可忍,将他堵在淋浴间:"魏克,你这是糊弄谁呢?要么认真洗,要么滚出去,去跟乞丐睡大街,再脏也没人管你。"他那时已有了羞耻感,双手捂住私处,只觉得耳根阵阵发烫。少顷,姑妈平复会儿情绪,说:"你要记住,人是脏的,皮肤每天溢出油脂,沾满各种尘埃,还有各种死去的皮屑,更别提脚丫、耳朵、牙齿、鼻孔、屁眼,那都是藏污纳垢的地方。"说到后来,她皱起眉头,瞳孔流露出痛苦的光泽,仿佛刚才所说的这些字眼也深深伤害了自己。

"把肥皂搓出泡沫，先揉搓手心。"

"手背平伸，搓指尖，指甲缝儿，还有手指缝儿。"

"用手握住拇指，相互揉搓，别忘了洗手腕。"

他摊开双手，向姑妈展示洗手后的样子。

"姑妈，这样可以了吗？"

姑妈看着他，冷冷地说："以后也能做到这样吗？"

他明白，要想在这个家长久生活下去，就必须适应姑妈的严格要求。

他每天洗澡，全身收拾得干干净净的，唯恐哪里做得不好，惹来劈头盖脸的指责。他的房间朝北，单人床、小型衣柜，供他学习的小书桌紧挨床头柜。房间布置得异常整洁，干净得像无人入住过，看不出生活过的痕迹。

一个寒冷的冬日，姑妈牵他去人民公园看孔雀表演。他记得是个阴天，彤云密布，厚厚的云块将天空压得很低，法桐上依旧挂着稀疏的枯叶，寒风吹得树叶窸窣作响。天气很冷，姑妈脱下羊皮手套，让他戴上。他冻僵的指头很快感受到羊皮手套的余温。回去路上，姑妈担心他冷，依旧牵着他的手。公交车迟迟未来，他们暴露在寒冷的站台，干冷的风吹得鼻尖一阵阵发酸。他感觉清鼻涕流下来，下意识伸手抹了一下。姑妈脸色瞬时变得苍白，脸部线条掩饰不住地抽搐，触电似的松开手，仿佛刚才那个细微的动作刺痛了她。过了好一会儿，她问他，今天的孔雀开屏漂亮不？他低声说漂亮。他期待姑妈再说点什么，等来的是一阵尴尬的沉默。回去路上她一言不发，再没碰过他的手。甚至有意和他保持几尺的距离。他试图挽回她的手，被她巧妙地躲开了。这时他听见姑妈感叹一声说道：

"多漂亮的孔雀啊，可惜也长了个脏屁股。"

他在厨房垃圾桶发现了那双羊皮手套。它和一堆果皮、食物残渣躺在一起，显然被她的主人遗弃了。他的脸一阵阵发红。

3

胡珍香是个热心肠的人，除了爱打麻将、织毛衣，还热衷给人做媒。据说经她撮合成功了的，多得一双手也数不过来。她性格开朗，人缘一向不错，和隔壁红花家具店的女老板齐红梅，马路对面镇卫生院的邱医生、罗护士是牌友，闲暇时，几个女人常去红梅的家具店打牌。碰上晴朗的好天气，索性将牌桌搬到店门空坪的桂花树下。镇上的流言八卦，家长里短，女人家的私密话题，叽叽喳喳，无话不谈，偶尔爆发一阵大笑。

这么多年，我还从没见过这么爱干净的男人。胡珍香贼兮兮朝汽车修理店瞟一眼说。几双眼睛都齐齐朝那边投去。小湘西正给轮胎充气，戴着鸭舌帽，地上投下一团斜长的身影。他每天都洗澡，我好奇问过一回，他说跟广东佬学的，那边的人每天都要洗澡。几个女人啧啧感叹，说自己家的男人甭说洗澡，连脚都不愿洗，臭袜子扔床下，狗嗅一口都要吐。珍香说，他还会手洗衣服呢，换下来的衣服马上清洗干净晾起来，勤快得很。你看他脚上那双回力鞋，穿好久了，还像新买回来似的。隔两天就刷一道，放窗台上晾晒，鞋面还盖层餐巾纸，别提多讲究了。几个女人不免又是一番感叹。胡珍香说，他也不打牌，不喝酒，下完班洗完澡，一个人在房间闷声不响，也不晓得靠什么打发时间。

红梅说，今年多大了？胡珍香悄悄说，他说二十了。邱医生，看样子像十七八岁的。红梅说，搞不好还是只童子鸡。几个女人哈哈大笑。罗护士说，可别让隔壁书店"金鸡"看上了。邱医生说，是啊，人家还是细伢子呢，羊入虎口，到时渣都不剩。胡珍香说，别看那小身板，力气大得很呢，干活也麻利，从不偷懒。邱医生说，如今都是"孔雀东南飞"，年轻人回来的很少。罗护士附和说，是啊，可不要一溜烟又跑掉了。胡珍香说，所以嘛，我就寻思着给他物色个对象。男人都是长翅膀的，有了女人就飞不走了。几个女人笑得稀里哗啦的。红梅说，老家是哪儿的呢？胡珍香说，他说湘西人，但听口音，又带点广东腔，有回还听出东北味。红梅说，兴许在那边待过呢，带点腔也正常嘛。胡珍香说着朝那边飞快瞥了一眼，小湘西正弯腰，将千斤顶从车底下取出来，重重丢到一旁。

和女人见面和那只随身听有关。那是一只爱华牌随身听，前几年他在广东买的，一直陪伴他左右。前些天突然没了声音，老板告诉他，上鹏飞那儿吧，他那儿准能修好。他得空去了一趟。鹏飞家电维修店靠农贸市场,十来平方的店铺,靠墙摆着张大台桌,占据了店内将近一半的空间。桌台上凌乱散落着万用表、电阻表、钳形电流表和各种梅花、十字螺丝刀。地面摆着几台已经开膛破肚的电视机、VCD。气焊设备、胶管、减压器和焊枪,各种零部件堆得到处都是,插脚的地方都没有。

那天只有女人守店。女人坐在门口的凉椅上,长裙,内罩淡蓝色缎子衬裙,整个身子陷进凉椅,怀里躺着织了大半的红毛衣,像一团赤焰。女人看上去二十五六岁的样子,长睫毛,眸子晶亮,白净的皮肤,经得起细看。

他问,老板呢?女人说去乡下维修电视去了。什么时候回?女人说,乡下路不好走,说不好。他踌躇不定,犹豫要不要下次再来。女人说,有什么事吗?他于是从兜里掏出随身听,说不出声音了。女人接住,并不起身,说,要不急的话,东西先放这里,修好你再过来取。他说,大概多久能修好?一两天吧。他说好。女人打开随身听,摁下按键,取出里面的磁带递给他,侧身将随身听放桌上,继续织毛衣,屁股始终没离过凉椅。

女人侧身时带起裙角,他瞥见裸露出的一截小腿。那小腿枯瘦,比手臂还细。他脑子嗡嗡响,以为错觉,看花眼了。想再看一眼时,长裙已将腿脚罩得严严实实。他想着那条腿的影子,心里生起一股炽焰,要将他吞噬。女人隐约感觉不对劲,抬头问他,还有什么事吗?他涨红了脸,嗫嚅着说,没事了……过两天来取。

当天夜里,他梦见了女人。女人款款朝他走来。走到跟前,他发现女人依然穿着那身淡绿色长裙。他走后面,盯着她的裙角,一心想着再瞅一眼,那念头如此强烈,吸引着他一路尾随。经过一片向日葵地,他想无论如何也要掀起来看一眼了,女人突然回头,朝他深深瞥了一眼。女人的瞳仁深邃,绚丽,透出深海般的凉意。一道炽热的光在他体内爆炸,战栗。醒来时,窗外已透出麻灰色曙光,天还未亮透,万物正待苏醒,马路上一点声响都没有,体内却万马奔腾,闷雷滚滚。他下意识摸了把裤裆,湿漉漉的,手上满是黏糊的乳白色液体,空气中弥散着一股淡淡的石楠花味道。那味道让他脸颊滚烫,耳根通红。

接下来他脑海总是忍不住浮现女人的身影,想起那身淡绿色长裙和裙角下那条腿。尤其他回想起那个梦时,总是感到莫名地躁动不安。那天他神情恍惚,干活总是走神,给车保养时,差点错把玻璃水注进防冻液壶。

两天终于到了,他去取随身听。女人依旧坐店门口,整个身子蜷曲在凉椅上。见他来,女人猛地抬起头,一脸泪痕,眼圈泛红,面颊沾着发丝,脸颊浮肿,上面的手掌印还清晰可见。他深感震惊,杵在那儿,不知道刚才发生了什么,一时进退两难。女人擤了擤鼻子说,已经修好了,你去拿吧。

那是他头一次见鹏飞。个子很矮,站起身比柜台高不了多少,精瘦,浓密的鬈发,蓄着髭须,穿件鼓囊囊的漆皮夹克衫,兜里插着一支试电笔。男人满脸讪笑,将修好的随身听递给他时,还不忘递根香烟。

回去的路上,他一直想着刚才的这一幕,他无法将女人脸上的巴掌印和这个低眉顺眼的男人联系在一起。这个孬种!他突然冒出一股无名火。

4

中午十二点整,老板娘胡珍香呼唤小湘西上楼吃午饭。她没下楼,而是直接从二楼窗户探出头,手里还握着沾着胡萝卜丝的锅铲。胡珍香尖声尖气的嗓音颇具穿透力,连马路对面卫生院的罗护士都听见了。罗护士站在二楼走廊,手里端着一只铝皮饭盒,扯着嗓子说,中午吃什么好菜啰,发这么大声。胡珍香说,大鱼大肉没有,萝卜白菜管够。听见胡珍香的呼喊,小湘西去洗了手,起身上楼吃午饭。

他走进二楼客厅时,胡珍香端上了青椒茄子,那是午餐的最后一道菜。桌上摆好了三副碗筷。胡珍香已经提前给他盛好了米饭。老罗身前摆着大半玻璃杯谷酒,他有点酒瘾,每餐都要小酌二两。胡珍香麻利摆布着桌上的碗碟,招呼小湘西赶紧吃饭。老罗问他要不要也喝一点,胡珍香抢先替他拒绝了,就晓得喝喝喝,都中过一次风的人了,看哪天喝死你。

在小湘西上楼时,日产蓝鸟从修理槽上开始缓缓后退。正是午饭时间，没有任何人察觉到丝毫异常。听见外面的呼喊声时，小湘西刚扒完半碗米饭，他还以为别的什么事。最先发觉的是罗护士，她吃完饭，正准备去走廊尽头清洗饭盒，这时日产蓝鸟慢慢从汽修店退了出来。开始她也没太在意，以为是小湘西在倒车。等罗护士洗完碗筷，抬头看时，发现车已倒出修理店，并没刹停，径直朝店门外那堆废轮胎退去。汽修店比外边地坪要高上几公分，车速越来越快，眼看车屁股快要撞上轮胎时，她忍不住警告："哎呀，小心呀！"眼尖的她发现车内并没有人，很快意识到什么，于是大声喊胡珍香的名字。话还未落音，日产蓝鸟就结结实实撞上了那堆轮胎。啪的一声闷响，轮胎纷纷跌落下来。

　　大部分轮胎在地上蹦跶几下就不动了。日产蓝鸟卡在一堆重型轮胎里，也停了下来。罗护士刚想松口气，就发现不远处竟然还立着一只，沿着地坪转了两圈，一头撞向日产蓝鸟的右后方。轮胎与车碰撞，力道瞬时发生折射，突然挺立身板，掉转头，缓缓朝马路那边滚去。

　　听到呼喊声，胡珍香三人齐齐探出身。地坪上一片狼藉，轮胎散落得到处都是，日产蓝鸟不知何时倒出来了。老罗问小湘西："你是不是忘了拉手刹了？"小湘西还顾不上回答，听见罗护士大喊："撞上了，撞上了。"只见一只重型卡车轮胎从马路牙子弹了下来，轻轻蹦跳两下，往马路对面滚去。对面侧方位停着老胡收废品的三轮车。那轮胎像长了眼睛似的，径直撞在三轮车上。三轮车猛地一震，车上的废纸板、塑料瓶、破铁锅，哐当哐当，散落了一地。收废品的老胡大家都认得，睡觉都竖起耳朵的，听见外面的响声，连饭碗都不及放脱，一溜烟就赶了过来。刚跑到三轮车跟前，轮胎几乎擦着他鼻子滚了过去。老胡下意识往后一闪，一屁股跌坐在马路牙子上，白花花的米饭撒得满地都是。此时轮胎受到三轮车的阻击，调整了方向，哧溜溜朝长坡下方的镇中心滚去。

小湘西抢先下了楼。日产蓝鸟被一堆重型卡车轮胎堵住，暂无大碍。他看了眼车内，手刹果然没拉，脑子顿时嗡的一声响，赶紧掏钥匙，开车门，拉手刹。老罗和胡珍香这时也都下来了，目睹了他这一番操作，都面面相觑，作声不得。

没人再关心日产蓝鸟了，注意力都转向了那只轮胎。那是11.00R20规格的朝阳牌重型卡车双排后胎，主胎和副胎固定一块儿，尚未来得及放气，轮胎锁圈与垫圈还没分离。轮胎的直径足有大半个人高，像一发缓缓上膛的炮弹，以锐不可当之势，沉沉地朝长坡下方的石门镇中心冲去。

起先轮胎速度还不算太快，一圈人跟在后边，脚力好的后生，还试图追上前扳倒它。很多人以为出了事，都跑出来看热闹。闹哄哄的一群人跟在后面，像是赶着一头黑牛往前冲。"当心哪，快闪开！"五金店的老张吃完午饭，搬了张躺椅，摊在浓荫下，正准备躺下打个盹儿，突然听见坡上传来喧闹声。"轮胎来了！"老张仰起头，还来不及起身，只见一个黑漆漆的圆形怪物嗖的一下就从眼前飙过去了。五金店下方是农药种子店。这天几个枫树上来的农民在选购化肥，轮胎冲下来时，福爹扛起包尿素,正准备离开。福爹急着躲避,往东扭,轮胎似乎也在朝东扭;往西拐,轮胎似乎也往西拐,轮胎像故意捉弄他似的。福爹肩上扛着一袋尿素,滑稽地扭动身板,眨眼的工夫,连胎面花纹都清晰可见。福爹两眼一翻白,以为大限将至,膝盖发软,一屁股瘫倒地上。眼看就要撞上,轮胎突然一个蹦跶,高高弹起,从福爹头顶飞过去了⋯⋯

两年前,石门下了场罕见的大雪。朔风一吹,结了厚厚一层冰雪,长坡接连发生了几起交通事故。此后,为了安全起见,长坡便铺了三道减速带。那时谁也没承想,减速带竟间接救了福爹一条老命。

"要没那条减速带,这条老命就交待在这里了。"福爹闪了腰,被人扶进店里,歇了好一会儿才缓过神,"轮胎飞过来时,感觉头顶像有风,头发都立起来了,有种灵魂出窍的感觉。"

石门人安慰他,吉人自有天相,大难不死,必有后福。

5

他是无意中发现那本相册的。相册藏在姑妈卧房的五斗橱抽屉深处,用毛巾包裹,压在一堆衣物下。纯粹出于好奇,那天他很想进姑妈房间看看。姑妈长着狗鼻子,一丁点异味都闻得到,屡次三番告诫他,不要乱翻她的东西。要知道他碰过她的东西,她肯定会大为光火。他想象姑妈那张被激怒的脸,突然滋生强烈的反抗欲。他从抽屉中取出了相簿。

姑妈年轻时的样子让他有些陌生。长辫子，的确良衬衫，黑皮鞋，羞涩的笑窝。也有一些合影，毕业照或单位出游集体照。一圈照片翻下来，没她和姑父的合影，多少让他有些纳闷。心想到底是离婚的缘故，感情遭受创伤，附带连过去的回忆也要一并抹掉。也没家庭合影。

最后发现那张诡异的照片纯属偶然。照片藏在另外一张背面，要不是摸上去厚度不一，轻易难以发觉。时间一久，两张照片粘在了一块，他小心翼翼剥离开来。那是相簿中唯一一张家庭合影，前排坐着两位老人，看面相，应是他从未见过的爷爷、奶奶。听姑妈讲过，爷爷、奶奶生前均是药厂职工，在他出生前均已去世。二排最右侧站着姑妈，肩膀微微左倾，挽住旁边男子的胳膊。男子戴顶军帽，高出姑妈一头，他猜应是姑父。姑父旁边依次站着一男一女，都很年轻，凭直觉那是父母。父亲穿件宽大的西服，一只手搭着姑父肩头，身材单薄，那件不合身的西服像挂在身上似的。照片上，大家像被什么逗乐了，欢快的表情恰好被相机抓拍了个正着。唯独姑妈没笑，她显得郁郁寡欢，神情突兀。

那张合影之所以诡异，因为照片上姑父和母亲的眼睛均被戳穿。他望着那一个个瘆人的空洞，脑海一片疑云，惴惴不安地将照片塞回相册。照片是姑妈毁的吗？如果是，姑妈为什么要这样做呢？他想起来，怪不得姑妈从不提姑父和母亲。他不清楚他们是怎么交恶的，以致姑妈如此憎恶他们。当然他不便当面问姑妈这些,只能将这些疑虑装进心里,从此再看姑妈,便觉得成人的目光深不可测。

他从没见过姑父。每次聊起他,姑妈脸色就变得异常难看。不知怎的,他会想起天气预报节目中的"局部地区"。他想姑父也许就是姑妈心中的"局部地区"吧。那儿整天不是打雷就是下雨。后来他也乖觉了,避免再谈起这个人。他只知道他们很早就离了婚,然后姑父从姑妈的世界彻底消失了。

姑妈也不是没有再婚的机会。十三中丧偶多年的金老师,对姑妈或多或少动过心思。金老师曾以辅导他数学为由,来过家里好几回。每回来都神采奕奕,还不忘给姑妈带点伴手礼,一束花、护手霜或糕点什么的。从不空手来。他从小数学成绩不错,金老师没少夸他,说开开小灶,去参加奥赛,没准还能拿回个名次。金老师五十上下,已谢顶,头顶油光发亮,常年戴顶短檐休闲帽,玳瑁色眼镜,T恤扎进裤腰,一身挺括,看起来是姑妈不反感的类型。

那天姑妈兴致很好,换了新套裙,抹了口红,脚步轻快,一大早去菜场买回猪肉和菜蔬。金老师如约而至,提着橄榄油和深海鱼肝油,说学校发的,反正自己也吃不完,搁着浪费了。姑妈说,金老师不用每回这么客气的。金老师笑笑,说应该的。姑妈给他倒了茶,说中午一块儿包饺子,转身去厨房忙碌去了。

那天金老师辅导完几何题,早早就出去帮姑妈包饺子了,留他独自在房间写作业。厨房传来说话声,有说有笑的,锅碗瓢盆伴奏，很像老两口在过日子。后来不知何故，声音渐渐低下去，什么也听不见了。他竖起耳朵听了半晌，突然听见姑妈低沉的怒吼，拿开你的脏手。接着传来一阵菜刀剁肉馅的声响。那声音格外卖力，铆足了劲儿，像是把所有怒火都发泄在了案板上。他一听就晓得是姑妈不高兴了。

他出来时，金老师在卫生间。他以为金老师去洗手，没想到在卫生间待了好一会儿，长到他以为金老师在里面解大手。金老师出来时脸色苍白，神情显得有些不自在。他不知道刚才到底发生了什么，氛围颇为诡异。金老师和姑妈相对而坐，全程他一个劲夸姑妈手艺好，包的饺子好吃，额头不断沁出细密的汗。姑妈不咸不淡地说，金老师您慢点吃，饺子您也包了，吃完锅里还有。他搞不懂金老师这回为何如此局促，像个犯了错的学生，不停地揩汗。

金老师走后，姑妈重新坐回餐桌，面对眼前的残羹冷炙，沉默了良久。换往常，她早该麻利去收拾了。也不知道她想到了什么，霍地站起来，将金老师用过的碗筷碟一股脑扫进了垃圾桶。他不敢作声，一旁坐着。如今这世道，都什么人哪。他听见姑妈气鼓鼓说道。她取回拖把，又变成之前的姑妈，发了疯似的开始收拾家里，那架势不会放过金老师携带进来的一切，哪怕一粒尘埃。直到一切光可鉴人，姑妈方才罢休。她脑门全是汗，头发蓬乱，看起来有几分狼狈。最后她才想起自己那双手，慌忙跑进卫生间，拧开水龙头，开始疯狂洗手。那双手像沾满她无法忍受的污秽，让她恶心不已，他几次听见里面传出干呕声。

他坐在沙发上看《白眉大侠》，白眉大侠一刀挥过去，树干冒出缕缕白烟。他看了一会儿，困劲儿上来，蜷曲着睡去。也不知过了多久，姑妈从卫生间出来，洗了澡，换了衣服，头发湿漉漉的，眼睛红肿，像是刚哭过。他注意到她的手，搓得跟胡萝卜似的。

他再也没见过金老师。姑妈后来再也没提过他，仿佛不过一个梦，本就模糊不清，梦醒后自然就烟消云散了。他看着数学本上金老师的字迹，心想这一切都是真实的。他倒是希望金老师能留下，家里要是多了一个人，就会吸引走姑妈一部分火力。如今这已成妄想。想到接下来漫长的岁月，都将独自承受姑妈那份苛刻，他就不寒而栗。

他想，这世上存在绝对的干净吗？有一回，家里不知从哪儿钻进一只苍蝇。正是午饭时间，姑妈在厨房收尾，餐桌上摆着菜肴，米饭也已盛好。苍蝇在餐厅嗡嗡盘旋了几圈，最后稳稳落在姑妈的饭碗上。苍蝇的两只前脚在白米饭上不停地搓洗，看上去就像饭前洗手。他刚想举手驱赶，想到这个又默默放下了。苍蝇口器翕动，开始贪婪地舔吸。他想起生物课学过，苍蝇是一种边吃边吐的物种，从进食、消化到排泄，快到只需几秒钟。姑妈从厨房出来，苍蝇已经飞跑，她对此浑然不知，坐在往常坐的位置，拿起碗筷扒饭。他望着姑妈，饭碗里的每颗米饭都晶莹饱满，一点也看不出有苍蝇停留的痕迹。只有他清楚，那只苍蝇刚来过，如果戴上显微镜，说不准还能在米饭上发现苍蝇留下的排泄物。眼不见为净。那天姑妈胃口出奇地好。想到她那么有洁癖的人，竟然在吃苍蝇的屎，他强忍着吃下第一口就没忍住吐了。姑妈一脸诧异，问他怎么了。他推说身体不舒服，有些犯恶心。姑妈让他去卫生间好好清洗一下再回来。他拧开水龙头，对着镜子笑。镜子里映现一张邪魅的脸。自此，他心里多了一台显微镜。

6

在石门，其他人还在看17英寸韶峰、金星牌黑白电视时，鹏飞家电视柜上已赫然立起34英寸的康佳大彩电了。初次见到的人，都会被眼前这台庞然大物镇住。差不多同时，VCD刚开始普及，鹏飞家就率先换上了更先进的DVD了。这都归功于鹏飞懂家电维修，吃这碗饭的，凡事总能比别人抢先一步。农贸市场拐角便是学友音像店，店前的货架上永远摆满花花绿绿的碟片。大多是港台武打枪战鬼片。如果问老板，还有没有别的？只需递上一个眼神，老板心领神会，便引着你朝里面货架走去。少儿不宜的碟片都躺在一只大纸箱里，藏在货架最下层。日本的、欧美的、港台的，光看封面就足以让人血脉偾张。

也不知从什么时候起，大家都习惯了周末去学友音像店租上几张碟，带去鹏飞家观看。鹏飞家不光有大彩电、DVD，还有一套高保真音响，音响一开，电视里的人像站了出来，在跟前和你说话似的。

来的大部分是石门镇中的学生。嘴巴还没长毛,眼神躲躲闪闪,问能放片吗?点点头,得到确认,从衣兜先掏出一张碟来。鹏飞眉头一挑,说,确定是这张吗?对面脑袋鸡啄米似的,就这张,就这张。鹏飞将碟片塞入光驱,摁下播放键。屏幕亮起,成龙的《A计划》,34英寸大家伙,果真不同凡响。所有人安静下来,注意力都被电视吸引走了。鹏飞将遥控器塞给为首的,说,晓得怎么换碟吧?为首的点点头,鹏飞就下楼去了,继续蹲店里修他的电器。他一走,凝滞的空气一下轻松起来,换碟,赶紧换碟。画风一变,拳打脚踢一下切换成白花花的大腿,屏幕上交臂叠股,晃得人眼花,都目不转睛,只听见咕噜咕噜一片咽口水的声音。

后来鹏飞也进了一批碟。轻车熟路的,直接问鹏飞,能播那种片吗?鹏飞起先装糊涂,什么片?武打片看不看?那会儿还是武打片的天下。成龙李连杰甄子丹,武打片谁稀罕,在哪儿看不是看。转身要走,鹏飞的声音从后边传来,进来,进来再说嘛。鹏飞钻进后面的货架,抱出大纸箱,一摞一摞的,全是那种碟。起先都不好意思挑,随便抽两张;来的次数多了,脸皮也厚起来,什么风格都想品尝一下,开始一张张精选。

那种片没法在家看,即使家里有设备也提心吊胆的。若倒霉被父母撞见,还不得找地缝钻去?来鹏飞这儿看就没这些顾虑。鹏飞名义上在楼下修理电器,实际上也在把风。在他家看什么片都没人管,也不担心有人来查。没多久镇上年轻人都晓得了，要想看那种片，就得上鹏飞家去。

他后来当然也获悉了这个好去处。说起来，还是男孩透露给他的。男孩说班上有人去旅馆打牌，派出所的人半夜来敲门，抓了个正着，连压在席梦思底下的黄碟都被翻出来了。小湘西嘿嘿笑："卵毛都没长齐，就学会看毛片了。"男孩急起来："我没看。"小湘西说："我又没说你看了，再说看一下打什么紧？"男孩赤红着脸，额上青筋凸起："我发誓，我要看了就是你崽。"他忍住笑，说："我还生不出你这么大的崽。"男孩一时语塞，涨红了脸。小湘西试探他："有喜欢的人了？"男孩低垂头，脸蛋红扑扑的，算是默认了。他接着揶揄："看一下也没什么关系，又不少块肉。"男孩摇摇头，声音很低，说："我也讲不明白，那画面脏脏的，怪不好意思……"他望了男孩一眼，说："她晓得你喜欢她吗？"男孩说还不知道。"你不敢说？"男孩猛地抬起头来，目光突然变得无比坚毅，说："我每天早上都去省道跑步，等我能一口气跑五公里了，我就会和她表白。"还没等男孩说完，小湘西已经笑得直不起腰。男孩又恼又羞，气鼓鼓的，懊悔和他说这些了。小湘西说："这种片子，上哪儿看呢？"男孩还没消气，嘟着嘴，不肯说。小湘西说："呦，生气哪？不说算啦。"男孩噘着嘴："老子不说，你肯定不知道。"小湘西说："搞得这么神秘，不就看部毛片嘛。"男孩说："你晓得鹏飞家电维修店吗？就在农贸市场那儿，他家有台康佳牌大彩电，他们都上那儿去看……"

越来越多人来鹏飞家看碟。生意好的时候,一天能来两三拨。按人头收费,每人两元。美其名曰茶水费,其实不提供任何茶水。他第一次来,楼上已经坐满一圈人,看模样都是学生面孔。那是周日,学校没课,只要赶上晚自习,待多久都没人管。屏幕上,李小龙挥舞着双节棍,肌肉紧绷,嘴里不断发出嗬嗬的怪叫。没人看他,都盯着电视。他扫了一眼,《猛龙过江》的结尾,高潮部分,他早看过几遍了,和他过招的对手,几分钟后,都将纷纷倒在李小龙脚下。他点了根香烟,两股烟雾熟练地从鼻孔喷出。闻到烟味,小孩们都纷纷回头看他。

电影剧终。小孩们按捺不住,连声催促:"快换碟,快换碟。"变声期,嗓音沙哑、尖厉,像泡沫板摩擦玻璃,听起来揪心。屏幕再次亮起,赤身女人占据了大半个屏幕。男人倚着门框,西装革履,手持皮鞭,邪魅地笑着。男人挥舞皮鞭,开始狠狠鞭笞女人。每一下都在女人身上留下触目惊心的印痕。女人浑身战栗,神情痛苦而扭曲,发出歇斯底里的尖叫。刚才还闹闹嚷嚷的屋子,顿时一片死寂,谁都没看过这种风格,纳闷不已。这时碟片突然卡住,大面积的马赛克吞噬了女人,刚才还在屏幕上扭动的躯体,被点了穴道似的,瞬间一动不动了。短暂的沉默后,马上爆发出连串的咒骂声。"妈的,怎么搞的。""老板,卡碟了!""重新换一张。"为首的不死心,去按快进键,试图跳过这段。屏幕快速闪烁,清晰了片刻,大家立马喊停,还没等男人挥起的皮鞭落下来,又卡在半空。这下连快进都失效了。什么烂碟?大家开始骂骂咧咧起来。有人大声喊，老板，快换碟！起初楼下没人理会。大家更加不耐烦起来，一声比一声叫得高，换碟，换碟！楼都快要震塌了。这下有了效果，终于传来上楼的脚步声。

都没想到上楼来的竟是女人。电视画面卡在那儿，场面有些尴尬。女人佯装没看见，一瘸一拐地走向电视机。她的步伐很奇怪，肩膀像跷跷板似的，高低摇摆，左腿发不上力，蜻蜓点水般，刚沾地就得立起来，身子的重量全压在那条右腿上，每一步走得都很滑稽、怪诞。那时他才知道女人有小儿麻痹症。他恍然大悟，为什么每次见女人，她都穿裙子，坐椅子上，从未见她走动过。女人快速将碟片退仓，更换了新碟，按下播放键。待画面清晰，女人一刻也没逗留，直接下了楼。她走得很慢，小心扶着楼梯栏杆，他望着女人的背影，目光全被裙里若隐若现的瘸腿吸引走了。

7

他开始频繁光顾鹏飞家电维修店。鹏飞在时，他就上楼看碟。武打，鬼片，枪战，什么乱七八糟的都看，来者不拒。那些强烈刺激感官的画面，在他眼里风平浪静，如同死水。唯有"局部地区"，那儿电闪雷鸣。他想着楼下的女人，想到裙里那条瘦小畸形的瘸腿，心里忍不住一阵颤抖。

下午五点钟，阳光依然强烈。女人坐凉椅上，旁边伏着一只小土狗，都面朝农贸市场。他从衣兜掏出香烟，慵懒地点上。

国产轮胎

女人说，不看了？他说不看了。女人还记得那只随身听，说，后来没问题吧？他说修好了。农贸市场那边一片嘈杂，小孩们在摊位间追逐，嬉闹，买菜的中年妇女为了两毛钱和菜贩子磨破了嘴皮。一尾鲫鱼跃出水盆。屠夫在剁肉，肉摊一阵颤动，肉末星子四溅。女人说，听口音你不是本地的。不像吗？他笑笑说。本地人都讲本地话，你到底哪儿的嘛？他说，我是广东人。听说是广东人，女人好奇心也上来了，在我们这儿待得习惯吗？他说，很好的，反正待哪儿都一样。她瞥了他一眼，是吗？我们这边的人都爱往广东跑，从广东跑我们这边来的很罕见。又说广东气候和饮食跟这边都不同呢，真适应得了？他说，我出门早，适应能力没问题。女人又细细打量了他一眼，你这人真有点意思。

他深吸一口烟，将烟蒂弹出几米远，小土狗蹦跳着朝烟蒂冲了过去。他说，你去过广东吗？女人摇摇头。小镇每天清晨都有一趟发往广东的长途卧铺车。他说，你想去吗？女人摇摇头，我好多亲戚同学在那边进厂，虎门、东莞、长安、厚街都有。他说，你想去吗？女人没接话，像在思考这个问题。小土狗嗅了嗅烟蒂，用爪子扒拉几下，突然呜咽一声，转身狂吠，像是被烟蒂烫着了鼻子。女人望着跑远的小土狗，扑哧一声说，干吗非要去广东，就像你说的待哪儿不是待？

阳光照过来，女人瞳仁透着晶莹的光泽。他看了眼，心里有些莫名的慌乱。他说这儿是蛮好的。这句话说得连自己都觉得过于敷衍了。女人垂下眉头，沉默了一会儿，说道，你既然会修车，那也会开车吧？他说那当然了。回到这个有绝对把握的话题，他连眼神都亮了几分，吹嘘没有哪辆车是他修不好的。又说，除了大货车暂时没开过，其他车都会开，车技相当了得。她说，是吧，既然这样，什么时候载我去兜兜风，见见世面呗？他愣了下，马上说，没问题，等有空了带你去个好地方。她说，什么地方？他卖起关子，说到时就知道了。

那只小土狗又折转回来了，浑身沾满枯草，伸出舌头，尾巴高高扬起。不知跑去哪儿打了个滚儿，它像是把刚才烫鼻子的事全忘了，朝他们摇头摆尾，一个劲地嗅他裤脚。他嫌狗脏，正想一脚踢开它，小土狗像猜准了他心思，瞅着他，猛然抖了抖身子，背部狗毛奓开来，狗身上沾的枯草纷纷抖落。空气中弥漫着一股狗独有的气息。女人侧下身，用手轻轻抚摸小土狗的脑袋。他说，你不嫌它脏吗？女人说，乡下的狗，哪有不脏的。她用大拇指顺着狗鼻子往狗脑袋撸。那狗蹲伏地上，半眯着眼睛，一副很享受的样子。女人的目光从他洁白的鞋面抬起，笔直的裤线和衬衫，最后落在了他的手上。一双比女人还要纤细白净的手，十个指甲修剪得干干净净的。

8

那是一辆快要散架的吉利豪情，深绿色，仿早期的夏利两厢车。变速箱出了故障，换挡顿挫感强烈。他和车主讲好，至少要一星期才能修好。实际三天不到，就收拾得差不多了。

他趁老板一家睡了，将车悄悄开出了汽修店。白日喧嚣的农贸市场一片沉寂，菜贩早已收摊回家了。鹏飞家电维修店拉上了卷闸门。他正寻思女人在哪儿时，女人慢慢从农贸市场的暗处走了出来。

车上了省道，沿枫树、水车方向开，最后在火家岭水库停下。

女人坐后座。上车时，他问要不要帮忙，被女人拒绝了。她穿了件碎花连衣裙，看样子像新衣服，脸上精心收拾过，容光焕发。开出小镇，她才说，你要带我上哪儿？他说一会儿到了就知道了。她说，别太晚，她们还约我回去打麻将呢。

他把车稳稳停在水坝上，熄了火。女人没猜到会是水库。这地方本地人也很少来，你是怎么晓得的？他得意起来，说，前不久米路过，感觉风景不错，就想找机会再来一回。女人说，大晚上的，连个人影都没有呢。他说，没人的地方才好玩啊，我喜欢没人的地方。你不是要兜风吗？其实我还可以教你开车。女人脸上浮起浅笑，没有说好，也没反对。他以为女人对开车感兴趣，说开车其实很简单，控制好方向盘，脚踩离合器，换挡，加油。他踩着离合器踏板，示范怎样加减挡。女人一旁心不在焉地望着，眼神有些恍惚，像在看一件和自己毫无相关的事情。他让女人伸手来握挡把，发现女人眼神有些不对。女人冷冷地说，你是故意作弄我吧，我这腿连路都走不稳，怎么开得了车。女人拉开车门，下了车。

她的裙摆很长，女人小心提着裙子，避免拖地。他跟在后头，月光下，女人走路的样子像跳一种诡异的舞蹈。他们在堤坝上找了块干净的草皮坐下。月亮已经爬上来，悬浮天宇，水面一片银辉，四周白昼似的。水库建在山丘地带，蜿蜒曲折几公里，像条巨蟒，缠绕林间。夜风拂过，传来阵阵松涛，窸窣声不绝于耳。松林百鸟啁啾，夜里格外清亮。正是月圆之夜，月亮轻快穿透白纱，框进深蓝明净的夜空，最后一动不动了。也许是缓和刚才的尴尬，他掏出了随身听，女人一眼就看出是前不久刚修好的那只。他将耳机递给女人，自己也戴了一只，两人并肩坐着，一阵轻快的旋律响起。听了一会儿，女人赞叹说，音质不错。他摩挲着随身听上的按键，说，它陪伴我好几年了，一路上见证了很多东西，现在每晚不听一听歌，心里便不踏实，就睡不着觉。

耳机里一个女人在低吟浅唱："……找到一个地方属于我，不需要勉强虚伪，心像风一样自由……"她说，这是什么歌啊，我从没听过。他说，伊能静《流浪的小孩》。她揶揄一笑说，你不就是个流浪的小孩吗？这些年，你一定去过不少地方吧？他点点头，一连说出好几个城市。女人感叹说，你经历可真够丰富的。她抬头望着月，像沉浸在歌声中。过一会儿，又忍不住喃喃说道，镇上那些男人，我只需瞥一眼，就晓得他们心里在想什么。她扫向他说，至于你嘛，我还真有点儿猜不透。她摘下耳机还给他，喂，你是不是也和他们一样？他笑，问他们是哪样。女人冷笑说，男人嘛，估计也都差不多。尤其那种电影看多了，眼神都色色的，跟小流氓似的。她仿

国产轮胎

佛早已洞悉了他内心的小把戏，故意激将他说，为什么带我来这里？是不是有什么见不得人的东西？他一时语塞，脸色青红，不敢直视她的眼睛。女人微笑的脸透着一丝轻蔑。看来我猜对了？他赶紧摇摇头，我和他们不一样。哦，是吗？说说看，你和他们哪儿不一样？她故意压低了声音说。女人目光犀利，一副早已猜透对方心思的样子。那目光让他浑身不自在，像赤着身子一般，他挠了挠头皮说，我是不是比他们干净？

她没忍住笑了起来。笑声传出很远。女人好不容易止住笑，正色说，你还别说，我真没见过像你这般整洁的男人，你看镇上那些臭男人，几天都不洗次澡，头发上的油都能够炒盘菜了。说说，你怎么就这么爱干净呢？

他确认了那不是陷阱，这才说，这个嘛，说来话长了，总之从小养成的习惯。她说，你爸妈肯定也很爱干净吧。他摇摇头，说，我是孤儿。孤儿？！这下轮到她震惊起来。他解释说，父母去世得早，只有一个姑妈，他从小是姑妈带大的。

两人一时陷入了沉默。他收起随身听，拔了根狗尾巴草，叼在嘴上，双手撑地，身往后仰。故作轻松的样子说，不需要可怜我啦，我早就习惯了。女人同情心上来了，没打住，问姑妈对他怎样。他说很好，姑妈没有子女，对他视如己出。什么都好，唯独有点让他无法忍受，你刚才不是好奇我为何那么爱干净吗，那都是姑妈的功劳。我姑妈有洁癖，到了让人匪夷所思的地步。她说，爱干净不很好吗？他摆正身姿，扭头冲她笑了笑,叼在嘴上的狗尾巴草一翘一翘的。那是一种病。你没有接触过这类人罢了。她不服气,我就喜欢干净的人。他不想再纠缠下去,一锤定音,这么说吧,在她眼中,这个世界就是一个大粪坑,所有东西都是脏的。

她说,这么严重?他点点头说,是个洁癖症和控制狂。什么事都得依着她,否则会勃然大怒。我记得有一回手贱,捉了几条蚯蚓,装矿泉水瓶带回家,被罚洗手,洗掉了一块肥皂,手都搓破了,她还嫌脏。后来我再也不敢碰类似的小东西。她说人都有健忘的坏毛病,要没惩罚,永远都不会长记性。女人轻轻反驳道,爱干净终归也不算一件坏事啊,总比邋遢好嘛。他显得不快起来,说,道理是没错,但真要你和她一块儿生活,没准儿一天都忍受不了,而我和她一起生活了十年。

她说,具体有多严重啊?他想了想,这么说吧,那天你摸那只土狗,她要是多长出一只手,肯定会把那只摸狗的手剁掉。女人眼里闪过一丝忧惧,说这有点变态吧,那后来呢?后来?后来习惯了,我也变得像她一样爱干净,看见水龙头就想洗手,皮都能搓红。我刚说这是一种病,现在同意了吧?她说,那怪不得了。不过你和她不一样,她那种就是变态,你不是 —— 你没办法嘛。

他凑近,一副很感兴趣的样子,说,你觉得我和她有什么不一样?她思忖了一会儿,生怕再说错什么。她说,如果你不在那种环境长大,会不会是另外一个样子?他像等这句话很久了,拍了拍大腿,兴奋地说道,那是肯定的!她受到鼓励，继续说，这说明你本性不是这样子，你和她不是同一种人。其实你现在大可以做回自己。

他听完，陷入长久的沉默，像在仔细琢磨她这句话的含义。突然霍地站起身，脸色阴沉，像变了一个人似的，说，我和她当然不一样了。她活得那么累，每天都希望一尘不染，可这怎么可能？他的愤怒像是积压已久的火山，适才找到一个出口，排山倒海一般宣泄出来。他说，给你看样东西。说着伸出左臂，撸起袖子，展露一道道紫茄色梅花点状伤疤。她疑惑地望着他，问这是怎么回事。他说，都是烟疤。每当快要愈合或心情不好时，我就用烟头烫一下，让它保持原样。她有些不寒而栗，说，为什么要这样？难道这是你在故意报复她？他不吭声。女人说，即使报复，也犯不着这样吧？他说，你不晓得，她见不得疤痕，觉得恶心，会犯晕，但她也拿我没办法，疤长我身上，再怎么努力也洗不掉，这是她很沮丧的地方。女人说，既然如此厌恶她，还能忍十年？他说，那能怎么办，我那时还小，又没钱，哪儿都去不了。女人说，换我早就跑了。跑？他乐了，这谁没想过呢，我都不知道跑过多少回，有回冬天，外边还下着雨，我光着脚就冲出门，深一脚浅一脚往雨里钻，发誓再也不回来了。她问，那后来呢？他不好意思地笑笑，那能跑多远？

他瞥了眼她的裙子。那条腿缩在裙内，在裙子的保护下，暂时遮盖得严严实实。要不是那天发现她走路有些奇怪，丝毫看不出什么异样。她察觉他在看她，下意识将裙摆往下抻了抻,摆正了身子。

他说,也不是跑不掉,但跑掉又能怎样?即使跑了,有些东西也是永远甩不掉的。习惯一旦养成,就像手臂上的伤疤,注定会在心里留下深深的烙印,一辈子也休想祛除。当然没有选择逃跑,主要是后来我发明了一个有趣的游戏。什么游戏?他说,一台显微镜。她愕然望向他,显微镜?他点点头,但凡肉眼不可见的东西,哪怕是微小的细菌,在显微镜下也纤毫毕露。自从拥有了显微镜,我和她的游戏便开始了。她不是有严重的洁癖吗,那些肉眼能看得见的污秽,自然逃不过她的眼睛,所以只能选择人眼不可能看清的东西,趁她不注意时,放在她经常触摸的地方。她露出惊讶之色,那是什么东西呢?他露出鬼魅般的微笑,这个你就不要问了,总之不是什么干净的东西。她恍然大悟起来,说,这才是你的报复?他垂下眼帘,算是默认了。

只要想到她,我就会想起显微镜。相比真实的显微镜,心里那台显微镜要可怕得多。有阵子,我表现得比姑妈还要洁癖。坐不住,觉得哪儿都脏,总忍不住一遍遍地擦拭,清洁,房间整天飘溢着84消毒液的气味。疯狂起来,比她有过之而无不及。她起初还有些惊讶,问我到底怎么回事。我当然不会告诉她,这是因为我心里嵌入了台显微镜。我要做的就是让我的世界保持彻底的干净,连显微镜都休想检测出来。为了饮食也保持绝对的卫生,我甚至还求她教会了我烹饪。也许你都很难相信,我十二岁就会做出好几道拿手菜了。尤其煲汤方面,即使像她这样挑剔的食客，也忍不住夸我几句，说厨艺了得。一切都如她所愿，朝更好的方向发展，只有我心里清楚，是该摆脱这一切了，因为那台显微镜已经深深嵌入了我的记忆，我的精神，我整个灵魂。说着，他痛苦地皱了皱眉头，忍不住深深叹了口气。

她四十岁生日那天，我决定实行那个酝酿已久的计划。一大早起来，趁她心情好，我说想独立做顿饭，作为她的生日礼物，前提是全程由我一人完成，她必须出门，到了饭点才能回家。她非常愉快地答应了我的请求，没多久就拎着包出了门。确认她已离开，我立马开始行动。我打开冰箱，取出食材，清洗，切片，腌制，烹饪。一切都在我的掌控当中。我还记得那天做的菜谱，有她爱吃的姜葱炒鸡、葱油生蚝、蒜蓉蒸排骨、酱炒豆角。至于最后那道拿手菜，花旗参乌鸡汤，我颇用了点心思，我先将乌鸡和瘦肉焯水洗干净，放入炖盅，再撒上花旗参片、红枣、桂圆，倒水漫过食材，然后开小火，慢慢细炖。做完这些，我感觉肚子一阵绞痛，肠道开始蠕动，感觉到一股强烈的便意，迫在眉睫。这时我脑海灵光一闪，一个天才式的想法如同一道闪电，瞬时将黑暗的内心照得白昼一般。我感觉一切都明朗起来，那台可怕的显微镜在闪电的照耀下，奇迹般消失了。那一刻，我感觉通体舒畅，有种说不出的痛快，我意识到自己终于战胜了内心的恶魔。她皱着眉头说，你到底做了什么？他神秘一笑说，没什么，我只是加了点新配方，确保味道更加浓郁。

我将精心烹饪的菜肴一一端上桌台，那道重要的花旗参乌鸡汤摆在最中间显眼的位置。最后，我还不忘在桌上留下一张便条贴，我这么写道，这十年来，感谢您的照顾！我特意炖了您最爱的乌鸡汤，请慢慢享用，祝您生日快乐！我相信她看到便条，第一件事就是揭开热气腾腾的炖盅，凑上前深吸一口气，花旗参炖乌鸡的美味一定会给她留下永生难以磨灭的回忆。

做完这些，我换上衣服，从床底拽出早已准备好的行李箱，头也不回地离开了那个地方。后来也再没回过。他重重地叹了口气，像是要将过去的那些陈年往事统统翻篇。有一回开车，我突然想到，挡风玻璃上哪怕有丁点污迹，我都会开雨刮擦干净，可总有些边角，你再怎么努力也是徒劳的，当然这不怪雨刮，因为这超出了它的能力范围。而要想彻底清洁那些边角地带，就必须借助人的手。他做了个擦拭的动作，我喜欢挡风玻璃干干净净的样子。

9

夜风拂来，透出些许凉意，那轮硕大的圆月静浮水面，看上去比刚才的还要饱满圆润。她望向水库前方，还沉浸在他刚才的讲述中。有那么一会儿，两人谁也没说话，四周一片阒寂。他突然说，堤坝下那儿是不是有只小船？她顺着他指的方向，也看到了那只小船，黑黢黢的，像片叶子泊在水上。他点了根香烟，提议下堤，往水边走走，顺便去看看那只小船。

附近松林传出几声凄厉的鸟叫声，只见一只斗篷大的黑鸟从林间扑棱棱飞起，落向更远处的丛林深处了。女人说有些怕。他伸出手，轻轻握住女人的手，才发现女人手心全是汗。两人牵着手，小心翼翼往坝下走去。他说讲一讲你的童年吧。女人说，和你相比，我的童年没什么好说的，不过我刚才倒想起来，小时候来过这儿一次，一晃十多年了，时间过得可真快。她停住脚步，手指左前方，那边以前有片国有林场，还有护林员，护林员就住在那个小木屋里。他也发现了水库左前方的小木屋。木屋的轮廓在月色下清晰可见，屋顶大部分瓦片被风刮掉，露出一大块黝黑的房梁。她说林场后来承包出去，护林员也走了，小木屋多年无人打理，据说快要坍塌了。你晓得房子一旦没人住，就很容易颓败。他用力抓住女人的手，说，需要我背你下去吗？女人摇摇头说，我能走。

两人慢慢走下堤坝，沿沙滩往小船方向走去。月色下，水库像面蒙了霜的镜子。他弯腰掬了把水，洗了洗脸，水很清凉，他让女人也来试试。女人小心翼翼地沾了沾水，突然说，你会游泳吗？他犹豫了下，说不怎么会。女人说，我从小就怕水，旱鸭子。两人朝小船方向继续走。小船搁了浅，大半船舱浸在水中。船首有根朽掉的木桨，黑漆漆的，像把长剑，斜插在滩涂里。女人说，她以前坐过这只小船，去对岸的小木屋，那时船还很新。女人在旁边找了块石头坐了下来。他用力拔出船桨，抛入水中，清洗掉上面的淤泥。你过来！她说。女人声音很柔细，需靠得很近才听得清。他丢了船桨，洗了手，也上了石头。女人说，我问你一个事。他说什么事？女人说，你是不是觉得我就是那种女人？他说，哪种女人？女人意味深长地看了他一眼，你心里难道还不清楚吗？女人的目光带着一股审视的味道，黑暗中，他感觉脸颊滚烫。

他连忙辩解，不是这样的，你误会了。女人说，误会了吗？当然，他说，我知道你在想什么，你大概觉得我和镇上那些男人一个德行吧。他的声音显得有些激动，望向前方黑沉沉的水面，很失望的样子。女人说，我也希望是误会。你不知道她们背后怎么造我谣的。他说，说你什么呢？说什么的都有，最恶毒的说我是做那个的。我们这地方应了那句话，庙小妖风大，池浅王八多。你肯定听说过新华书店那个女人吧？就在你们汽修店隔壁。他点点头，想起有一回闲来无事，去书店逛了逛，还买了支英雄牌钢笔。卖他笔的就是她说的那个女人，四十上下，淡紫色套裙，一头乌发，盘了发髻，还抹了发油，脸上涂着厚厚一层粉，白得没有一丝血色。

她压低了声音说，她们都在传，她四处搞破鞋，专偷有妇之夫，还堕过不止一次胎。据说那女人一直没结过婚。他皱了皱眉头，说，是真事吗？她冷笑一声，都图个口快，谁会在意真假呢。一个女人背后被人说成是一只鸡时，还会有人在意她到底是不是一只鸡吗？女人愤愤起来，镇上那些长舌婆，没一个好东西。你知道我最懊悔的是什么吗？我恨当初没能制止鹏飞，为挣那几个破钱，在家播那些片子，最后什

国产轮胎　113

么人都跑家里来了。女人大倒起苦水，那些人的嘴就像粪坑，什么难听的都敢讲。他脑海浮现出那诡异的一幕，西装革履的男人，挥舞着皮鞭，每一下都让女人发出撕心裂肺的喊叫。奇怪的是女人并没有请求停止，反倒像是沉浸于被鞭打的快感中……他思绪有些飘忽，待回过神来，女人已经在感叹自己的不幸身世了。

我从小成绩拔尖，每回考试，都能考班上前三名。初中毕业，父母却死活不肯再继续供了，无论如何央求都不行。家里穷，姐弟都上学，压力确实也大。但主要原因嘛，也未必全因为穷……她嘴角微微抽搐两下，他们说成绩再好又能怎样，就我这条件，即使考上大学，将来也不好找工作。女人说着轻声抽泣起来。我记得你当时问我，想不想去广东，她哽咽着说，谁不想呢，去见见世面也好，我虽没去过，电视上总看过的。每天清晨去往广东的卧铺我都会多看几眼。我不是没动过念头，但他们说我这身体，去了也没工厂肯收，白糟蹋了这趟路费。刚开始我还有怨恨，怪父母，怪老天爷，现在看淡了，谁也怪不了，只能怪自己，这就是我的命，一切命中注定。

他瞥了眼女人说，那天你老公下手有点重啊。她说，家常便饭，早就麻木了。他经常打人吗？她卷起袖口，月色下，手臂上青紫的瘀伤触目惊心。你这也能忍？女人凄然一笑说，早习惯了。他说，这是虐待，换别人早就离了。莫非是有孩子走不开？她摇摇头，在一块儿几年了，一直没怀上。他说，换我早跑了。女人说，你刚说的这些，我不也和你说过吗？

就我这条件，换我爸妈说，能嫁鹏飞这样的已经很不错了。至少他们蛮满意的。他反对说，天下那么大，总有容身之地。女人说，话说得漂亮，可到哪儿都得花钱啊。他说，有手有脚的，难道还养不活自己？女人低声说，是啊，都有手有脚的，只有我是这副样子。他思忖了一会儿，说，……要不咱俩一块儿走吧。她笑了起来，说，咱俩一起走？去哪儿呢？他说，树挪死，人挪活，总有办法的。她说，你一个人好办，随便到哪儿，都能混口饭吃，我腿脚不方便，是个负担。他摇晃脑袋，说相信他，有办法的。他压低了声音，悄声说道，修理厂经常有人来修车，瞄准一辆，找个地方，便宜处理掉，给多少都行，打一枪，换个地方，这是条门路，这几年屡试不爽。店里新到一辆日产蓝鸟，就快修好了，车况还不错，估计能卖上个好价钱。

　　她惊讶地望着他，说这是犯法，抓住会坐牢的。他蛮有把握的样子，说不用担心，到时把车架号和发动机号磨掉，重新刷漆，深度清洁，卖很远的地方，车主见了都未必认得出来。他说得诚恳，把心底秘密都掏出来了。女人动情地看着他，说，你为什么要和我说这些，为什么要对我这么好？他说，看你第一眼，我就喜欢上你了。女人将头靠过来，像只乖巧的小动物，贴着他的肩窝。他用手轻轻抚摸她的脸。女人娇羞说，你不嫌我比你大吗？他说，不会。她又说，那你不嫌我这条腿吗？他柔声说，不会的。

　　女人侧着身，裙摆垂得很低，左侧空荡荡的，那条瘸腿像在裙子里消失了。他低声说，我能看一眼它吗？女人抬起眼，愕然望着他，看哪里？他示意了那个部位，眼神充满了期待。为什么要看那里？女人显得有些羞赧。就看一眼，行吗？他几乎在央求女人。女人面露难色，说，它太丑陋了，没人会喜欢的……他打断她说，谁说的，根本不是这么回事，至少我不是那样认为的。女人满眼不解，怔怔地望着他，似乎他的眼神有她需要的答案。女人摇摇头说，真的很难看，连我自己都觉得有些恶心，你看了一定会后悔的，说不定就不再喜欢我了。他头摇得像拨浪鼓，眼神更为坚定，我不像他们，他们兴许是那样的人，但我和他们不一样……他停顿了会儿，说，我甚至就是因这条腿才爱上你的。

这句话甫一出口，连他自己也吃了一惊。女人眼里早已噙满泪水，显然也被这句话打动了。女人说，你这人好奇怪啊……可是真的很丑陋，连我自己都不忍心看呢……他握着她手，柔声说，放心吧，宝贝，你太独特了，我只想看一眼，没别的意思。女人于是慢慢提起裙边，裸露出那条瘦小、畸形的残腿。那条腿比她手臂还细，像个">"，执拗地朝外曲张着，蚯蚓般的血管在月色下显得阴森可怖。

他没害怕，也没显露出厌憎。倒是像在品鉴一件罕见的艺术珍宝，细细地欣赏和把玩，完全沉浸于自我的世界，反而忘了这条腿的主人。女人羞愧交加，满脸通红，几次把头撇向一边，仿佛被对方扒光了衣服，忍辱示众于熙攘的人群中。他握住那条畸形的腿，揽入怀中，用脸轻轻地摩挲，磨蹭，脸上透出不可思议的表情。多美啊。他喃喃说道。女人听后简直羞到极致,两个肩头忍不住微微颤抖。请不要这样子。她小声哀求道。他像没听见似的,手指顺着她腿上凸起的血管上下抚弄。击节赞叹,真美啊。女人摇头说,太丢人现眼了。他说,不,这太美了。女人如坐针毡,鸡皮疙瘩都起来了。女人提高声调说,我们回去吧。他像个贪玩任性的孩子,索性闭上眼睛,一副不想被打扰的样子。女人又恼又羞,说够了,你他妈的怎么这么变态?他猛地睁开眼,像一箭射中靶心。你刚说什么来着?他满脸无辜的样子。她没好气地说,你就是个死变态,和你姑妈一样,你们全都是变态狂!女人用力拨开他的手,抽出腿,整理好衣裙,一脸的嫌恶。他的脸霎时变得惨白,双手抱头,像是挨了一记重拳。女人抱怨道,我这辈子遇到的都什么人啊,他妈的一个比一个变态。他摇晃着站起来,说,我那么爱你,你竟然说我是变态?我打赌,你压根没见过真正的变态。他的语气充满了失落、颓丧,却出奇地冷静,脸上始终带着微笑,而眼神却深不可测,里面许多道光在流转,锐不可当。

出于害怕,女人先软和下来,说不讲这些了,时间不早了,我们回去吧!他没搭理她,干脆坐了下来。他说,你看过天气预报节目吧,播音员每晚都会说,局部地区将会有雷暴雨。女人说,我不知道你在说什么,也不想和你闹了,我想回家了。他奚落道,还想回那狗屎般的地方?她说再怎样那也是我的家啊。他冷冷地说,我以为我们都是生活在局部地区的人,可你今晚让我有些失望了,当然你永远也不会理解这些……女人打断他说,我不想和你啰唆了,快点送我回去。我要是有个什么三长两短,他们肯定会怀疑到你头上来的。他笑起来,你觉得我是怕被人怀疑的人?那我索性再啰唆几句,反正也需要换地方了,这儿待太久了,没准那些人明天就该找上门来了。他凑到她跟前,一言不发地瞪着她。额头上青筋凸显,眼球因充血而通红,瞳仁内岩浆翻涌,火山一触即发。走之前不如让我来帮你深度清洁一下如何?女人惊悚地望着他,刚想呼叫,被他一把捂住嘴,嘘!别叫。他细声说道。那手光洁、细腻,但劲道十足,一双修理工的手。女人的嘴被紧紧捂住,丝毫动弹不得,他将她一点点拖上小船。女人拼死挣扎,那手像焊在嘴上,任由她怎么掰都纹丝不动。女人感觉身体在一点点放空,枯萎,整个天地都在摇晃,水面和天空颠倒过来,最后无边无际的黑暗吞没了一切。在即将失去意识的关头,她听到一个声音在耳畔温柔地说道,很多人都嫌麻烦,对那些边边角角假装视而不见。而我最喜欢干的事,就是去替人清洁这些,这对我很重要。

10

十二点一刻,整条街都已炸开锅,大家纷纷拥进店铺,生恐被轮胎撞着。轮胎持续朝前冲,以摧枯拉朽之势,将米粉店外边几张折叠桌冲了个稀里哗啦,接着撞倒旁边停的摩托车,然后朝"姐妹花"理发店的玻璃门撞来。正在剪头的后生听见巨响,吓得一屁股从美发椅上弹了起来。此时轮胎已杀红眼,如头发了疯的公牛,飞速往坡下冲去。经过坑洼路段时,一次蹦得比一次高,在空中还扭起小蛮腰,像杂技团的高危惊险表演,眼看要失控,大伙心都提嗓子眼儿了,最后关头又平安落了地。

男孩走得很快,差不多一路小跑。他不时将手伸进裤兜,摸一摸随身听。随身听带着金属般的质感,摸上去凉凉的。男孩正沿街边往坡下去。坡下有个包子铺,他喜欢这家店蒸的馒头,个头大,口感甜糯,散发着小麦的清香。五毛钱就能买上两只,吃下去能顶上大半天。刚出笼的馒头热气腾腾,还粘手,得用小塑料袋提着。

随身听有点沉,裤兜直往下坠,男孩于是将手伸进去,紧紧握着它。他做梦都想拥有一台随身听,央求过妈妈好多回,每次都招来一顿劈头盖脸的臭骂。家里穷得连盐都吃不起了,哪还有钱买这玩意儿?妈妈嫌他这么大了还不懂事,整天只想些稀奇古怪的事,不把心思放学习上。现在,所有的不快都过去了,一只随身听就摆在眼前,一切由他做主,爱谁谁。

男孩走得满头大汗,不时回头,看有没有人追上来。男孩希望是贵州车主的。最好那人是个马大哈,车开出老远了,才发现包里的随身听不见了,那时前不着村后不着店的,掉头寻找也来不及啦,只好自认倒霉吧。他又觉得那随身听像是小湘西的,他记得有回小湘西戴着耳机,没准儿兜里装着的就是

国产轮胎　119

这家伙。男孩一路胡思乱想着。如果是小湘西的,事情还有点棘手,他要是发现随身听不见了,没准儿第一个就会怀疑到他头上来。男孩想着到时该如何应付。面对小湘西的盘问,肯定要将头摇得像拨浪鼓,睁大眼睛,装出一副毫不知情的无辜样。要是对方发起狠来,他就哭,撒泼,大声哭,最好让老板听见,让更多人相信他是清白的,是被诬陷的。他甚至想到最坏的情况,趁他不注意,撒腿就跑,从此躲得远远的,再也不让他看见。男孩又想起鞋子那一幕,心里还窝着火呢。他希望随身听是小湘西的。

一直走下坡,到环岛附近,他才敢掏出来仔细打量一眼。那是一只铅灰色的爱华牌随身听,沉甸甸的,机身扎实,八九成新,看样子就知道是高档货。里面还有一盒磁带,是合集,张学友、周华健、刘德华、黄家驹……有好多他喜欢的港台歌手,他按捺不住激动的心,戴上耳机,按下了播放键。"流浪的小孩泪为自己流,流浪的小孩笑发自心中……"歌声让他不自觉地放慢了脚步。男孩满眼愉悦,往农贸市场方向走去。他感觉戴上耳机,周边和往常都不一样了,一切看起来很新鲜,亲切,充满活力。想到以后都会这样,他越想越兴奋。路过文具店时,他想起那个叫小凤的女孩。上次为了给她写信,他还特意去这家文具店买来印有《蓝色生死恋》主人公的浅蓝色信笺。他又想起他在日记中发的誓,如果能一口气跑上五公里,就鼓足勇气给她写一封信。小凤是他们班上最漂亮的女孩。想到这个,他心里有些忐忑,小凤会给他回信吗? 会不会给他来一顿臭骂甚至去老师那里告发他？就在这时，耳机里的歌声消失了，一段短暂的沉寂过后，他听见了有人低声说道：

"我能看一眼它吗？"男人说道。

"看哪里？"女人问。

"……"

"就看一眼，行吗？"

"它太丑陋了，没人会喜欢的……"

"谁说的，根本不是这么回事……"

"真的很难看，连我自己都觉得有些恶心，你看了一定会后悔的，说不定就不再喜欢我了。"

"我不像他们……但我和他们不一样……我甚至就是因这条腿才爱上你的。"

录音声音很小，有些嘈杂，男孩把声音调至最大，听得一头雾水，他耐着性子听了一会儿，果断按下了快进键，想直接越过这段，去听下首歌。再播放时，却听见一阵绝望的挣扎声，那啊啊啊的声音发自女人，像濒死之人从肺部挤出的最后气泡，一个，两个，三个，他听得毛骨悚然，最后听见一个熟悉的声音在耳畔轻声说道："而我最喜欢干的事，就是去替人清洁这些，这对我很重要。"幸好耳机又恢复了熟悉的旋律，是黄家驹的《光辉岁月》，男孩很快跟着节拍开始轻哼："钟声响起归家的讯号，在他生命里，仿佛带点唏嘘……"

一辆满载化肥的福田牌小货车正在慢慢上坡。轮胎一路风驰电掣，眨眼间就冲到鼻子前了，司机躲避已经来不及了，几乎条件反射般往右猛打了把方向盘。右边是条通往粮站的小巷，福田车狠狠地撞在巷子口，把墙角撞出一个箩筐大的窟窿。轮胎虽然没撞中车头，依然剐蹭到了福田车的左后侧。那轮胎晃了两晃，并没倒，反倒是弹上了人行道，在众人惊呼声中，朝旁边一棵歪脖子香樟树撞去。

只见香樟树身猛地一震，落叶纷飞，整个树冠都在颤抖。香樟树吃不消这么狠撞，咔嚓一声，便被拦腰撞断了。轮胎沿着树干蹿起两米高，在空中翻滚了好几圈，重重砸在地面，将马路砸出一道几寸宽的裂缝来。

坡底有个环岛，丁字路口往东是镇政府、法院和邮局，往西是农贸市场。镇政府大门隔着环岛，正面朝向长坡。环岛的小花坛是石门地标，立着一匹仰天长啸的大理石奔马，据说是马到成功的意思。轮胎一路所向披靡，此时已呈佛挡杀佛、神挡杀神之势，从马头一跃而过，笔直冲向镇政府大门。

最先遭殃的是镇政府门前的石狮子。那是一尊威武霸气的石狮子，龇牙咧嘴，怒目圆瞪，脖子上还缠着红绸布，换识相的，避之唯恐不及。但轮胎没管这些，结结实实地撞了上去，将石狮子干净利索地掀翻在地。撞翻石狮子，轮胎并没有停，扭了扭，调整方向，改朝西边农贸市场方向冲去。

农贸市场是石门最热闹的地方，零售批发，衣服鞋袜，水果零食，锅碗瓢盆，香纸爆竹，新鲜菜蔬，五花八门，花花绿绿，一眼望不到边。商贩为了抢占生意，都在各自店铺前架了摊铺，使得道路更加拥挤不堪。每逢赶集，人头攒动，连摩托车都休想挤进来。

小湘西脚劲好，路上遇到开服装店的老罗，他俩认得，二话不说就上了老罗摩托，两人风驰电掣，一路油门，想截住轮胎。追到坡下，镇政府门口已经人仰马翻，一片狼藉。石狮子肚皮朝天，躺在台阶上，狮头磕掉了半边，早已威风扫地。小湘西问，轮胎呢？有人认得他是宏明汽修店的伙计，指着农贸市场方向说，往那边去了。

轮胎碾压过来，像房间闯入一只大象。摊铺上的扫帚、拖把、塑料盆、热水瓶、菜勺、筷子，一半飞上天，一半落了地。人群慌作一团，尖叫声、哭号声、呐喊声，乱成一锅粥。男孩戴着耳机，正走进包子铺。中午新鲜出笼的包子，溢着热气，他掏出五毛钱，说要两只馒头。卖包子的伙计揭开蒸笼，热气升腾而起，伙计大半个身子瞬时被白雾吞没，那白胖胖的馒头在雾气中若隐若现。就在这时，男孩听见身后的喧哗声，他愕然回头，看见小湘西朝他大喊："文跎，快闪开，轮胎来了！"男孩抬头，只见一只巨大的黑影从天而降，径直朝包子铺飞来。男孩双脚像生了根，一动也没动，所有东西都静止了，那巨大的黑影像片乌云，四周光线迅速暗淡下来，他感觉眼前从没有过的寂静。

2023年8月16日　海口滨江海岸

战地新娘

战壕里横卧着一匹马。马身上沾满了灰褐色泥浆。麻醉师半蹲着，给它注射麻醉剂。马甩着马尾，不时打着响鼻，鼻孔发出一声声沉重的叹息。我盯着这匹马有些时间了，它的眼睛半开半闭，那样子看起来真的奄奄一息，离死只差一步之遥。一阵北风刮来，卷起枯叶，我打了个寒战。战壕湿冷，虽说才十月底，寒气逼人，已经穿得稳秋衣了。不远处，一面青天白日旗歪斜着插在阵地上，上面沾满了泥水，软耷耷的，呼啸而过的北风也没能把它荡开来。

几个穿着军装的蹲在战壕里，抱着枪在抽烟，刚才麻醉师的脸冷不丁被马尾巴抽了一把，精致的小白脸全花了，满脸泥浆，不知哪个家伙没绷住，先笑了场，搞得大家都笑起来。

上午的战斗已经接近尾声，细雨中的硝烟逐渐散去。双方阵地都躺满了全身血污的"阵亡者"。一箭之地，一匹受惊的黑马嘶鸣着,快速朝河边的小树林跑去。副导演骂骂咧咧:"谁看的马? 谁负责的? 今天已经第三回了,净添乱!"扔掉手中的烟,连忙追去了。他身后跟着慌乱的女助理和场记。

导演那边许久没传来动静。躺在地上佯死的演员忍不住眨巴着眼朝那边偷瞄了几眼。导演正和女主角在一边抽烟谈笑,女主角不知听了什么段子,不时爆出嗲声嗲气的笑声。戴着军帽的男主演站在帐篷外边,利用拍戏空隙,抓起一对哑铃在搞锻炼。男主角年届五十,得益于长期健身的习惯,身材保持得还不错,据说不管去哪儿拍戏,都不忘带上哑铃。越来越多佯死的人睁开了眼,胆子大的甚至从裤兜掏出了手机,刷微博、发短信。死气沉沉的阵地突然恢复了奇妙的活力。

天色灰蒙,雨水统治这一带已有些时日。从八月中旬开始,淅淅沥沥的秋雨就没断过。一场秋雨一场寒,河岸的白杨林一天比一天斑黄,在秋雨中被摧残得瑟瑟发抖。化妆师抓着空隙,忙着给演员补妆。大声喊:"血袋!""绷带!""中弹时用手捂着这儿,一会儿给你来特写!"

蒙蒙的秋雨季节,万物都浸泡在雨水中,灰色的江面,灰色的船只,灰色的树林,灰色的战壕,灰色的人脸……灰色消融了一切。这样的天气终归让人心情有些沉郁的。我搞不懂,林晓冬夫妇为何要挑这么个阴晦的天气去拍照。

拍照的地点是提前就定好的。很早就听说了剧组进驻河心岛的消息。据说要在这里拍摄一部抗日连续剧,还原几十年前发生在这座城市的保卫战。几个月前,河心岛被封闭起来,大家的猜测应该是对的。据说要搭建一座几十年前模样的古城,一座几十年前被炮火摧毁的城市。

夏天接近尾声,有次和林晓冬消夜,无意间聊到这事,林晓冬突然灵机一动,兴奋地拍了拍我肩头说:"蔺啊,那就在那儿拍了!"我还有些没反应过来,林晓冬说:"战地新娘啊,千载难逢的机会啊!"

这时我下意识地瞥了一眼准新娘苏陶,这位小学老师正在剥一只小龙虾,她的手指很短,肉乎乎的,看起来和剥完的小龙虾差不多。她坐在一张红色塑料椅子上,椅子被填充得满满当当的,像长在她身上。那会儿她刚烫了一个大波浪卷,戴副黑框眼镜,笑起来很像一个人,我总觉得像在哪儿见过,但想了很久,也想不起是谁来了。这些日子,我的记忆越来越糟糕。我失神抽着闷烟。眼前这个胖女人让我有点难过。

她喜欢猫。养了一只黑猫,叫咪咪。婚房刚装修好,黑猫溜进来,在新沙发上撒了一泡尿,有些划地盘的意思。林晓冬脸都紫了。在它一次打碎了墨水瓶后,林晓冬私下向我发誓,表示总有一天要趁她不注意,扔了这玩意儿。"真搞不懂这些傻女人,在这些猫科动物身上总有挥洒不完的爱心。"

我记得第一次去参观他们位于枫林路婚房的情景,正是盛夏,苏陶老师坐在沙发上,黑猫蜷缩在她腿上,她边抚摸着黑猫,边摩挲着自己微微隆起的肚皮,小声笑着说:"小混蛋,你就快有弟弟啦。"我相信这句话她是对这只猫说的。她说这句话的时候，浑身都透着一股轻松惬意的懒洋洋的劲儿。林晓冬远远地坐在餐桌旁，手里拧着一只俄罗斯方块。我永远记得他当时的表情，目光低垂，一言不发，整张脸像被福尔马林浸泡过。

当晚，我躺在那张因为卯榫松动随时都在抗议的床上，破天荒地想起林晓冬夫妇。想起他们现在和即将面临的性生活，感到忧心忡忡。我想象两个胖子在床上的努力。一只皮球用力挤压另一只皮球。我突然有些难过。我，一个三十七岁的单身汉，在为另一对即将步入婚姻的夫妇担忧他们的性生活。这很荒诞。

我翻了个身，身下的床发出痛苦的声响。它在提醒我，我们已在一起睡了十几年，该换张床了。在未离婚前，这张床的一半是属于林薇的。它是我们婚姻关系的见证者。如今它已经快散架了，依然是我们婚姻关系的见证者。

凌晨十二点，我依然睡不着，去厨房喝水。透过门窗，一只流浪猫，坐在香樟树下的垃圾箱上，正在用舌头舔舐被雨水淋湿的毛发。它警觉地盯着我。我们沉默地对视，目光如枪，谁也不敢先动。

时间再往回拨几个月，正值雨水丰沛的五月份。洪水漫过橘子洲头。老天爷再狠点心，我们都要去准备挪亚方舟了。某天我在整理照片，突然接到林晓冬的电话。他说："兄弟，赶紧开门,我现在在你楼下!"林晓冬急促的语气让我以为出什么大事了。我掐掉电话,套上裤衩,用手捋了捋发型,做好了大事不妙的准备。

打开门,林晓冬早已站在门口。他用手抹去光头上的雨水,向我做了一个鬼脸。什么大事都没有发生。我有种怅然若失之感。要说大事,林晓冬新理了一个光头,再搞套僧袍,可以去朝阳区当仁波切了。

也不是什么事没有。林晓冬指了指隔壁单元,悄声说:"她正在楼下呢,我这辈子都不想再见到她了。我来你这里避避风头。"

透过楼道走廊的菱形砖孔,一个女人站在桂花树下。没带伞,浑身湿漉漉的。她围着桂花树走了好几圈了,其间不停拨打手机,举起,放下,举起,放下。她的表情看起来就像一堆即将点燃的浏阳花炮。

我认识这位女人,上世纪八十年代衡阳祁东生产。某个周末,林晓冬好说歹说,一定要拉我作陪,去吃一顿这辈子氛围最尴尬的饭。我除了负责吃饭,还附带陪好这位衡阳造的父母。那天她打扮得颇有些意思。穿着红色的短裙,黑色丝袜,头上戴了个蝴蝶结,长长的假睫毛。这副本该二十来岁的打扮让我对她印象深刻。看得出她很在意这次饭局,为了这顿饭全豁出去了,什么化妆品都孤注一掷地往脸上招呼,怎么形容那张脸呢,抹得像个草莓蛋糕。

我为认识她感到悲哀。

她在一家公司做会计。唯一能解释得通的，是林晓冬把这位着急出嫁的大龄女青年睡了。他大腹便便的样子，某些场合，的确有些大老板的派头，尤其是当他深情凝视大龄女青年时，想必对方也感受到了他邀请共同步入婚姻殿堂的诚意。我想，那一晚想必是他开给对方的诚意金。所以当衡阳女人兴冲冲从衡阳乡下将父母接过来准备商量终身大事时，林晓冬慌了。林晓冬那天一个劲儿地给二老夹菜，那盘腊猪脚我一块没落着，都落入了二老碗中。林晓冬大汗淋漓。餐厅外边一个男孩在公园踢球，有个愣头青开着一辆改装过的丰田锐志，将油门踩得嗷嗷叫，一直围着街心花园刷圈，这下谁都晓得他在开一辆二手改装车了。那天并不热。林晓冬流了很多汗。二老始终保持着礼节性的微笑。询问他们何时办喜酒。

我二十来岁的时候，和林晓冬住在同个小区。那是一个汽车厂宿舍，上世纪九十年代的老小区。大多数人都已经搬走，留下老弱病残和一些像我一样买不起房的年轻人。那时我们都喜欢篮球。那时科比如日中天，"你见过洛杉矶凌晨四点钟的太阳吗？"一群半截身子已经入土的老人，拄着拐杖，戴着毛线帽，坐在水泥球场旁的椅子上，颤巍巍地看我们打球。

怎么形容我们的球技呢？我希望这些老人都是瞎子。皮球总在和我作对。投三分，很少沾过篮筐。运球从超不过三秒。小组对抗，对方三步上篮，如凌波微步，我自岿然不动，只感觉耳边有风拂过。和我不同，林晓冬的防守面积明显大我一圈。他有个媲美奥尼尔的大屁股，每回运球转身，皮球甩手而飞，防守的人则被撞飞三米开外。堪比车祸现场。我物理学得糟糕，但林晓冬的运球方式总是一遍一遍提醒我：别忘了牛顿的离心力。

"离心力是一种虚拟力，是一种惯性的体现，它使旋转的物体远离它的旋转中心。"没谁胆敢防林晓冬了。大家热爱篮球，大家更热爱生命。但林晓冬也很少将皮球扔进过篮筐，就像他那些层出不穷的旋飞的梦想，一次也没射中过目标，最后都旋转着远离了他的初衷。

认识衡阳女人时，他刚关张二手车生意，转行做花卉市场。他在青山花卉市场盘了个摊位。开张那会儿，声势浩大，大棚内摆满了各种坛坛罐罐——盆栽、绿植、鱼缸和假山石，一度草木葳蕤。但他似乎也不是经营花卉生意的料。没多久，每盆花卉都鬼见愁，奄奄一息。每次走进他的大棚，仿佛听见花草此起彼伏的救命和哀嚎声。他不是在侍弄花草，是在搞虐待。他厮混于球场的时间要比在花卉市场还多。只要不下雨，下午四五点左右，大家就心照不宣地往球场赶。在球场，我认识了越来越多的同龄人。湖北的周黑鸭、黄花菜，河南人小李，长沙人韩江、熊欢，常德人卓彬。林晓冬年龄最长，算我们的头儿。我喜欢和衡阳药品推销员小付搭档。小付一口白牙，笑眯眯的，很少见他发火。当然四步上篮是发火的阻燃剂。他每次三步上篮总会多出半步，他为多出的半步深感懊悔。

有时我们也能听见稀稀拉拉的掌声。掌声来自那些挂着拐杖的老人。掌声让我们产生些许幻觉。我很快意识到,他们像围观动物园,饶有兴趣地观看着我们笨拙的表演。这群猴子的表演是他们单调乏味的老年生活的重要调剂品。

我为我们的球技感到悲哀。

熊欢,瘦高的个儿,喜欢穿着荧光绿的耐克牌球鞋,号称泡遍了解放西的酒吧。女朋友走马灯般换。一米八几的个子,本该打中锋,嫌中锋活儿累,执着投三分。雷阿伦是他超级偶像。他的三分球像段誉的六脉神剑,时断时续,准的时候,百步穿杨。某天他交了漂亮的新女友,一个笑起来眼睛弯弯,很甜的女孩。她特意从河东赶过来,站在球场边的香樟树下观看我们打球。她的目光全网在他一人身上。

为了让熊欢在新女友面前获得男人的尊严,我们拼命给他喂球。他扔的三分球是过去一个星期的总和。但那天皮球相当不给他面子,一个球都没进。打铁。三不沾。三不沾。打铁。整个球场都回荡着皮球砸向金属篮筐的哐当声。他羞赧夹杂着愤怒,脸红得像猴子屁股。

那天,他如愿赢得了铁神的绰号。

六月份的时候,林晓冬终于摆脱了那个衡阳女人的纠缠。询问他最后如何解决掉这个麻烦的,他眨了眨眼,不愿透露。天晓得他耍了什么手段。我不知道是该为他悲哀,还是为衡阳女人庆幸。那天晚上我们坐在路边摊烧烤,喝了许多哈尔滨啤酒。他全程亢奋,喝得很高,身体成了一座啤酒加工厂,吹着口哨,频繁出口给了街角的那丛紫花木槿。我能感受到紫花木槿微微的怒意。

在衡阳女人出现之前,林晓冬的正牌女友是一位舞蹈演员。他让我们叫她何老师。在省文工团,会唱戏,也会弹琴,不爱说话,不会笑,是位冰美人。

某次打完球,林晓冬邀请我们喝茶。那是我第一次去他住处,一套两居室,客厅墙上挂着十来幅字画,每幅来头都不小,齐白石、张大千、弘一法师和启功,一个个如雷贯耳,大师满堂,我忍不住吃了一惊。

"这些都是真迹?"

林晓冬眼眉一抬,朝我眨了眨眼,笑了。我明白刚问了一个愚蠢的问题。

书房摆着一架古琴,一台呼吸机。他解释,因为胖,睡觉打呼噜,担心一觉永远不醒,偶尔需要借助一下呼吸机。靠墙立着两个书柜,书塞得满满当当的,全是《心理学入门》《卡耐基》《厚黑学》《演讲与口才》等货色,颜色鲜艳,大开本。书桌上摆着笔砚,正在临摹的颜体还没怎么成气象,一台极小的上网本和他庞大的身躯相比,显出几分清秀。笔记本正播着"凤凰传奇"的歌:"月亮之上……"

"我都是乱读书,以前在部队时读得多些,现在乱翻翻而已。"他指了指衣橱,接着抱怨说,"唉,书太占地方,放不下了,只好放衣橱里来了。"我凑过去翻了翻,衣橱中的书籍更加凌乱,散发着一股潮湿的霉味。"坐咯。"他掏出烟抖出一支给我,眼睛布满血丝,带着深深的倦意。

一段时间,林晓冬的小客厅通常挤得满满当当的。湘西腊肉、湖北腊肠、新化猪血丸子,这些五花八门来自各地的食材,都被他统统弄进一锅,打了火锅,味道还算鲜美。打球的人都来过了,热气腾腾,推杯换盏,划拳喝酒,俨然一家人。

通常吃完晚饭,依然不得消停,还得往院里的草坪上坐会儿。手脚麻利的,将椅凳搬出来,在小石桌上沏好茶水,摆上瓜子、点心,红烛依次点燃,摆出心形,淡绿色的月光透过香樟,投下斑驳的光影。那架古琴最终还是被小心翼翼抬了出来。这时林晓冬会响亮咳嗽一声,眉毛一扬,对我们使个眼色,我们就晓得今晚的主角,冰美人要出场了。

何老师一般是不参与我们这种乌烟瘴气的聚会的,只有等我们酒足饭饱后,她才姗姗来迟。文工团经常要外出演出,她住河东,难得来一趟河西。何老师一来,这个晚上意义就不一样了。何老师不说话,在琴前坐下,朝我们微微颔首,扬手一拨,琴声骤响,弹的是她最拿手的《沧海一声笑》。所有声音戛然而止,连院子里的小猫小狗都竖起了耳朵,都在屏息凝神,听何老师弹琴。"当"的一声,琴声划破夜空,晓冬微微闭上眼,端坐在椅子上,数他听得最入迷。听到高潮处,索性站起来,扯开破锣嗓子伴唱:"沧海笑,滔滔两岸潮……"

战地新娘

弹完一首，掌声爆响，大家起哄，再来一首，何老师又是微微一笑，不说话，拨弄几下，我便晓得接下来是《高山流水》和《梅花三弄》了。三曲弹完，再怎么起哄，何老师也不再接招，静坐一侧，听我们闲聊，不作一声。她的身上似乎天生带着一种与俗世抗争的距离感，笃定、安静，她很少主动与我们搭讪，也不主动迎合话题，和世俗的生活始终保持着一种安全的距离。夜渐渐深浓，起了露水，何老师方用胳膊碰一碰林晓冬，示意不早，该散了。林晓冬那时往往还意犹未尽，何老师再催，便也只好作罢。

"何老师是那种不食人间烟火的美女。"黄花菜有天无意中聊起她说。这种不食人间烟火，与林晓冬的酒肉生活显得那么格格不入，他们在一起果然没有很长时间，几个月后，我再也没见到冰美人。询问其下落，林晓冬习惯性地眨了眨眼，留下了一个谜。

他们分手的季节正是春天，四处花团锦簇，满城的香樟焕然一新。某次喝茶，他盯着墙上的一幅浮世绘，陷入沉思，长久不作声。他说那有点像何老师。

他说起一段往事。

何老师的老家在绥宁，一个在地图上很不显眼的小地方，因为一群地球人想探测宇宙的奥妙，向太空发射了卫星，他们选择了绥宁作为卫星回娘家的落脚点。在绥宁的那几天，林晓冬正好赶上了卫星回娘家的日子。所有人都诚惶诚恐，朝天仰望，生怕被从天而降的铁球疙瘩砸到，这比被雷劈还可怕。他们能想到的古今中外最残酷的死法，也没有比被卫星砸死更为可怕的了。冰美人所在的那个乡传言会被击中，全乡的人几乎都倾巢而出，大多跑去隔壁乡躲卫星去了，不怕死的留了下来，林晓冬和冰美人没跑，猪也没跑，猪躺在猪圈，他们躺在床上，床单下铺垫着厚厚的稻草层。他闻到一股稻草的清香味儿，那是一种儿时遥远的记忆。冰美人躺在他身下，这种感觉让他迷醉。突然，他听见一声沉闷的巨响，他所在的地球刚刚被狠揍了一下，继而他听见猪圈传出猪凄厉的叫声，猪被吓疯了，他也被吓了一大跳。附近正在耕田的老汉，看到一大团铁疙瘩呼啸着向他砸来，就落在不远处，老汉一屁股跌坐水田，眼睛都不敢眨一下。

这个故事给我留下深刻印象，我脑海中浮现出铁疙瘩呼啸着砸向地球的情景，关键时刻，铁疙瘩挫败了他的阴谋。

谁也没再见过冰美人。林晓冬说，好聚好散，一别两宽。此后一长段时间里，我们喝酒，打球，打球，喝酒。林晓冬突然宣布结婚的消息时，所有人都感到愕然。

这次没有从天而降的铁疙瘩的阻止，他畅通无阻将身体的不安分播入了一位叫苏陶的老师体内。这一行为的后果是，他失去了逃生的机会，唯一的逃生通道通往婚姻的殿堂。在十月一个秋雨绵绵的周末，他找到我："蔺啊，婚纱照就交给你了。你做事，我放心。"他眨了眨眼。我盯着他，足足看了五分钟，我想不通。

战地新娘

那天夜里，当我在厨房门外发现那只流浪猫，我们陷入长久的对视中。昏黄的灯光下，它的眼睛闪烁着玻璃球的光泽。如果不是雨水，它甚至称得上漂亮。在我琢磨着怎样结束这场对视时，一只更大的流浪猫朝它扑了过来，它发出一声尖厉的叫声，闪电般消失在香樟树的阴影里。那只更大的流浪猫取代了它的位置，继续盯着我。我想起某句诗："我不懂它的语言，它不懂我的沉默，我们交换的只是一点轻蔑。"

它们是夫妻吗？重躺回床上，我心里琢磨着这个问题，这个问题让我身体燃起沉寂许久的情欲，我为深夜这熊熊燃烧又无处释放的欲望感到恼火。我想起了前妻林薇，我们曾有过一段短暂的婚姻，那个干瘪的女人，从不留长发，身上看不到什么女性特征。即便这么瘦了，她每天花在减肥上的时间比我们上床还多。我们在一起三年，没有孩子，后面两年是分床而居的。深夜里，我偶尔听见她磨牙的声音，那声音让我想起老鼠。我爱她的身体不比爱我的相机更多，所以当我那晚躺回午夜的寂静中，头一回因情欲而联想到她时，我感到一阵羞赧。我想到巴塔耶那句惊世骇俗的话："所谓色情，可以说是对生命的肯定，至死方休。"我从没在婚姻中"色情"过。

偶尔我们也一起看场电影，去吃海底捞火锅，天气晴朗的日子沿着江边散步，看无聊的电视娱乐节目，看一群人在眼前进行浮夸的表演。那是一天中她最放松的时刻，这很愚蠢。我意识到，我们的生活和隔壁家的并无不同，这些可支配的"当下"不过充满同质化的世俗，这让我感到悲哀。她察觉不到这些,她常常为他们肤浅的表演奉献笑声,这让我愤怒。离婚是我们唯一的选择。这段婚姻是我的秘密,我没打算告诉任何人,包括林晓冬。人只有在脑袋发晕的情况下才去结婚。我为林晓冬致哀。

拍摄婚纱照的时间定在十月的最后一个周末。我原本对在剧场拍摄婚纱照抱着一丝悲观的态度,也许还没到片场就会被轰出来,结果出人意料地顺畅,没人劝阻,也没人查验身份。林晓冬开着他的老别克,顺利地混进了片场,一百来号人在剧场忙碌,没人顾得上我们。我们直接抵达了前沿阵地。一场战斗的拍摄已经接近尾声。主演们已经休息,群演们还在原地待命,摄影师在一旁抽着烟,化妆师和助理看起来最忙碌。我看了看手表,十一点半了,临近饭点,他们表示下一场拍摄要下午两点才进行。远处是一座费时几个月搭建的古城,颇具规模,蒙蒙雨雾中,只看得清轮廓。我用长焦镜头拍了几张照片,断壁残垣,一派颓败的景象,墙头的广告牌倒是依稀可见,"哈德门香烟""屈臣氏""裕顺长钱庄""九如斋南货""李福星扇店",墨地金字,都是当时的老字号。

当我回过头时,他们已经换上了礼服,苏老师一袭洁白的婚纱,林晓冬一身深色的西服。那是我第一次见林晓冬穿西服打领带,衣服塞不下他的肥肉,肥肉不服西装的束缚,随时有绷裂的危险,每一个动作看上去都步步惊心。

他们站在十月份的战壕上,阵地上躺满了伤兵残勇,满地的道具，枪械、子弹带、钢盔和手榴弹。所有人都望着这对新婚夫妇，忘了保持死亡状态，有人掏出手机，用摄像头对准他们一顿拍，林晓冬朝他们做了一个胜利的手势，他甚至捡起一把扔在地上的长枪。我用镜头对准他们，哒哒哒，哒哒哒。看起来，我在向他们的婚姻开枪。

　　副导演追上了逃走的马，他牵着马从河边的白杨树林走了出来，那匹马看起来服服帖帖，温顺地跟随其后，不知道他刚才对它施加了什么法术。漂亮的女主演坐在折叠椅上补妆，看上去，电视上的她比真人更真实。男主角做完了一整套的哑铃动作，朝帐篷走去。他只穿一件背心，热气腾腾的样子让人羡慕。摄影师最先向我们打招呼，我以为他会清场，将我们驱逐出去。但他接过林晓冬递过来的香烟时，态度还算友好。"今天天气不怎么好啊？"他抬了抬头说，"虽然不再下雨了，天依然阴沉，看起来和银灰色的河面差不多。这样的天气不太好拍照吧？"他用探询式的目光望向我。"是不太好拍，光线太暗了。"我如实说。"我要的就是这个氛围，尤其这个场景。"林晓冬解释说。摄影师发出了个心领神会的笑容："前几天也有些摄影爱好者过来拍，不过婚纱照你们是头一个。"摄影师说。

　　那个戴眼镜的大胡子朝我们走来。摄影师说："我们导演来了。"导演向摄影师交代了一些下午拍摄的事宜，突然转向我们，说："你们在拍婚纱照吗？"我点了点头。林晓冬忙朝导演递去一根烟。林晓冬说："中午趁大家午休时拍，你们拍我们就不拍了。"导演点上火,没表态。林晓冬说:"当年我爷爷当兵,参加了这场战争。"导演眼睛顿时亮了一下。林晓冬说:"我爷爷当时是薛将军的传令兵。"导演说:"有趣得很,老人家后来怎样?"林晓冬说:"老爷子身体还硬朗得很,今年九十七了。"导演的目光柔和下来,最后落在新娘身上,若有所思,像在想什么事情。新娘小心翼翼地提着裙摆,生恐沾上泥浆。导演突然嘴角一扬,笑了,说:"有点儿意思,你们先忙。"说着朝帐篷走去。

我远远看到副导演牵着马爬上河心岛的缓坡,那匹马意识到又将回到原地,开始猛烈抗争起来。副导演被它绊倒,一屁股跌倒在泥地里。片场都喧哗起来,有人响亮地吹起了口哨。

这些群演大多数都讲着一口本地话,看起来都很年轻,大多二十来岁。他们领完盒饭,三五一组,聚在一块儿开吃。他们敷衍了事地对付完午餐,显然对我们为何在片场拍摄婚纱照更加感兴趣。林晓冬散发着香烟。香烟很快不够,他转身去车上又新开了一盒。一圈烟散下来,氛围融洽了许多。他们抽着烟,打着饱嗝,脏兮兮的脸,笑嘻嘻地打量着林晓冬夫妇。林晓冬和他们合了很多影。这时我注意到一个满脸络腮胡子的家伙,歪戴着军帽,怀抱着步枪,嘴里叼着烟,烟熏得他眯缝着眼。他一声不响地坐在旁侧,冷冷地望着我们,眼神充满了蔑视,和其他聒噪的群演形成鲜明对比。

战地新娘

这副样子让我印象深刻。我给他拍照,他下意识地扭过头,躲开了我的镜头。我们过去和他寒暄,他的双手插在裤兜,嘴里叼着烟,不冷不热,没有站起来握手的意思。

我问他在剧中饰演什么角色。有一个快言快语的家伙替他回答了:"我们都是炮灰,枪声一响,我们就嗝屁了。"另外一个声音纠正:"老王和我们不一样,老王有时给特写,嗝屁得更彻底。"

战壕响起一阵稀稀拉拉的笑声,他们说的老王这时站起来,吐掉嘴里的烟蒂,朝河边走去。他在向河里撒尿,我跟过去,我们并排朝河里撒尿,他奇怪地瞥了我一眼,继续埋头做本职工作。我说:"来这里多久了?"他说:"好几个月了。""有台词吗?"他的肩抖动了几下,将家伙放回库房,我猜不出这算不算是回答。他的眼神谈不上友好,但也不让人讨厌,眼神有些内容。他让我想起那晚雨夜厨房外边的猫。我犹豫要不要跟他握个手,我意识到我刚握过我的家伙,手上还带着余温,此刻去跟人握手是一件欠妥当的事情,他仿佛也是这么想的,我们心照不宣地笑了。

"枪声一响,我就要死了。每天死一回,有时死几回。变着花样死,在河边,在战壕,在街巷。被枪打死,被手榴弹炸死,被刺刀刺死,被鬼子掐死。有时我也扮演鬼子。各种死法我都体验过了,他们让我怎么死我就怎么死,我再也不怕死了。"

他叼着烟，双手笼进袖口，神色漠然。

那天我给林晓冬夫妇拍了很多照。连带的备用电池都耗完了，在我们准备离开时，导演突然叫住我们，说："我刚才有了个主意，你们愿不愿意在这个剧里扮演一个角色？"见我们有些诧异，他解释说，"是这样，你们能不能在剧中扮演一对新婚夫妇，接亲路上被鬼子发现了……国民党军的队伍早就埋伏在那里，他们会来解救你们。不需要什么表演经验，也不需要台词，一会儿教下你们就明白，很简单，耽误不了你们太多时间……"

林晓冬夫妇有点蠢蠢欲动，望向我，似乎让我来拿定主意。我能想象一群鬼子在抢夺肥胖新娘的场面，这滑稽的一幕让我差点笑出声。我说："时间还早，我可以等你们。"

林晓冬夫妇被化妆师拉去化妆了，我坐下来抽烟，我旁边坐着老王。他嚼着槟榔，抽烟。"我一会儿就要死了。"他说。"怎么个死法？"我说。"今天有特写。"他显得有些不愉快。"有特写不好吗？"我说。"一嘴的血，他妈的，甜甜的，恶心死了。"他说。他吐掉槟榔。他说曾经想过当演员，一个真正的演员，哪怕是个大反派也行。"我做梦也没想到是这个样子，从一个剧组死到另一个剧组，每天变着法去死。这个剧搞完，老子再也不干了，我去当建筑工也比这个有意思，对吧？"我说是的，我很认同你的观点。他紧紧握住我的手。

下午四点钟,眼前的新婚夫妇已经面目全非。他们被化妆师倒回了几十年前的模样,新郎官林晓冬穿着簇新的长袍马褂,胸前戴着一朵鲜红的绸花,新娘坐在一顶大花轿上,头上罩着一块红布。四个轿夫抬起新娘,一群人吹吹打打,迎着鬼子前进的方向走去,更前方的小树林里,埋伏着一群国民党军的扮演者。片场很快响起一阵杂乱的枪声,按照剧情,他们扔下轿子就跑,林晓冬像只笨拙的棕熊,反倒跑在了最前头,身后留下号啕大哭的新娘,他们的表情看起来有成为职业演员的潜质。战斗很快结束,导演喊停,宣布今天拍摄结束,倒地阵亡的群演们听到广播陆陆续续复活站起来。我看到老王斜靠在一棵小白杨树上,军帽不知跑哪儿去了,露出一个半秃的脑袋。他脖子上围着一条红绷带,那本该缠在他手臂上的。导演、摄影师、美工、助理、化妆师陆续从他身前走过。有人喊他起来,他当没听见。他斜靠着小白杨,望着从身边走过的每个人,咧着嘴,露出满是鲜血的牙齿,目光充满了无尽的嘲弄。

2020年10月19日　长沙月亮岛

一屋子敌人

我们约定在昆明长水机场见面。她从北京，我从武汉，在机场会合。飞机刚降落，我就收到了她的微信，问我到了没？我说快了。她说今年冬天，昆明比往年要冷得多。我说你也是半个昆明人了，这个比我懂。她说我在做头发，叮嘱我一会从出口直接上二楼，她在一家叫罗马国际的美发店等我。我说好的，一会儿见。

冬天的昆明果然比我想象的要冷，黎安也比我想象的要漂亮。她坐在靠窗的位置，刚吹完头发，头上还冒着热气。我抱了抱她，她脸颊有点儿发烫，耳垂冰凉。发丝带着一股新洗的清香，这股味道我好像在哪儿闻到过。想了许久，也没想起来。我说你现在反悔还来得及，她听了，直接从我臂弯钻了出来说："姓赵的，我看起来那么贱吗？"

我们的计划是弄辆车，从昆明出发，经大理、临沧，最后到达南伞，全程八九百公里。能走一小段高速，大部分国道，路上顺利的话，一天勉强能到。"到了南伞后呢？"她说。我愣了一下，不知道该怎么回答，说实话我心里也没底。"到了再说吧。"她装作轻松笑了笑说。我们都没去过南伞，之前在网上做了一些功课，说因为缅北战事，国门早就关了。她在知乎上问到一位对缅北情况似乎比较了解的"本地人"，咨询怎样出境，网友回答，只有一个选择，偷渡。说到偷渡，她显得有些兴奋。"你偷渡过吗？"她问。我说没有。"万一我们被抓会怎么办？"她抑制着激动，笑嘻嘻地说。"坐牢，遣返？"我吓唬她说。"那我要不要给家里留封遗书，万一有个三长两短……"她止住笑，定定望着我，"我妈做梦也不会想到我回了昆明。她要是晓得我偷偷回了昆明却要去南伞，还不打断我的腿。"大概是看到我的脸色有些难看，她及时收住了话题。

我们终于聊到了车。我给几个租车公司打去电话，银行卡不行吗？客户回复说，必须得使用信用卡。连打几个，都是同样的回答，我几乎恼怒起来。我没有信用卡，问黎安，她也没带。没有信用卡，就租不上车。眼下南伞不是问题，出境不是问题，车才是最大的问题。没有车，哪儿也去不成。她说先别急，反正都到昆明了，她想想办法。"我妈倒是有一辆老帕萨特，平时很少开，要不我问问？""那你岂不是暴露回昆明的事了？"她摇摇头说："没关系，我编个理由吧。"她去打电话，我进吸烟室，抽了一根烟，里面烟雾缭绕，站着好几个吸烟的男人，几只大烟灰缸插着密密麻麻的烟蒂，像只刺猬。一根烟吸完，我有一种进了毒气室的错觉，差点被熏晕过去。

出来的时候，黎安握着手机，笑嘻嘻地朝我这边走来。"搞定了！"她伸手比了一个V。"我骗我妈，说休了个假，和公司两个同事来云南自驾游，想租辆车，刚想提那辆帕萨特，我妈说，租什么车，我这周也没啥事，不用车，你们就用家里这辆吧。"我刚想和她击掌庆祝，没想到这么顺利就搞定了，她眼珠子一转，紧接着补了一句，"但我妈没时间送过来，得我们回去自取，她还想顺带看看我的'同事'呢。"我说："你妈没问你具体去哪儿吗？"她说："我妈问了，但我没讲具体的，说大概沿西双版纳方向，走到哪儿算哪儿。一会儿见了我妈，你得和我统一口径，不然就露馅儿了。"

上了往市区的出租车，她戴上墨镜，转眼突然像换了一人。她建议我们在车上先排练一遍，以防到时露馅儿。我说好的。我们将姓名、职务、具体部门、哪里人，都一问一答了，配合完美。她得意起来，问我像不像一个演员。我说你看上去更像是一个导演。这个回答让她很满意。她说："其实我妈平时也很少管我，光我那淘气包弟弟就够她忙的了。"我说："你还有一个弟弟？""是啊，今年刚满九岁，正是闹翻天的年龄，我妈整天向我抱怨，说都快被他烦死了。"

车窗外晴空万里，冬季的阳光倾泻在广袤的红土地上，看起来有几分油画的质感。出租车无线电台播放了一首莫文蔚的歌后，开始补肾壮阳的广告。我们都没说话，陷入了长达一分钟的沉默。窗外一只山羊正一瘸一拐地迈向荒丘，山羊背上伫立着一只白鸟，纹丝不动，仿佛生来就该立在羊背上。她突然侧过头来问我，为什么想去那儿？我假装没听见，目送山羊消失在赭红色的荒丘深处。我脑海莫名浮现着刚才壮阳补肾的广告词——力不从心，就找盛仁。心里一遍遍地默念着。她摇了摇我的胳膊："嘿，你是想去赌博还是吸毒，嫖娼还是当雇佣兵？"她被自己的问题先逗乐了，"听说那边很多赌场，非常乱，那个果敢的网友，知道我是一个女孩，一个劲劝阻我别来，我说你真是好人，他说谢谢，他还头一回听人说他是好人，把他感动得。"

　　我将目光从窗外收回，望着她说："我可能什么也不干，去那边纯粹看看，相信吗？"她将头靠着我的肩，轻轻吸了吸鼻子，说："你这会儿严肃得，倒真有些像我们部门领导了，讨厌。""喂，你除了做广告，还干过别的事吗？"我拨弄着她的发丝，将她搂在怀里，轻轻摩挲她清纯的脸庞，回答她没有。

　　除了广告，我还干过什么呢？我在心里琢磨着这个充满哲学味的问题。准确地说，我差不多已经忘了我还从事过广告。在里面待了六年，广告忘得一干二净，倒学会了踩缝纫机，缝纫机踩得比黄蜂的翅膀还快，我想上辈子我可能是个裁缝。

　　出来后，我落下了抖腿的毛病，还经常做一个梦。梦见一群人,在一间封闭的房间,都剃着光头,强奸犯被围在中间,一丝不挂,手里拿着一份报纸。他们逼他大声念当日的政治新闻,必须一边念,一边勃起,否则挨打。后来他们增加了惩罚的力度,找来两只刷牙的杯子,盛满水,密封好,挂在他勃起的阴茎上。一旦滑落,必遭毒打。

那辆老款银色帕萨特停在小区楼下,车子像刚洗过。她让我在楼下等着,说拿到钥匙,马上下来。我说好的。话音未落,她就看见她妈了。一个四十岁左右的女人,骑着爱玛牌小电动,戴着一顶李宁牌靛蓝色鸭舌帽,像是刚从菜场回来,菜篮里装着新鲜的西红柿青椒土豆,还有一尾鲢鱼。她喊了一声妈,扭头向我做了一个难为情的表情,有些慌乱。她向她妈介绍说,这是我部门的同事,赵经理赵哥。她妈妈停放好电动车,和我打了声招呼。"就你俩吗?"我刚想说,黎安抢在我前,说另外一个同事飞机延误了,我们一会儿去机场接他。我赶紧也跟着点头附和,和她妈打了声招呼。她妈说:"你们同事难道不是一起出发的吗?""没有,我同事在上海出差,从那边过来。"黎安马上解释道。她妈提了菜篮子,准备锁车,我便顺手接过。这个愚蠢的举动,让我接下来陷入两难,直到她妈发出邀请:"赵先生,要不上去小坐一会儿,喝杯茶?"我望了黎安一眼,她这会儿也自顾不暇,笑嘻嘻望着我,我只得硬着头皮答应下来,尾随她们一块儿进了电梯。

她妈在客厅喊:"招招,快出来,你看谁回来啦?"卧房的门紧闭着,她连喊了两声,直到里面传来小孩大声的制止声:"不要进来!"

"嗨,你姐从北京回来,你也不出来打声招呼吗?"

"我警告你们,不许进来!"里面响起一阵乒乒乓乓的冲杀声。黎安朝我做了一个鬼脸:"我弟弟调皮得很,你一会儿见了,不要吃惊。"我们在餐厅坐下,她妈妈给我倒了杯水,我说谢谢,她揉了揉太阳穴,说:"我为这小鬼伤透脑筋了。"她去敲卧室的门:"你再不出来,我就要进去啦。"里面的警告声变得更加尖厉起来:"谁也不许进来!"黎安说:"姐回来了,你不见我了吗?"里面沉默着。黎安说:"你以后还想不想要我陪你玩了?"一会儿,门开了一道缝,一个全身奥特曼打扮的小孩探头探脑的,终于蹦跳着跑了出来,指着我们大声喊:"敌人来了,超级闪龙队,快去增援!"

我差点被他撞个满怀。"招招,你小心点,快叫赵叔叔!"她妈妈想拉住他,被他一把挣脱。"快别闹了,你消停消停!"他妈妈板起脸来,佯作生气的样子说。他一点也不惧怕他母亲,叉着腰,站得远远的,指着我们说:"奥特曼大胜了天下无敌的杰顿三世!"

"你再不听话,我就去找鸡毛掸子了!"他妈妈再次威胁道。他一点儿也不担心,像没听见似的,站在厨房门口远远地盯着我,像观察一个入侵的外星人。我被他盯得浑身不自在起来,正想和他说点什么缓解尴尬,只听见他冷冷地说:"你刚才抖了六十下腿。"我有点窘迫,将手按住膝盖,停止抖动。这时他又说了一句:"乡队员不是在和杰克的搏斗中死了吗?"我皱了皱眉,问他说什么。他郁郁寡欢地拉下眼帘,蹲下来,双手交叉,用手指头在地上比画着。黎安说,他说的是奥特曼的台词。他抬头朝我扫了一眼,露出无限落寞的样子,说:"你们这群愚蠢的地球人。"说完小跑着回了房间,门啪的一声关了。

我们从昆明出发,到达南伞的时候,已经夜里十一点多钟,又累又乏,早已饥肠辘辘。南伞比我们想象的要大,街道整洁,安静,冷清,刚结束了一场细雨,路面湿漉漉的,空气湿润,带着寒意,虽然在北回归线以南,也能隐约感受到冬天的余威。我们开车转了几条街道,大多数铺面早已打烊,街上车流稀少,几乎看不见路人。晕头转向地转了一圈后,我们终于在一个十字路口发现了一家还亮着灯的餐厅,霓虹灯广告牌上面闪烁着"湘里人家"几个字。

店里两个中年男子正在下象棋,旁边坐着两个玩手机闲聊的厨师和传菜生,见我们进来,都有些愕然。"有什么吃的吗?随便什么都行。""我们打烊了。"服务员模样的人回复我。黎安说:"我们转了一大圈,就你们家还亮着灯。""你们怎么这么晚还没吃饭?"下象棋的大肚腩抬起头,手里正捉着一只"炮",望着我们说。我说,赶了一天路,没顾上,刚到南伞。大肚腩说:"你们从哪儿来?"我说,从昆明。另外一个下象棋的男子这时也抬起头,扶了扶眼镜,惊讶地望着我们。"你们来这里做什么?"我说玩,散散心。两人对望一眼,都深深朝我望来,像老板模样的大肚腩将"炮"放上棋盘,转头对玩手机的厨师说:"你俩去厨房,看能不能炒俩仨菜。"接着对我说:"很少有人来南伞旅游啊,尤其这个季节。"他的对手突然发现了棋局的漏洞,捏起棋子,冲他说:"将军!"将他的注意力拉回棋局。他观望良久,有些恼怒,一着杀棋,再无挽回余地。眼镜男发出得意的笑声。大肚腩掏出烟,骂了一声:"你这是'偷鸡'嘛,我要不下瞎眼棋,你怎能奈何得了我?"眼镜男的笑声便显得更高昂了几分。

厨房一阵叮当,菜上得很利索。一盘西红柿炒蛋,一盘青椒肉片,还有一盘油炸牛肉干巴。他们的棋局又重新开始了。我要了一瓶大理啤酒,问黎安喝不,她说陪我喝点。我们碰杯,庆幸终于顺利到达了南伞。外边淅淅沥沥又下起了雨,雨势看起来还不小,寒意透过玻璃窗,一点点地侵占着我们身体的暖意。她喝了一杯,冷得打战,坚持不再喝了。我自饮自酌,听外边冬夜的雨点打在树叶和屋顶的脆响,想起武汉的冬夜,也是这样的雨天,我和佟利最后一次在广埠屯吃夜宵,雨点滴滴答答地落在雨棚上,我们都冷得发抖,彼此沉默着,盘子里的烤串几乎没有动过。甜甜归我,这个你没有疑虑吧? 她说。我沉默。她说,看你干的好事,甜甜要跟着你,以后还不知得挨多少白眼,家里的脸都给你丢尽了。我将江小白一口饮尽,起身说：好嘛，随你的便。

在我陷入恍惚的时候，我又听见了熟悉的"将军"声。这回大肚腩扳回一盘，他得意扬扬地站起来，朝眼镜男耸了耸肩说："老弟，怎么样？这叫以其人之道还治其人之身。"眼镜男没理他，转头朝我们说："你俩真的是来南伞旅游啊？"黎安已经吃好，掏出口红，准备补妆，说是啊，怎么呢？眼镜男嘿嘿笑，眼神分明透着一丝怀疑和心照不宣。"是准备去那边耍的吧？"他终于忍不住说道。"你怎么这么肯定？"黎安说。"嘿嘿，你们瞒不过我的，来这儿的外地人，几乎都是去那边耍的。"他边说着，用手指了指窗外，街道正被雨水笼罩，昏黄的路灯映照着冷冷清清的建筑和黑黢黢的树影。不知怎的，我突然有些感伤起来。

"要怎么才过得去？"我喝完了最后一杯啤酒，露了底牌。大肚腩说："国门都关了一年多了，你们这样恐怕是过不去了。去年打了场很激烈的仗，国门那一边的赌场酒店现在都是弹孔，打得跟筛子似的，死了很多人。"

眼镜男感叹说："还是中国好啊。"

我想起刚才在寻找餐厅的时候，已经看到国门了，紧挨着一家看上去还比较气派的宾馆，黑漆漆的。我说："国门要什么时候才开？"他说："局势不稳定，枪声一响，很多难民涌过来，寻求庇护，国门就是那时候关的，现在的边防巡逻比之前紧了很多。"他接着奉劝说,"那边局势现在太乱了,很不安全,小命要紧,建议你们还是别去为好。"

黎安说:"如果要去,有什么办法?"大肚腩略一沉思,说:"非要去的话,只能偷渡。""被抓到怎么办?"黎安说。"嘿嘿,被抓到,那就不好说了。"眼镜男意味深长地告诫道,"那边遍地黄赌毒,诱惑太大,我见过很多有去无回的。"我说:"我们纯粹好奇,只想去看看而已,不会碰这些东西。"他们用似笑非笑的眼神打量着我,刚才这句话一说出口,连我自己都觉得直冒傻气。

我说:"你们认识带路人吗?"大肚腩探询似的看了我一眼,说:"如果你们非要去的话,我帮你们打听一下吧,但如今抓得严,也不晓得那人还干不干。"说完他拿起手机,走到一侧拨打电话去了。

雨势这会儿又下得紧起来,噼啪噼啪,像无数鼓点敲打着大地。我和黎安相互沉默地望向对方,仿佛在做一个艰难的决定。黎安将手伸过来,紧紧地捏了我一把,说:"你真确定去吗?"我望着雨夜中的街道,不置可否地嗯了一声。大肚腩很快打完了电话,走过来说:"算你们好运,给你联系的朋友,答应五分钟左右过来。"我说:"你知道带路价格吗?"大肚腩摇了摇头,说一会儿你们直接问他吧。

几分钟后,一个骑着摩托车的人,穿着雨衣,湿答答地走了进来。他朝大肚腩叫了一声二哥。大肚腩指着我们对他介绍:"老李,这二位明天想去那边,你带不带?"那人将帽檐往后一推,露出一颗小脑袋,脸颊深陷,瘦得跟竹竿似的,用一对牛眼似的眼睛瞪着我们说:"你们想过去玩?"我说:"什么价格?"他说:"六百,单人单趟,包过不包回。"我说:"那怎么回来?""来回,一千二。"他报的价格吓了黎安一跳,她说:"不是五十吗?"他说:"那是去年,开战后,六百都没人敢接这活儿了。边境埋了很多雷,前不久刚炸死了一头水牛。"他淡淡的语气,分明又带着一丝不容置疑。大肚腩说:"老李对那边很熟,人很可靠,你们大可放心。"我说:"能便宜点儿吗?"他说:"二哥介绍的我才敢答应,和别人都是八百。"

这个价比预计的高出不少,让我们陷入了犹豫。我侧过身,悄声对黎安说:"要不问问你那个在那边的网友,他应该清楚情况。"黎安说:"我刚才就问了,他知道我们到了南伞,可能觉得我已经无药可救了,再没回复。"

那人一个劲地吸鼻子,打哈欠,一副厌世的神情,在耐着性子等着我们回复时,摸出香烟,点燃猛吸一口。

他吸烟的样子有些瘆人,烟头像警示灯快速闪烁,小脑袋很快隐没在他制造的浓雾里。烟燃得飞快,一根烟,几大口就抽到烟蒂,马上又点燃一根,吐出一口浓烟,直勾勾地望着我们。我被他盯得有些不自在,说如果来回都找你,能不能优惠一点?他仿佛就在等我这句话,几乎是没任何犹豫,用不容商量的口吻说:"不行,一分钱不少。"我被这个回答噎着了:"那我们再想想吧,明天要是想去再找你。"他似乎有些生气,瞪了我一眼,将最后一口烟深深吸进肺里,吐出来,用脚将烟蒂踩灭了,一句话不说,直接走了。氛围有些尴尬,大肚腩给我们打圆场,说你们别吓着,这人就这德行。

在去旅馆的路上,黎安说:"刚才这人怎么看都像是吸毒的。"我说:"跟具木乃伊差不多了。"黎安说:"你闻到他身上的味了没?"我说,什么味? 她说:"他身上有一股奇怪的味,我像在哪闻到过,你闻到了吗?"我仔细想了想,说没有。她说:"像是一股死人味。"我说:"说得好像你闻过死人似的。"她说:"大晚上的,别说死人啊鬼啊的,吓人。"车按照导航提示,在午夜的雨幕中慢慢地巡游。路上一辆车都没有,世界格外冷清。这会儿雨渐渐收尾,雨刮在挡风玻璃缓慢滑动,发出一阵阵揪心的刮擦声。她说:"你吸过大麻吗?"我愣了一下,说:"你怎么突然说这个?"她说好奇。我说:"你吸过吗?"她说我先问你的。我摇了摇头,说没吸过,但见过吸毒的。"你身边人吗?"我说是的,你吸过吗? 她沉默了一会儿,点了点头说:"我试过一回。"这个回答大大出乎我意料,我说,是真的吗? 她说:"真的,我爸去世那年,我发现了几株野生的印度大麻,说来你都不信,它竟然就长在墓园的草丛,长得还特别好。我拔了几株回去晒干,卷了好几根烟,每天吸一根,我想着吸完就去死。"我说:"是啥感觉?"她说:"和想象的不大一样，但吸最后一根，我看见我爸了，他提着自己的头，从一楼走上来，他一把将我嘴上的烟掐了，说你怎么这么蠢，我死是不连累你们，你死了是为了什么？我说爸，我要是为了别人，我早就跳下去了。他说你要想想你弟，我对不住你弟，他还没出生我就走了，你要代我好好照顾他。"

我说，你爸什么时候去世的？她说前几年。我说怪不得没见到你爸，你爸去世时你多大？她说十六岁。我说，你爸做什么工作？她想了想，说："我还真说不上来，他开过一段时间的民宿，也放点高利贷，偶尔还帮人了难，身份比较复杂，典型社会人。"沉默了一会儿，她接着说，"我爸去世前，我有一种预感，我觉得他活不过五十，我也活不过十六。他喝酒很凶，喝醉喜欢打骂人，这事得罪了不少人。隔着老远我都能闻到他身上的酒精味，他出事是迟早的事，但我只猜对了一半，我还活得好好的。"我说："你爸怎么去世的？""警察定性是车祸。就是开这辆车出的事，车没事，停在路边，还打着双闪，我爸倒在护栏下，头被撞得像颗西瓜。"

我倒抽了一口冷气，说，这辆车吗？她说，你忌讳吗？我说，你讲的是真事？她说，我会拿我爸开玩笑吗？我摇了摇头，其实也没什么，心想要早知道，我就不开这车出来了。她说："别介意，我一点也不忌讳，我觉得我爸就坐车里，他从没离开过我们。"我说："好了，别再说了。"

导航提示我们预订的旅馆到了，停好车，办理完入住手续，已经凌晨一点钟，我已经困得不行，没有电梯，我们提

一屋子敌人

了行李，步行爬上三楼，累得一句话都不想多说。

房间有些湿冷，我开了空调，靠在床沿抽烟，听见洗手间传来欢快的水流声，她在里面待了很长时间，在我靠着枕头快要睡着时，她终于从洗手间出来了，裹着一条白色的浴巾，浑身上下都散发着一股崭新和迷人的气息。我极力掩饰着急不可待的躁动，将她拢在怀里。浴巾滑落的那刻，她的身体像一朵盛开的莲花。我抿了抿嘴，感受到了一股越来越强烈的冲动，我相信那座休眠火山此刻又复燃了。我大口喘着气，热浪一股一股朝我涌来，要将我吞噬。就在即将进入的时候，我又闻到了那股熟悉的味道，它来自她的发梢，耳垂，颈部，锁骨，胸，腋窝……我突然想到一个人，脑海轰的一下，无比清晰准确，是她，就是她！那个酒吧带回的女孩，她身上就是这股气味，和黎安身上的一模一样！她当时极力挣扎，打碎了一只花瓶，踹翻了茶几，还狠狠踢了我一脚，她反抗得越激烈，我越亢奋，我们借着酒劲，彼此都不想被征服。我呆呆望着黎安，她诧异地问我怎么了，眼神透着一丝无辜和不解。我说没事。我努力了几次，都失败了。此刻房间每个角落仿佛都弥漫着那股气味，简直无孔不入，我像被拽进敌人的房间，一屋子的人都在虎视眈眈地盯着我。我颓然沮丧，一下泄了气，说睡吧。她宽慰我，说太累了，何况赶了一天路。我沉默着。她越是安慰我，我的颓败感就愈加强烈。我相信我阴郁的脸色吓到了她。她最后一句话也没说，侧身睡了。

窗外已经微微透亮，偶尔有车驶过。黎安已经熟睡，我靠着床头抽烟。不出所料的话，这个夜晚注定又将失眠了。清晨，窗外开始传来一片嘈杂的鸟叫声。无数只鸟扑棱着在树枝上闪展腾挪，摇摆跳跃，我脆弱的睡眠迅速被唤醒，睁开眼，天光大亮。我索性起床，拉开窗帘，猛地发现马路对面站着一个人，正仰头直直地望着我。他仿佛在那儿守了一整晚了，一动没动过，专门等着我拉开窗帘。这时我看见他朝我挥了挥手，说："喂，你想好了没有，到底去不去？"

2019年9月　北京、海口

衡阳牌拖拉机

1

我们在废弃的老仓库前捉迷藏。那阵全水车的孩子都痴迷于捉迷藏,我们已经厌倦了滚铁环、抽陀螺、打宝和弹弓了。这世上还有什么抵得上捉迷藏的紧张刺激呢? 隐伏于暗处,焦虑不安地等待对手的到来,生怕被发觉,又担心过于隐秘而被人遗忘,即使寒冬腊月,我们的手心和头顶也都是汗。

西北风透过老仓库破败的门窗,发出阵阵令人惊恐的呼啸声。风力再猛点,屋顶的黑瓦保不准就要掀走了。即使这样恶劣的天气,也抵挡不住我们捉迷藏的热情。一群小伙伴站在老仓库的门前,个个脸上红扑扑的,鼻下都挂着两条长长的红薯粉,寒风吹拂,鼻涕摇摇欲坠,眼看要断,千钧一发之际,只听到一声清脆的吸溜声,鼻涕又缩了回去。这需要技术,也讲究分寸,谁要不小心掉胸襟上了,保不准会挨我们一顿白眼。

我们中要数火鸡最强壮，寒冬腊月，他还穿着雪莉大前年织的毛线裤，凉拖鞋，光着脚丫子，裤脚已经磨掉一大截。我从来没见他穿过袜子，脚丫子冻得像根红萝卜，每瞅他一眼，我就忍不住打哆嗦。我们没好气地说，穿那么少，不冷啊？火鸡嘿嘿傻笑，他不仅不冷，脸色红润，从不感冒，换我妈的话，他皮肤就像刚剥壳的春笋。他只需稍微动一动，头顶就冒热气，像个内力深厚的武林高手。这家伙，让人打心底嫉妒。

我们猫在老仓库屋檐下，都仰头望向屋檐。屋檐挂着一长溜冰凌条儿，亮晶晶的，像一把把寒光闪闪的长矛头。老六找来竹竿，敲下，每人手里都握着一条，像握着火把，有些烫手。兴奋地比画，比谁的长，谁的硬。我忍不住用舌头舔了下，有点甜，凉凉的，粘舌头，嘎吱嘎吱嚼一口，冷意袭来，满腔寒意，牙龈痛。西北风呼呼地刮着，吹得地上的枯枝败叶四散而逃。数九寒天，连狗都懒得出窝了，只有我们还在外边疯，把大人们的呵斥当耳边风。

这一局轮到郑妹找人了。火鸡用那块黑乎乎的毛巾紧紧绑住郑妹儿的眼睛，那块毛巾是火鸡从二先生拖拉机的工具箱偷来的，沾满了机油，乌漆麻黑，散发着一股奇怪的气味，只要绑住眼睛，什么都莫想看清。郑妹一个劲儿喊："轻点，轻点呀，眼睛痛！"火鸡没理她，绑得紧紧的，还打了个死结。郑妹双手乱抓乱舞。火鸡趁她不备，往她头上赏了两个爆栗。

声音很清脆,像熟透砸在地上的板栗。火鸡敲完撒腿就跑。郑妹大声骂道:"火鸡,你娘卖×的!"伸手要去揭毛巾。月宝呵斥:"你莫耍赖呵,再耍赖把你推进塘里试试。"郑妹哪个都不怕,就怕月宝。月宝有次真把她推进了水塘。郑妹就停止手上动作了,噘起嘴催促说:"都藏好了没? 我喊三二一!"

大家纷纷作鸟兽散。老六跑得最快,他跑到水井旁边的稻草堆,像小猪拱白菜似的,三下两下就钻了进去,顺手抓来两个稻草垛,往头顶一罩,严严实实的,这下连他家的黑狗都找不着他了,我打心眼儿佩服老六。月宝钻进老仓库塌陷的地板下,他弟弟星星也想挤进来,被他一顿大白眼,没好气地轰走了。星星四处张望一番,决定躲进柴火垛,挪了一把茅草,潦草地遮挡住了身子。

我正发愁往哪儿藏,抬头一眼就瞥见火鸡,他正沿小土路飞跑。前方是个小坡,坡上停着二先生的衡阳牌拖拉机,旁边有棵苦楝树。他好像早就想好了,径直奔向拖拉机,没丝毫犹豫。拖拉机自从秋天开始,和苦楝树一样,就在这里扎了根。据说哪个地方出了故障,二先生鼓捣过几回,也没解决问题。那可是一辆衡阳牌拖拉机啊,墨绿色的车头,锃亮的挡把,高高的座椅,即使趴了窝,也威风凛凛,比长顺爷爷的大黄牛牛气一百倍。去年春夏,它还生龙活虎的,轰隆隆,轰隆隆,整个山谷都被它惊醒了。平素龇牙咧嘴的狗,都吓得钻进狗窝,探出半个脑袋,屁都不敢放一个。鸡鸭鹅扑扇着翅膀,落荒而逃,满地毛羽,四处飘飞。它们打出娘胎起就没见过这样的怪家伙。

只有我们不怕。听见轰鸣声,就晓得二先生回水车了,那声音如此悦耳动听,让我们个个热血沸腾,呼啦呼啦地冲出家门,去迎接二先生的拖拉机。有时忍不住会攀爬上去,试下坐拖拉机的滋味。最难忘的一次是有年开春,拖拉机满载着化肥从小石拱桥上驶过。小石拱桥比长顺爷爷的背还驼,拖拉机开足马力,从桥头冲上去,我们就像一个个小土豆似的高高扬起,屁股悬空,双手乱抓,突然一股从未有过的激流从胯间涌过,像触电似的酥麻,电光石火间,拖拉机已经越过桥身,重重地落在桥尾。我们脸上都红红的,那股神秘的体验谁也羞于描述。

也不是每次都敢去爬二先生的拖拉机。大多数时候,我们刚攀爬上来,还来不及站稳,二先生扭过头来,狠狠瞪我们一眼。刚打了一通宵的"升级",可能还输了钱,他的眼睛红亮,像两颗烧红的火炭,吓得我们慌忙跳下去。

拖拉机开得不快,我们继续追着它跑,直到它在老仓库门前停下来。停下来它依然嗷嗷嘶叫,像头负伤的巨兽,直到熄火,它才彻底安静。车头还是热的,摸上去烫指头,余怒未消的样子。空气中弥漫着一股好闻的柴油的味道,我们贪婪地呼吸着。1993年,柴油是世界上最新鲜好闻的东西。

二先生经常开着这辆衡阳牌拖拉机往返于枫树、水车、青花滩和石门一带。回来的时候,拖拉机装满了煤球、化肥或水泥。赶集时也拉人,拖斗里挤满人,连插筷子的地方都没有。

大冷天,大家都将手笼在袖口或裤兜,嘴里叼着烟,拉家常,讲荤话,偶尔爆出一阵笑声。拖拉机上青烟缭绕,像着了火似的。老六爹经常被人开涮:"昨夜听说你和老婆犁田了?"老六爹叼着烟,眯着眼,也不生气,只讪讪地笑。老六上幼儿园,夜里醒来,发现他爹趴在他娘身上,他听见娘在哼哼唧唧,很痛苦的样子。他大声喊:"爹,你干吗欺负我妈?!"吓得他爹一个猛子翻下床,慌忙哄他说:"我和你妈刚才在商量犁田的事。"第二天,老六就把这事告诉了月宝,月宝又告诉了火鸡,不过一两天,全水车都晓得了昨夜老六他爹"犁田"的事了。水车人经常打趣:"昨晚田有水没?犁快不?犁有没有劲?"

这样的荤话水车人都讲,只有二先生不讲。二先生穿皮鞋,擦得锃亮的。穿西服,偶尔还要扎领带。一头乌亮的头发,整齐地往后梳着,有时还抹上摩丝。他是全水车最洋气的人,很招女人喜欢。他家仨兄弟,他排行老二,起先大家都叫老二、老二。后来才晓得老二就是那家伙,那家伙来脾气时也很神气,但更多时候垂头丧气。

也不知谁先改口叫二先生,二先生果然很受用。叫二先生,他笑容满面,还会递根长沙烟。叫老二,保不准会黑脸,黑了脸的二先生以后就甭想劳烦他了,毕竟全水车就他开得动这辆拖拉机。拖拉机一响,脾气再大的人也不敢不听二先生的话。二先生叼着烟,双手掌控着方向盘,牛气冲天地朝石门方向开去。他嘴里的烟仿佛没断过,抽完一根,马上就会有人补上火力。他的两只耳朵也没闲着,耳轮上永远夹着两根,随时待命。

2

火鸡双手攀住拖斗的门板,小腿一蹬,麻利地上了车,紧接着小身板一闪,人就隐没在拖拉机拖斗里。拖斗有雨篷,里面堆着干稻草,那真是一个谁也不敢怀疑的藏身好去处啊。我有点艳羡起火鸡来,怪不得大家说火鸡有两个胆,上次他偷了五毛钱,被他妈雪莉发现,举着一把荆条,扬言要他屁股开花,火鸡一溜烟爬上老仓库的屋顶,一顿脆响,黑瓦嘎吱嘎吱往下掉。雪莉就他一根独苗,膝盖发软,差点要哭了,求爹爹,告奶奶,好话说了一箩筐,哀求他下来。火鸡说:"我才不下呢,下来你就会打死我。"雪莉再三保证,火鸡说:"我就信你一回,你说话要当真,不然我就跳下去。"

火鸡不怕他妈,只怕二先生。要是二先生晓得火鸡藏在他拖拉机上,保不准赏他一记耳光吃。平时大伙谁也不敢靠近拖拉机,更不用说在拖拉机上耍了。有回我们在拖拉机旁边玩,大老远就是听见一声暴喝:"快给我滚,一会儿让我逮到,给你们脑袋掉个方向。"我想要不是二先生一个冬天都没在水车露面,给火鸡二十个胆,他也不敢躲在拖拉机上。

老仓库阁楼上有架破风车。转轴和木页早就坏了,还瘸了条腿,用两块红砖垫着。我很小的时候,风车就摆那儿了。之前怎么没人想过躲风车的谷仓呢？我灵光一闪，小心翼翼爬上风车，像只小狗似的蜷伏在谷仓里。要不是我个头小，那么狭窄的谷仓根本没法藏身。我听见郑妹在外边拍打着手掌喊："哈哈，水壶，我看到你了，快出来吧！"我才不信你的鬼话呢，我心想。寻人的时候，大家都会说些类似的话，虚张声势，打草惊蛇而已。之前我可没少上当，听到喊声就乖乖就范了，这回天塌下来，老子也不会再犯傻了。我蹲在风车谷仓里，屏息凝神，四周一片静谧，只听见隔壁老六家猪圈里母猪一直在拱栏。他家今年养的母猪一点不听话，已经拱坏几次猪栏了。房梁上偶尔有几只小老鼠追逐打闹，抖落几缕草屑。

风车积满了灰尘，散发一股陈年稻谷混合着灰尘的霉味儿。味道有些刺鼻，我的鼻孔痒痒的，仿佛无数条小虫子在爬。我捏紧鼻子，使劲憋住喷嚏。耳朵里嗡嗡声消失了，母猪安静了，郑妹的喊叫声也消失了，万物僵死。她也许就藏在附近，正蹑手蹑脚竖起耳朵听周围的声响呢。我们经常靠一些细微的响声来判断对方的藏身之处。我一动也不敢动。

果然传来郑妹的欢呼声，原来星星最先被发现了。星星闷声闷气地说："这盘不算数，是你搞鬼。"郑妹得意地说："谁让你先动的。"她咯咯地笑着，拍打着小手，去找下一个了。我有些担心她上阁楼来，听了半晌，屋外又传来她的欢叫声："找到啦找到啦，不要再藏啦！"原来藏在稻草垛的老六被她找出来了。郑妹怎么晓得老六藏在稻草垛呢？难道她作弊了？正当我胡思乱想的时候，又传来郑妹的喊叫，原来藏在楼板下的月宝也暴露了。

　　月宝和老六、星星站在老仓库门前,几个人叽叽喳喳说个不停。不用猜我也晓得他们的鬼把戏,他们被暴露了,现在倒打一耙,反倒帮起郑妹的忙来。果然我听见他们大声呼唤起来:"水壶,火鸡,出来咯,都出来咯,我看到你啦! 游戏结束啦!"

　　尖啸的寒风从窗户透进来,风大得像要将老仓库吹跑。这会儿我已经习惯霉味,不再打喷嚏,只觉寒意彻骨,身子像纸片一样薄,浑身忍不住颤抖。这会儿要是坐在温暖的火塘前该多好,再往旺盛的火塘丢几个地瓜、板栗,煨熟,掰开,空气都是香甜的。这样想的时候,我感觉饥饿也如影随形,我想吃地瓜,想吃腊肉,想吃猪蹄,想吃猪血丸子,想吃刚炸的油渣儿,我吞咽着口水,喉结和肚子不争气地发出咕噜声。

　　我偷偷将头伸出谷仓,透过阁楼破败的窗户,看见火鸡依然伏在拖拉机的拖斗里。他用稻草盖住身子,只露出半个脑袋,要不是我站在高处,还真难发觉。既然火鸡还没暴露,我无论如何也不能认输,我铁了心要让他们看看我的厉害。他们到处鼓捣,想把我们揪出来。其间上了好几趟阁楼,到处翻找,谁也没发现我。我心里暗暗得意,这真是一个好藏所,谁也没料到我会藏在这架破风车上。他们找了半天,都有些泄气。嚷嚷起来:"再不出来,我们都回去啦!"这是老六的声音。"回去啦! 回去啦!"月宝也在附和。过了一会儿,四周安静下来,我竖起耳朵听了一会儿,原来他们在马路上踢起毽子。我

衡阳牌拖拉机　　165

猜不准他们是真的放弃了，还是故意引蛇出洞。我也想踢毽子，踢毽子暖和。

上回踢毽子还是立冬那天。月宝家杀鸡，我们用刚拔下来的鸡毛做了个新毽子，在老仓库前玩得热火朝天。刚刮了一夜的大风，老仓库前满阶黄叶，已经穿得稳厚外套了。我们的欢呼声穿过银丝般的细雨，声浪一阵高过一阵。正当我们玩得起劲，老六猛地一脚，鸡毛毽子顿时飞去丈把远。我们愣愣地望着鸡毛毽子高高扬起，在空中画出一道漂亮的抛物线，最后稳稳落在二先生的拖拉机上。

细雨霏霏，四周除了我们几个，只有老六家湿答答的老黑狗和月宝家那群在小路边觅食的鹅。那是群趾高气扬的鹅，每次有人路过，它们都会拍打着翅膀伸长脖子啄人。我被它们啄过一回，屁股麻辣火烧，好半天还痛。哦，还有一只灰喜鹊，沉默地蹲伏在光秃秃的苦楝树上，像是个看把戏的。我妈说，这世上什么鸟都可打，唯独喜鹊不能打。喜鹊是报喜的，你打它，以后就没你喜事了。我妈说的话我都当耳边风，唯独这句话我牢牢记住了。我们观察了一番，都心照不宣地朝拖拉机走去。雨越下越密，有些冷，冻得起鸡皮疙瘩。前两天，虽是阴天，但还没落雨，气温也没这么低，我们几个在收割后的稻田放鸭子，捡来一些干稻草，将地窖里偷来的红薯丢进火堆，煨红薯，摔跤，捉泥鳅，玩了个痛快。想起那堆旺火，我下意识摸了下裤兜，那盒洪江牌火柴还在，还剩大半盒呢。

鸡毛毽子落在车斗上，火鸡爬上去，很快取了下来。取走鸡毛毽子，谁也没要走的意思。冬日雨天，也没什么农活，大人们都猫在家里扯卵淡，打牌，没人留意我们。我们坐上驾驶室，像串小猴子似的，坐的、挂的、爬的、攀的都有。每人轮流坐一下主驾驶位。我想象着自己正在驾驶这台铁家伙，嘴里发出嘟嘟嘟响亮的声音。老六突然冷不丁说："你们晓得不，柴油点不燃呢！"我们都停下来，愕然地望着他。"胡说，柴油怎么点不燃！"月宝说。我也不信。我家每晚都点煤油灯，划根火柴，小火苗飕飕往上蹿。既然煤油能点燃，柴油就没点不燃的道理。老六见我们不信，说："你们自己去看。"

我们围着油箱，轮流将头探向油箱口。歪脖子加油孔口径有搪瓷杯粗，凑近了看，能看见大半箱黑乎乎的油，上面漂浮着几根惨白的火柴棍。我们都倒抽一口冷气。果然如老六说的，有人用火柴试过了，没有点燃。好几根火柴棍，说明有人试过多次，都没成功。

"是不是你干的？"月宝盯着老六说。所有目光都望向老六。老六慌了，发誓说："要是我干的，我是你崽。"月宝说："不是你干的，你怎么晓得油箱里有火柴棍？"我们都附和说："是啊，你怎么晓得柴油点不燃，莫非你亲眼看见？"老六小脸憋得通红，说："是真点不燃，我亲眼见的！我也很纳闷，为什么柴油点不着呢？"我们说："你见谁试过？"老六瞟了我们一眼，咬了咬嘴唇，欲言又止的样子。月宝催促说："你快讲哪！"我们都很好奇，纷纷附和，催他快点讲。老六脸上露出一丝诡异神色,说:"你们发誓不讲出去?"我们用力点点头,纷纷发誓说:"崽就讲出去!"老六说:"好,谁讲出去,谁就是我崽。"我们都答应了。于是老六悄声说了一个名字。听到名字,大家都安静下来,都觉得诧异。雨势渐渐大起来,绵绵细雨变成了一场大雨。雨滴噼里啪啦落在黑瓦上,发出清脆的回响。我听见老六家猪圈的母猪在雨中发出一声悠长的嚎叫。声音像把利刃,穿越雨幕,直贯我们耳膜。火鸡突然怒吼了一声,说:"老六你妈的胡说,我爹才不会干这种事!"见我们也都有些迟疑,老六说:"崽骗你们,我亲眼看到的。"火鸡站在雨幕中,冰冷的雨水从他的发尖滴下,顺着脸颊滑落。他眼眶泛红,说话带着哭腔,狠狠地剜了眼老六,转身朝家里奔去。

3

老六说,其实不只火鸡爹,还有人也这么干过,好几回了,都没点燃。我们对谁干过这事没兴趣,感兴趣的是柴油能否点燃。真的点不着吗?月宝头一个质疑,星星紧接其后,说打死我都不信,猪油都能点着,何况柴油。我们听后纷纷点头,表示猪油都能点着,柴油就更不成问题了。老六急了,掏出一盒火柴,梗着脖子说,谁要不信,就去试试。他高举着火柴盒,就像举着一颗定时炸弹。这下谁也不敢吭气了,都杵在那儿,你瞅我,我瞅你,大气不敢出。油箱里还剩大半箱油,黑黝黝的，散发着一股柴油特有的气味。那股气味曾让我们无比沉醉，现在闻起来突然觉得很刺鼻，充满了某种未知的危险。我又下意识摸了摸裤兜里的火柴，硬邦邦的，火柴盒的尖角抵着我的大腿，我心里忍不住打了个冷噤。

这件事后，有一段时间火鸡见到我们就躲得远远的。以前玩游戏他最来劲，只消在他家屋前喊一声，他立马钻出来，比狗反应还快。后来我们再喊火鸡，喊破喉咙，也不见火鸡人影。恨得我们跺脚骂娘，抓土块丢他家屋檐，使尽招数他就是不肯出来。火鸡爹在湘潭砌墙，平时很少回来。他爹不在家，他三天两头上房揭瓦，反正他妈雪莉管束不住，他爹一回来，火鸡立马就老实了。水车人都叫他爹老罗，尽管他年纪不大，但显老，所以早早就得了这个绰号。不像雪莉，瓜子脸，水蛇腰，嫩得掐得出水。老罗和二先生玩得来，二先生常在他家打牌喝酒。全水车都晓得，二先生和老罗关系铁。去年开春，老罗不在家，二先生给他们家拉了化肥和煤球，一分钱都没肯收。老罗往二先生油箱里丢火柴，谁都不敢相信。

过了大半个月，火鸡才和我们恢复往来。他的眼神依然有些怯生，没以前透亮。我提议一起玩玻璃珠游戏，他起先站在边上，怎么也不肯加入。后来心痒难耐，便加入了我们的游戏。他一参战，就没我们卵事了，还没一顿饭工夫，都输掉了老底，唯独他每个口袋都沉甸甸的，心满意足回去了。那个令人头疼的捣蛋鬼又回来了，看上去和往常没两样。

这个冬天我们还一块儿干了件非常顽劣的事,小寒那天,我们将长顺爷爷杂物间的柴火偷了出来,在清江边烧了一堆熊熊的大火。寒风劲吹,火苗蹿起两米高,人根本拢不了边。火鸡从家里偷了一只肥鸡,我们烤熟,每人吃得油光满面,打着饱嗝,直到看到月宝娘举着一把荆条朝我们跑来。

事后我们回家都挨了一顿饱揍。我妈眼泪都快气出来了,她将我堵在灶房,举着荆条,生怕一个疏忽,我又偷溜了。"是谁让你偷长顺爷爷的柴火的?"我起初不肯吭声,挨了几下,虽然冬天,衣服厚实,我妈也晓得,其他部位怎么抽打都是挠痒痒儿,唯独手臂和小腿肚是薄弱环节,她专抽那儿,抽得我嗷嗷叫。我招架不住,只得如实交代,偷柴火和鸡都是火鸡的鬼主意。我妈听到是火鸡的主意,更加生气了,说:"火鸡让你吃屎,你也吃吗?!"这句话真把我给恶心坏了,我一整天都吃不下饭。

后来我才晓得,雪莉和二先生的事已经传开了。有人说早在夏天,亲眼看见晚上雪莉上了二先生的拖拉机,两人在拖斗里,待足了一炷香的工夫,雪莉才衣衫不整地从车上下来。这件事起先是月宝告诉我的。月宝故作神秘地凑在我耳边,说火鸡他妈偷人呢,我问偷谁,他说是二先生。后来我发现不仅月宝晓得这事,连郑妹都晓得了,那大人们肯定早就晓得了。我心里一下豁然开朗了,怪不得火鸡有天气鼓鼓地,发誓要烧了"这台破拖拉机",那老罗往二先生拖拉机油箱丢火柴,估计八成也是真的了。

整个冬天，我们都没见过二先生的身影。很多人都在找他。有关他的传闻越来越多，听说他欠了很多赌债，生怕被人堵门追债，不敢在水车露面。有人声称在县城还碰见过一回："这个娘卖×的，在县城又搞上了一个，还是个开发廊的，穿丝袜皮裙，头发烫成方便面，啧啧啧，骚得打颤颤。"

赌债只是其一，他不敢露面据说还有别的麻烦，传闻他和水车很多女人困过觉。这个流言像颗炸雷，每个水车男人心肝都要颤一颤。二窖爹有回喝了二两烧酒，站在老仓库前当着众人的面说："下回让我逮住他，我保证打得他两头出屎两头屙尿。"我才发现火鸡爹也回来了，正蹲在台阶上沉默地抽烟，没说一句话。满嘴胡须，头发蓬乱，像个棕树蔸，我差点没认出来。他就那么不声不响地蹲着，听他们讲，一声不哼，眼神冷冷地盯视着什么东西。烟雾漫过他那张满是皱纹的脸。我不太敢多看，他的眼神带着寒意，有些吓人。

我倒是很盼二先生回来。那辆衡阳牌拖拉机已经许久没动了。它曾经势不可当，如今低眉顺眼，不再轰鸣，不再动弹，仿佛没了脾气，两个后轮也逐渐瘪了，威风扫地。自打秋天起，水车很久没来过一辆拖拉机了。我们怀念那熟悉的声音，怀念空气中弥漫的柴油味。每次路过它的时候，我都会驻留一下，忍不住往油箱里瞥一眼。那个时候，我会下意识摸摸裤兜，很想试一试到底能不能点燃它。有一回我甚至划燃火柴了，当手心那束火苗离油箱越来越近时，我看到了黑暗中那黑亮的流质，像有无数双眼睛在盯着我。我颤抖着手，想象火光冲天的场景，突然感到一阵莫名的晕眩，两条腿在寒风中微微地抖动。我用力并拢双腿，极力克制内心这股邪念。突然胯间一阵奇妙的电流涌过，我想起上回坐拖拉机在石拱桥上腾空而起的那一刹，就是那种感觉。我在想象的大火中落荒而逃。

柴油能不能点燃，这成了我的一个心结。后来，我无数次从拖拉机旁经过，它像一块巨大的磁铁，牢牢吸引着我。我被这个疯狂而隐秘的念头折磨着。离拖拉机越近，那股疯狂的念头就越强烈，强烈到要将我整个吞噬。有天夜里，我梦见终于点燃了油箱，冲天大火，滚滚浓烟，整个天空都是血红的。我从梦中惊醒，大汗淋漓，世界一片漆黑。

直到有天月宝兴冲冲跑过来，推了老六一把说："你这个骗子！我这回特意问了我小舅！"说的时候，他又推了老六一把。老六连打了两个趔趄，急了，说："你小舅又怎样？"月宝气咻咻地说："我前几天去找我小舅，他正在修面包车，我就问他如果往油箱划根火柴，能不能点燃，我话还没讲完，头上就挨了两个爆栗。我小舅说，以后我要敢干这样的蠢事，准会把我绑起来用皮鞭抽。"我们都晓得月宝有个小舅，曾在兰州当过汽车兵，退役回来在县城开了家汽车修理店，他平时没少拿他小舅向我们吹嘘。既然他小舅都这样说了，那证明往油箱里丢火柴是很危险的事。听完月宝的话，我们都庆幸自己没干傻事儿。只有火鸡不信，他满脸不屑，走过来冷冷地说：

"你小舅骗你的,你们都是傻瓜。"

4

油箱里的火柴棍越来越多了,有天我惊讶地发现油箱还漂浮着一个烟头。显然有人试过了火柴,发现不管用,于是将尚未抽完的香烟扔了进去。这个烟头让我又一次陷入了困惑,到底是哪些人在点火?为啥扔烟头都燃不起来?现在,我很想知道是谁在点火了。我暗地里观察了好几天,也没发觉什么端倪,倒是火鸡家出了点儿事。有天他爹和他娘为一点鸡毛蒜皮的小事,大干了一架。老罗头一回揍了雪莉,狠狠扇了她一记耳光,作为回报,老罗脸上多了五道抓痕。火鸡娘就像练过梅超风的九阴白骨爪,沿额头而下,抓得又狠又准。

他们那几个在外边踢得热火朝天,好像真的忘了我和火鸡的存在了。我有些恼怒起来,发誓下次轮到我,也将他们晾一旁,让他们好好尝尝躲在寒冷的角落里忍饥挨饿的滋味。我伸头往外望了望,已经傍晚了,苦楝树和拖拉机浸泡在冬日灰鼠色的暮霭中,隐约可见一个模糊的轮廓。我不确定火鸡是不是还藏在车上。阁楼上的光线本来就阴暗,这下更黑了。房梁上不时有老鼠出来晃悠,一群伙,在黑暗中肆无忌惮,不给我丝毫面子。我突然想起长顺爷爷说,老六的爷爷当年就是在老仓库的阁楼上吊死的。说舌头伸到胸前,比丝瓜还长。我脑海浮现出香港鬼片里的吊死鬼，穿长袍，伸长舌，蹦蹦跳跳来捉人。房梁黑黢黢的，一阵风刮过，吹着什么东西不停飘荡。我吓得尖叫一声，从风车上一跃而下，慌不择路地跑了下去。

老仓库前一个人影也没有，只有一只踢坏的鸡毛毽子，他们不知什么时候散的，我已经顾不得埋怨了，一溜烟跑回了家。我妈见我脸色苍白，问我怎么了。我没敢说实情。扒完晚饭，外边已经漆黑，像罩了一只巨大无边的黑锅。我想起傍晚的事，心里还恨得痒痒的，寻思明日怎样复仇。

火势就是那会儿燃起来的。我听见有人在呼喊："着火啦，着火啦，快来救火！"我跑出家，远远就看见了那团大火。火势很大，噼里啪啦的，大半个夜空都被照亮了。拖拉机被烈焰包裹，变成一只巨大的火球。空气中弥漫着一股刺鼻的煤油和稻草味。我从没见过如此凶猛的火，隔着很远都能感到胸前一股透明的热浪，在逼人不断后退。火势借着西北风，飕飕往上蹿，像无数条扭曲狂舞的火蛇，张开血盆大口，舔舐夜空。这时一个熟悉的小身影从土坡跑了下来，一边跑，一边打着哭腔："不要啊，爸爸！"我听出是火鸡的声音。黑暗中他被什么东西绊了一下，很快又爬起来，继续朝我们这边跌跌撞撞跑来。火光映照着一张被烟熏得乌黑的脸，满脸惊悚，像刚从灶膛爬出来，浑身上下唯有眼睛是白的。白得如此耀眼，像两颗刚剥壳的鸡蛋。

                                            2018年10月27日　海口

火山边缘

1

我从梦中醒来,已经下午两点了。太阳不再炫目,铅色云层堆积如山,看样子一场大雨正蓄势待发。窗外一片辽阔的原野,不断闪过波光粼粼的水塘、稻田、屋舍和黄牛。几个光屁股的顽童在河中游泳,手持荆条的妇女站在岸边暴跳如雷又无可奈何。火车很快掠过他们。进入洞庭湖平原,就很难看到山了。我望着窗外碧绿的原野,发了许久的呆。我又梦见了她。隔着玻璃,我拼命呼喊她的名字。像默片一样,所有声音都消失了,什么也听不见。我用力捶打着玻璃,玻璃像墙壁一样厚实。醒来的时候我看了看手掌,一片青红。我渐渐回过神来。我睡在下铺,斜对面的中铺是一位年轻的母亲,正搂着五六岁大小的女孩。

小女孩正看着我。一双玻璃球似的大眼睛,乌溜溜地转。

我发觉她的时候,她下意识躲闪了一下,将头埋在她母亲的臂弯里,一会儿又忍不住探出来,继续望着我。对视的那刻,她发出一串清脆的笑声。两个浅浅的小酒窝,红扑扑的小脸蛋,额头上汗津津的,沾着一绺头发。我假装瞪她一眼,朝她扮了个鬼脸。她又是一连串清脆的笑声。她说,叔叔,刚才你做噩梦啦?我说,你怎么知道的?她得意起来,说我看见你使劲拍打床沿,拍得砰砰砰响!我脸一红,正想向她道歉,她母亲这时笑了,抚摸着女儿的额头说,你这个妹子怎么一刻都不消停呀,你看都几点了,还不午睡?!扬起手,佯装要打,小女孩小泥鳅似的又钻进母亲臂弯去了。那双乌溜溜的眼睛继续望着我,朝我挤眉弄眼。

　　我起身去车厢吸烟处抽了根烟。手上的印痕已经消退。天色阴沉,成片的稻田在乌云下呈墨绿色。雨还没落下,风却大了起来,吹得禾苗波浪形起伏。几只黑鸟一字排开,蹲在电线杆上,像几个乡村老汉蹲在地上闲聊。南方的风景纷纷从眼前倒退,记忆的潮水劈头盖脸地向我涌来。我情不自禁地再次想起女儿。我靠着车厢缓缓蹲下,用手捧着脸,掩饰着崩溃的情绪。火车哐当哐当富有节奏的响声,一下下地击打着我的心扉。

　　列车员推着小推车朝我走来时,我想我已经缓过来一些了。我要了两罐啤酒,一袋花生,一份报纸。列车员离开的时候,我又叫住她,加了一罐汇源果汁和一包大白兔奶糖。回到下铺,我将东西放在小搁板上。小女孩正在给她妈编辫子,她母亲假装已经睡着,闭着眼,嘴角微微上扬,似乎在努力憋住笑。她看到了我的报纸,歪着脑袋,好奇地问道,叔叔,这报纸写的什么呀?我瞅了眼说,过几天,香港就要回归祖国啦!她开心起来,说:"我也听说啦,电视上都在放,我以后就可以去香港啦!"她高兴得手舞足蹈,像只小皮球似的弹来弹去,终于将母亲弄醒了。她母亲说,你再不午睡,都下午啦。她说:"我一点也不困呢!"她母亲叹口气说:"宝呢,我眼皮都睁不开了。"她赶紧爬过去,用指尖撑开她母亲的眼皮子,说:"妈妈,你的眼皮睁不开啦?会不会是粘上502胶水了?"说得大家都忍俊不禁。母亲也笑了。

　　小女孩很喜欢和我在一起。不断向我发问,叔叔,从这里到香港坐火车多远?我回答说要两三天呢。她马上接着问,那坐汽车呢?我说坐汽车就更久啦!一个星期都有可能。那轮船呢?……

　　总有一堆五花八门的问题在等着我。我很快被这个小机灵鬼弄得焦头烂额起来。她母亲批评她,你可消停会儿吧,不要影响叔叔休息了!说完朝我歉意地笑笑。我才知道,她们是长沙人,她是一所医院的妇产科护士,利用暑假,带女儿去探望在北京协和医院进修的爱人。她三十岁左右的样子,烫了头,戴着一只浪琴腕表,看起来比秋怀显得年轻和时髦一些。

　　我们一路闲聊着,打发漫长的旅途。她问我出差还是旅游,我说出来散散心。是在北京工作吗?我说我的工作在非

火山边缘　177

洲,我是一名外交官和翻译,驻塞内加尔四等秘书。她一下被我的职业提起了兴致。那这次是回来探亲?我点点头,算是默认了。像所有最初知道我职业的人一样,她也开始向我打探一些非洲的气候、族群、饮食、语言等问题。我望了一眼这位妇产科护士,她不知道,我也有很多问题想要问她,但我知道,她没法给我答案。

2

我是半个月前回的国。归国的原因是妻子即将分娩。我在电话里听得出秋怀表露出来的焦虑和不安,她一再强调已经有了早产的迹象,肚子这几天阵痛,催我快点回国。我当然不能错过孩子的出生,这是我生命的意义所在。第二天一大早,我就踏上了回国的旅途。飞机腾起的那一刻,一抹耀眼的朝阳穿过舷窗,光束中旋舞着无数金色尘埃。一个梳着小脏辫的黑人小女孩坐在我左侧,她的皮肤看起来像蜜蜡。她朝我笑了笑,一口整齐的白牙。她用法语向我问好。我的心情像她那口牙一样好。飞机腾起的时候,我还沉浸在即将成为人父的巨大喜悦中。

那天飞机一降落,我从首都国际机场直奔医院。正赶上早班高峰期,路上拥堵得厉害,十点我才赶到医院。徐医生是位四十左右的女人,戴着一副黑框眼镜,薄薄的嘴唇,我看到镜片背后闪烁出的笑意,她向我道贺,剖腹产,是个女孩,体重

1840克，母女平安。岳父有些埋怨说，你这个大忙人，总算回家了，好在一切顺利，秋怀已经苏醒……我明白他的潜台词。我什么也说不出来，只顾傻笑。巨大的喜悦击中了我。我提出能不能看眼孩子，徐医生解释说，因是早产，得先在儿科新生儿室过渡几天。看我失落的样子，她打趣说，看你急的！第一次做父亲吧？应该很快就能接回家了。徐医生走后，我站在走廊上，深吸了几口气，努力平复内心此起彼伏的情绪。阳光透过走廊的玻璃，我感觉身上暖洋洋的。窗外的草坪上，一个护工正推着轮椅在陪老人散步。一群年轻护士轻言细语，正说笑着从医院长廊尽头走来。医院外边的街道隐约传来的汽车和小贩的吆喝声，这些声音如此熟悉动听，我感到美好的未来正向我敞开了她温暖的怀抱。是的，这天早晨起，我不再是一个人，我已为人父。我感受到一份沉甸甸的责任和爱。

　　三十七岁那年，秋怀终于怀上了我们的孩子。那个时候，我们的婚姻其实已经出现了某些不可察觉的裂痕。因为工作的关系，我长期驻守国外，秋怀则留在北京教书。只有寒暑假的时间我们才能聚上。秋怀不喜欢非洲，塞内加尔炽热的阳光让她吃不消。她也适应不了西非炎热的气候和饮食。每次去都水土不服，会生场病，等身体好不容易适应过来，假期也接近尾声了。她不懂法语，更加不懂本地方言，沟通是个问题，也很难交上朋友。这边慵懒的生活节奏和落后的基础设施也让她感到烦闷。她已经习惯了北京，习惯了大型的购物商场，习惯了地铁出行。这里看起来就像原始社会。她不止一次提出让我尽早调回北京。

除了初来时的不适,我倒是很快适应了塞内加尔。我不怕热,甚至喜欢炎热的气候。时间一久,我越发觉得这儿自有她的迷人之处。大西洋逶迤的海岸线,永远充沛的阳光,玫瑰湖那抹亮丽的色彩,当地淳朴的民风……他们最初对我还有些敬畏,某次我负责一项援建项目的监工,当我光着身子和黑人一起走进浴室时,所有人都望向我,周围的目光让我感到有些尴尬,但很快我就感受到了他们带给我的善意。我是当地第一个和黑人在公共浴室坦诚相见的人。第二天早上,我的办公桌上摆满了黑人送来的各种热带水果。那是我第一次品尝 Madd,一种塞内加尔野生浆果,味道有些发涩,他们教我撒上胡椒和盐,味道果然好了很多。他们亲切地叫我"树"。合影的时候,将手搭在我肩上。头顶篮子的黑人女人远远朝我投来羞涩的笑容,露出盐一般洁白的牙齿。

当我和这里打成一片的时候,意味着和北京也越来越远,离秋怀越来越远。后来我忍不住这样想,我热爱这儿,恐怕是这儿离北京足够远吧。那些年,我渴望离开北京,离开熟悉的街区、熟悉的朋友,逃离我熟悉的一切。

1990年,北京的朋友圈像球桌上的台球,突然被命运的球杆击得七零八落。大家纷纷找机会离开北京,往世界去。柏林、巴黎、伦敦、纽约、洛杉矶……我最好的朋友蒙鸣放弃了北外的教职,去了巴黎。洪壮则去了柏林。还没来得及离开的,也都蠢蠢欲动。

相比那些繁华的城市,我去得更彻底。当他们知道我选择了塞内加尔时,都显得有些惊讶。为什么要去那么偏远落后的地方?我没有解释。他们不知道荒凉和孤独正好是我喜欢的。离家万里,没有亲人,没有朋友,我可以完整地拥有自己,拥有一个个不受干扰的静夜。我在那些安静的夜晚读书,翻译,或者沿着荒芜的公路散步。大西洋带来凉爽的夜风,吹得路边的杧果树窸窣作响。有时我走很远,一直走到天色发白,才返回住处。我像在刻意惩罚自己,将自己流放在这个贫穷落后的热带国家。之前熟悉的北京生活,离我越来越远了。

我和秋怀一个星期会通两三回电话。只要她还在北京,家就在北京,她委婉地提醒我这一点,我没有反驳。她会在电话中向我诉说生活和学校中的琐事,单位的人事关系,办公室政治,女人们私下较劲的服装和化妆品牌,北京街头新近的变化,等等。无非是些琐细的日常生活。即便这些,后来话题也越来越寡淡,能聊的无非这些。我能感觉这份感情在时间和距离面前的无力和脆弱。有一次,她像是漫不经心地说道……可惜我们没有孩子。要是有个孩子就好了。我想象着秋怀那张熟悉的脸,想象她此刻的表情,她的神态……我不知道怎么回答她。我敷衍着和她聊了些别的琐事,草草挂掉了电话。是的,我们结婚快十年了,依然没有孩子。之前两次差点怀上,最后都因为宫外孕流产了,医生说这辈子都可能怀不上了。如果有了我们的孩子,很多话题就可以围绕孩子展开,关于孩子会衍生出无穷无尽的话题(当然,一旦有了孩子,恐怕问题会更加复杂化),一种无形的沉默笼罩在我们心头。有时刚说上几句,我们就陷入了尴尬之中,好像一切都乏善可陈。她说,那就这样吧。我心里说,好的。我能听见她挂断电话时发出的轻微的叹息。我沉默着。感到有什么东西在心中无声坍塌了。是爱情吗?我不知道。有时我忍不住会想,当初为什么要结婚?我们真有那么深爱对方吗?我相信她一定也想过同样的问题。属于我们的那些柔情蜜意,在时间的长河中被无限稀释了。我甚至不知道是否还爱她。

3

孩子是我上次回国探亲意外怀上的。

回塞内加尔两个月后,秋怀才告诉我消息。她问我,这次要还是不要?这个问题相当棘手。秋怀已经三十七,因为宫外孕,流过两次产,我当然知道这个年龄怀上孩子意味着什么。我沉默了一会儿,她为我的沉默感到生气,她说,你好好考虑一下,不行明天我就去协和打掉。我说,你误解我的意思了,孩子当然要的,我们最后努力一次吧!我说了一些安抚她的话。这件事的确打乱了我们的计划。电话那头,她罕见地哭了。秋怀在我面前一向表现得很坚强,有时过于倔强,甚至少了点女人的味道。她很少在我面前哭。那晚她情绪化非常强烈，泣不成声，我说了一大堆安慰的话，好不容易才将她安抚好，我相信她已经隐忍很久了。

孩子的到来，某种意义上充当了我们婚姻的黏合剂。那一段时间，我们似乎又恢复了恋爱时期的亲密状态。她每天给我电话，发 E-mail，分享她身体新的变化。这次妊娠反应比往常更为强烈，上课的时候她只能拼命忍住，生怕学生看出来。关于这些，她越是轻描淡写，我越是感到歉疚，我甚至动了调回北京的念头。我知道她希望我能尽快回去，回到她身边。像其他妻子怀孕的夫妇一样，晚饭后一起牵手在公园散步，畅想未来的孩子。

秋怀已经醒来，还有些虚弱，见我回来，她松了一口气。孩子还好吗？我用力点点头，说一切都很好，你放心。孩子的名字想好了吗？她的手汗津津的。我说，想好了，叫何塞京如何？塞内加尔的塞，北京的京。她勉力一笑说，还好你没给她取名塞北。我也笑了。心里莫名一阵柔软。那种感觉好久没有了，既熟悉又陌生。我忍不住紧紧握了握她的手。她的眼睛透过一丝诧异，很快领会了我的意思。

那些天，我不断往返于家和医院。这种忙碌让我充实和快乐。我相信自己能当好一名父亲。我很快就会学会换洗尿布，给孩子喂奶，逗她开心，哄她入睡。这些让人皱眉的事情，一旦孩子降生，马上变得意义非凡。我甚至为之前的自私和愚昧感到可笑。每天我早早赶去医院，用保温杯给秋怀送去粥和煲的汤。然后透过儿科新生儿室的玻璃,观察我的女儿。多数时间她乖乖地躺在那儿睡觉。有时小手在空中乱舞,大声啼哭,那一定是饿了或者不开心了。我在一旁守护着我的孩子,那是我一生中最快乐的几天。

徐医生说,孩子身体各项体征正常,呼吸不错,胃口好,挺能吃。虽然曾出现皮疹和黄疸,但用药后情况明显好转。她的话让我悬着的一颗心逐渐安放,我期盼早点抱上我的小宝贝。每天去医院前,我都会刮净胡须,我担心胡须扎痛她稚嫩的小脸蛋。徐医生说,婴儿体重超过四斤了,再过一两天就能接回家了,让我做好回家的准备。

我特意去了一趟家乐福的创益家店,买回了育婴所需的用品,婴儿床、推车、尿不湿、进口奶粉、奶嘴、衣服、玩具等等。我花了一个下午,将家里布置停当。添置了这些东西,整个家焕然一新。坐在沙发上休息的时候,我想象不久后孩子嘹亮的哭声和粉嘟嘟的笑脸,想象她第一次叫我爸爸的样子,眼泪不由自主地流了下来。这不是梦,是事实。

5月25日下午,我接到了医院通知,让我第二天上午9点前去办理出院手续,我的孩子终于要出院回家了,这个消息让我无比振奋。我打电话向远在湖南的家人报了喜讯,老人家都高兴坏了,恨不得当天就赶过来,全家都沉浸在孩子降生的喜悦中。

坏消息是晚上传来的。当时我刚从医院回到家,还没来得及坐下喝杯水,电话就响了。是医院新生儿室值班大夫打来的电话，通知我紧急前往医院。我说，出什么事了？电话那头很焦急，说孩子出了点状况，让我赶紧过来。

天快要黑了，起了凉风，挺拔的白杨在晚风中簌簌作响。我看到电线上栖息着几只黑鸟，一字排开，羽毛凌乱。等了许久，出租车迟迟不来。我设想了最糟糕的情况，孩子发烧感冒了，或者药物过敏。

徐医生不在，值班医生是一位姓祁的年轻医生。他简明扼要地说，孩子出现了高烧和感染，经过紧急抢救，刚才情况稍微缓和。我问是什么病菌，他沉默了一下说，目前还不确定到底是什么病菌感染所致。我说，新生儿室不是有严格的消毒隔离措施吗？祁医生说，理论上是这样，但您也知道医院是公共空间，人来人往，要百分百做到消毒隔离不太现实……他的话让我感到莫名的忧戚。祁医生匆匆说了几句就进抢救室了，让我先在走廊等待进一步消息。我坐在走廊座椅上，时间在那一刻仿佛停滞了，每一分每一秒都如此漫长。除了祈祷，我什么也做不了。

晚上十点，祁医生把我叫到医生办公室，脸色凝重地告诉我，孩子可能不行了，感染发展得太迅猛，所有措施都采取了，我们尽了最大的努力，未能挽回孩子生命……他的声音有些沙哑，低沉，时刻注视着我表情的变化。他说的每个字，都像一块块巨石，朝我压来，让我感到窒息。我的膝盖有些发软，我缓缓蹲下去。我无法接受这样的事实。他轻轻拍打着我的肩膀，试图安慰我。我一下跳了起来。我在走廊愤怒地号叫，

火山边缘

咆哮，用拳头击打着墙壁。他们死死抱住我，安抚我。那些话多么苍白无力啊。我什么也听不见，什么也动不了，只能号啕大哭。整栋楼回响着我绝望的呼喊。然而这些无法挽回我的孩子。准确地说，当晚十一点半，医院正式向我下达了孩子死亡的通知书。我的孩子出生仅九天，我还没来得及抱一抱她……我没法接受这样的打击。我的世界坍塌了。

4

小女孩将脑袋探出床沿，下巴尖顶着扶手，朝我扮鬼脸。我偶尔回应她，扮成小丑的样子，惹得她咯咯咯笑个不停。她笑起来的时候格外可爱。我问她叫什么名字，她响亮地回答道，我叫曾泱，今年五岁了。她母亲说，哟，也晓得自己五岁啦，别人家的小朋友五岁都好懂事呢，从不惹妈妈生气。她捂着耳朵，故意装作没听见，大声问妈妈，妈妈你刚才说什么了，我什么也听不见呢！我从床上坐起来，问她们是否需要下来休息，年轻的母亲谢绝了。她说，今天很奇怪，小曾泱平常一向有些怕生，但和您一见如故，好像亲人一样。我说，是缘分吧。孩子非常乖巧，我也很喜欢她。

叔叔，我要去洗手间，小曾泱说的时候已经伸出了手臂，做出搂抱的举动。我顺手将她从中铺抱了下来。你能带我去吗？她抬起头望着我。我愣了一下，她母亲躺在中铺，正准备下来。我说，你下来麻烦，我带她去吧。她望了我一眼，对小曾泱说，让叔叔带你去吧。

从洗手间回来，年轻母亲表示了谢意。她的眼里散发着柔和的光泽。我能感觉她对我的信任度在提升。那种陌生人之间的戒备、客套、敷衍无形间消解了。小曾泱像只小兔子似的，一会儿钻到车厢前头，一会儿冲去后头。她母亲喊，曾泱，你给我回来！小曾泱嘴里答应着，又小兽似的跑远了。后来她母亲已经放弃了努力，索性睡了。小曾泱耍了好一会儿才回来，见我坐在过道的凳子上，跑过来对我说，叔叔我累了，一骨碌就爬我腿上，让我抱她。她母亲斜躺着，像睡着了。我犹豫了一下，将小曾泱高高举起，旋转了一圈。整个车厢回荡着小曾泱银铃般的笑声。她命令我举再高点，再高点。她在我头顶旋转，欢笑。那一刻，我心里有一种奇妙的感觉，仿佛曾泱就是我的女儿。我想塞京长这么大，一定也像小曾泱一样惹人疼爱，我会将她高高举起，将她搂在怀里。她就是我的一切。

我将大白兔奶糖和果汁递给小曾泱，她母亲并没制止，说，还不快谢谢叔叔？小曾泱甜甜地道了谢。我刮了刮她的小鼻梁，说不用谢。那个下午，小曾泱都偎依在我身旁，甚至忽略了她母亲。她让我不停地给她讲童话故事，我搜肠刮肚，把能记住的童话故事一股脑儿讲给她听。她母亲笑着说，树先生，您有孩子吗？我摇摇头说，没有。当我说出"没有"时，内心像出现了一个窟窿。她兴许也察觉到了我神情的变化，及时打住了这个话题。

我是在石家庄下的车。石家庄有我两个关系很好的大学哥们儿，他们得知我家里的消息，无论如何也要邀请我去石家庄散散心。那时小曾泱已经睡着了，我将她轻轻放在下铺上，正准备下车时，她突然惊醒，大声地说，树叔叔，你要走了吗？她的声音充满了惶惑和不安。我说叔叔快要到站了，我们下次再见了。说出这句话，我就有些后悔。这是一句成年人的谎言，下了车就再也见不着了，我不该向她撒谎。她说，叔叔家不是在北京吗？我说叔叔在石家庄有点事，过几天才回北京。她说，那我等你回北京，我们北京见！我说好的，北京见。她说，那我怎么联系你呢？我再次感到羞赧。我说，你过几天给我打电话好不好？我掏出纸笔，留下了我家的座机号码。收到了我的承诺，这下她开心了，清脆地说了声好。像是要表达自己的决心，她又大声说，我一定会给你打电话的哦！我刮了刮她的小鼻梁，下了车。小曾泱的小脸蛋紧紧贴着车窗，依依不舍地挥舞着小手向我告别。火车徐徐开走，离我越来越远，不知怎的，我的心一阵空落，一种说不出来的情绪萦绕心头。

我在石家庄待了两天，天天喝得烂醉如泥。只有喝醉的时候，我才暂时忘掉过去。在承德的同学得知了我的不幸，邀请我去承德避暑，我也答应了。只要不那么快回北京，回到那个让人心碎的城市，去哪儿都行。于是在承德又待了几天。等我回到北京，已经是一个星期以后的事了。

刚到家，秋怀说，这几天有个小女孩天天给你打电话。每次都问你什么时候回来。我一下就想到小曾泱了。我以为她一到北京，见了父亲，去了游乐场，准会把我忘得干干净净呢，没想到她一到北京，当天就给我电话了。秋怀说，每天都打，有的时候甚至一天打好几次电话。我问她有什么事，她也不讲，听你不在就挂了。我说，她留了电话号码没有？我给她回过去。秋怀说，没有留，但我猜一会儿准还会来电话。

如秋怀说的，不一会儿家里电话就响起了。果然是小曾泱打来的。听到我的声音，她兴奋得哇哇叫起来，树叔叔终于回来啦！然后埋怨道，你怎么才回来哪！我都等你好几天啦！我向她道歉，说叔叔临时又去了趟别的地方，所以耽误了。我说请她去吃肯德基和游乐场，她才高兴起来，电话那头一阵欢声雀跃。

我们约在周末在西单碰面。这次见面，她爸妈也来了，一家人凑齐了。小曾泱非常开心，一见到我，就从她爸怀里跳下来，张开手臂让我抱，再也不肯下来。大家都笑，开她玩笑说见到树叔叔，亲爸都不要了。

那是非常愉快的一次见面，我们在肯德基坐了一下午。我才知道他们是医学世家。一家人都从事医学有关的工作。小曾泱的父亲是湘雅医院神经内科医生，老爷子是骨科医生，开了一家私人诊所，老太太是著名的退休妇产科医生。我打趣说，你们家包治百病啊。小曾泱的父亲非常健谈，和我一见如故，邀请我下次有机会再去长沙，一定上他家坐坐。他问我这次去长沙去过哪些地方，品尝了哪些著名的小吃，我说不上来，我连著名的火宫殿、岳麓书院和橘子洲头都没去过。他们都表示了遗憾，取笑我去了一个假长沙，什么都没感受到，表示下

火山边缘

次来一定帮我补偿。我答应了。在长沙这些天,我每天都恍恍惚惚的,行尸走肉一般,我的世界没有了声音,也没有了颜色,漆黑一团。

5

小曾泱一家返回长沙后,很快将她家的电话号码告诉了我。她还是和往常一样,每天都会给我打电话。今天吃了什么呀,新结交的小朋友,遇到了什么新鲜事情呀,等等,事无巨细,都要一一分享给我听。我以为等她的新鲜劲过去,很快就会将我遗忘。所有人都是这样想的。但让人惊讶的是,小曾泱坚持了下来。要是碰上我不在家,她一定会向秋怀刨根问底,树叔叔去哪儿啦?什么时候回?或问树叔叔回来了吗。一天打好几次电话。秋怀说,你赶紧回电话过去吧,她要听不到你的声音,就不肯睡觉,谁都拿她没辙。

孩子意外去世后,秋怀就再没去过学校。她本来睡眠就不好,这事之后,她经常彻夜不眠。不开电视,也不开灯,在黑暗中默坐着。也很少吃东西,手脚冰凉,脸色憔悴,那样子看着让人揪心。我劝她想开点,不妨出去走走,散散心,是孩子和我们的缘分不到,生活还得继续。她望着我,摇了摇头,眼神衍生出非常古怪陌生的神情。她的眼神让我有些害怕,我倒希望她能哭出来,哭出来心里就好受一点。她越是这样,我越担心她承受不了这个打击。我替她向学校请了长假,很快获批了。

医院最终的解释是感染了儿童肺炎，准备接下来协商赔偿。朋友们给我出了许多主意，比方找媒体曝光，给医院施加压力，或者打官司，争取更多的赔偿金，等等。医院的解释让我感到愤怒，这是新生儿室，不是普通病房。病菌怎么进去的？为什么就我的孩子被感染了？受感染后，医院到底有没有尽到应有的职责？围绕着这些问题，那些日子我来回奔走，心力交瘁。

没有真相，这个世界或许压根就不存在什么真相。即使打赢这场官司又能怎样？再多的赔偿金又能怎样？也挽回不了孩子的生命。在夜深人静的时候，我感到一种深深的挫败感。所有的努力都是徒劳的。那一刻，我对北京的厌憎到了极点。

某天夜里，我已经入睡。秋怀一把摇醒我，说，我看到我们的孩子回家了，她正站在门口。她惊愕的神情吓到了我。我说，你做梦了吗？她坚决摇了摇头，我真的看到她了，穿着粉色的小凉鞋，系着天蓝色的围巾，她还叫了我妈妈。她终于哭出声来。

我将家里所有的婴儿用品全部做了处理。家里又恢复了原先的模样，终于看不到一丝关于塞京的痕迹了。我心里也空空荡荡的，这些新添置的东西只保留了很短的时间，但在我心间牢牢占据了位置。处理完这些，我钻进小酒馆，独自要了一瓶二锅头，几杯酒下肚，发现四处都是女儿的身影。我还没来得及熟悉她，亲亲她，甚至认识她，她就离开了。这样想的时候，

火山边缘

我忍不住伏在桌上痛哭起来。

　　我学会了烹饪。秋怀心情好的时候，我陪她去看画展和话剧。我们的生活在努力重建中。又恢复到了之前的老样子，两个人的世界，波澜不惊。吃饭的时候，我们绝口不提小孩的任何字眼，电视上的育儿节目、奶粉广告都是敏感雷区。我们小心翼翼回避着小孩的话题，生怕一不小心又会揭开那道伤疤。

　　十月底，秋怀提出回学校上课。我想她应该缓过来一些了，于是同意了。

　　小曾泱依然每天给我电话，告诉我她做过的五彩纷呈的梦，给我寄她新画的水彩画，向我介绍她新认识的小朋友。我给她寄去在西非采集的标本——一只色彩斑斓的非洲凤蝶。这年圣诞节的时候，给她寄了巧克力。距离并没有淡化这段特殊的情感，反而随着时间的推移更加坚固。因为小曾泱，我们两个家庭走得更近了些。我们邀请小曾泱有时间来北京玩，他们也邀请我们去长沙走走。

　　我能感受到秋怀对小曾泱的爱在日渐上升。她不时给她寄去衣服和玩具。也许她在小曾泱的身上依稀感受到了我们自己孩子的影子。有一次吃饭的时候，她突然说，要不我们认小曾泱做干女儿吧？我吃了一惊，哑然失笑说，我没什么意见，但这个我们说了不算啊。

那年春节，秋怀提出去长沙玩一趟，其实是登门拜访小曾泱一家。看似无意之举，实则做了精心准备。她给小曾泱和爷爷奶奶准备了京八件和烤鸭。两家人都聚齐了，热热闹闹地吃了一顿团圆饭。我们的造访让他们非常惊喜，尤其小曾泱，一会儿钻进我怀里，一会儿又让秋怀抱，忙得一头汗。老太太说，你看她高兴的劲儿，亲生父母都没你们亲呢！小曾泱母亲说，上辈子小曾泱一定是你们的闺女。秋怀顺着她的话说道，那我可要认她当干女儿了！她母亲就笑，说小曾泱，你答应不？不想小曾泱毫不犹豫地说好！她大声地叫了我们干爸干妈，让所有人都没反应过来。大家愣了一下，都笑起来。我很久没见秋怀这么开心过了。她当场将自己戴了多年的玉镯摘了下来，无论如何也要赠予小曾泱。他们推辞，说这么贵重的礼物不敢当。秋怀说，都叫我妈了，这个就当是妈给的见面礼，等她长大戴，一定要收下的。小曾泱显然不懂玉镯，对手中的玩具熊更有兴趣。

那天爷爷奶奶都来了，老人家七十多岁，均已退休，但闲不住，都返聘了。老太太一头银发，戴着珍珠耳环，举止优雅慈祥，很和气。老太太说，看得出来，树先生和夫人都喜欢小孩嘛，难道你们没想过自己要一个吗？是啊？很快有人附和道。所有人的目光都聚焦到了我们身上。目光充满了困惑和些许的意味深长。

秋怀扭头痛苦地朝我看了一眼。显然她感受到了什么。刹那间，她脸色苍白，像被人狠狠戳了一下，眼神顿时暗淡下来。我察觉不妙，解释说，我们正在努力中，赶紧岔开了话题。"难道你们没想过自己要一个吗？"老太太的话一直在我耳边环绕。在回北京的路上，秋怀闷闷不乐。她不说我也知道，我们不可能再有机会了。秋怀这次怀孕本身就是一个奇迹，之前两次都是宫外孕，医生曾说她永远都做不成母亲了。

6

回北京后，小曾泱依然和我们保持着电话联系。她依然是那个活泼可爱的小天使。她童真无邪的笑声能照亮我内心某处黑暗的角落。我将她的照片放在书桌醒目的位置。照片是她五岁生日那天拍的。小曾泱站在橘子洲头的草坪上放风筝，和煦的阳光沐浴着她，她穿着漂亮的小花裙，笑容那么清澈、动人。除了这些，我也隐约感觉到了一丝不安，好像有什么东西悄然失去了控制，就像断了线的风筝，越飞越远。

我逐渐有些失眠，很难入睡。好不容易入睡，睡眠也很浅，经常做梦。都是一些奇怪的梦。我几次梦见一个黑人小女孩，穿着浅蓝色的牛仔裤，梳着小脏辫，骑在一头小象上，从草原深处朝我走来。我困惑这个陌生的黑人女孩为何频繁地造访我的梦境。醒来我会怅然若失，会想起遥远的西非，想起塞内加尔耀眼的阳光和阳光下泛着金属光泽的大西洋。我开始怀念那种生活在别处的感觉，无拘无束，所有烦恼和忧愁都被丢进记忆的垃圾桶。

这年春天，我的失眠症变得严重起来，需要服用安眠药才能入眠。我想起小曾泱的父亲是一名神经内科医生，也许这方面他能给予我一些帮助和建议。

电话是老太太接的，那位退休的慈祥和蔼的妇产科医生，一听到是我，声音立马激情洋溢起来，她说今天正好在儿子家，她早就想着和我打电话了。她起先问候了一通我和秋怀的近况，然后压低声音，神秘兮兮地说……树先生，咱们两家难得有这么层缘分，你要有什么难言之隐，尽管和我说……你也晓得，我虽然是妇产科医生，但遇到这种不孕不育的例子可太多了……不瞒你说，这方面我经验丰富，我有独特秘方，很多这方面有障碍的夫妻都来找我……我保准你们来年生个大胖小子！

我几次想打断她，然而奇怪的是，我却沉默着听完了。我相信这也是他们一家人的看法。在这样的年纪，我们还没有自己的孩子，我们太不正常了。老太太满怀热情地挂断了电话。她说期盼我们尽早来趟长沙。我坐下来，连抽了两根烟。秋怀去上课了，空荡荡的客厅只有我和萦绕而起的烟雾。窗外是北京柳絮飘飞的春天，白杨已经泛绿，四处生机勃勃。这时我感到一阵奇怪的轻松，我有一种一跃而起飞翔的冲动。我相信只要我愿意，我就能从二十楼上空飞起来。

我试探着问过秋怀，愿不愿意跟随我重返西非。她深深看我一眼，仿佛早已知悉我内心的想法。她没有说话，转身去

火山边缘

厨房准备晚饭。那晚她罕见地喝了两杯红酒，然后说，你去吧。她说这句话的时候，尽量显得漫不经心，仿佛只是一个毫不重要的决定。我们不再说话，房间的风扇传来单调的风声，那声音仿佛裹挟着我们的灵魂。我们碰了碰杯，清脆的声响，仿佛什么东西碎了。我将红酒一饮而尽。一阵突如其来的疲惫感袭来，让人无力抵挡，我意识到，一切都结束了。

那年春末，我重返西非。我给小曾泱寄去一只陶瓷小象。她问我什么时候回来。我握着话筒，沉默了一会儿。我告诉她，等你长大了，叔叔就回来了。

我再也没见过小曾泱。我后来又梦见了那个骑着小象的女孩，她从草原深处走来。那是旱季的一个下午，耀眼的阳光下，草原像张无边的金色地毯。她在我跟前停住，是个熟悉的身影。我抬起头，一个蒙面的小女孩骑在象上。

2021年7月26日　长沙月亮岛

最后一口气

浓雾吞没了石门。看不清人,也看不清路,连陡峭挺拔的扯旗寨也不见了踪影。我特意起了个大早,没想到赶上了这场大雾。我深一脚浅一脚走着,突然听到井那边传来百灵鸟的歌声,歌声透过清晨的雾气,听起来格外清脆、悦耳。小路两侧的草尖蓄满沉甸甸的露珠,脚步经过的地方,青草纷纷点头哈腰,挺立了身板。这样的清晨不适合赶路,裤脚容易沾上露水和草籽。我感觉腿脚凉凉的,有点痒。这种湿漉漉的感觉已经久违了。

我以为我最先到。到老仓库门前,才发现中巴已坐得满满当当。没人搭话,一片目光沉默地望向我。我看到后排还剩一空位,不用猜也晓得那是留给我的。司机是罗治新①,早些年

---

① 罗治新(1960—2005),石门人,石门第一位拖拉机司机,生性嗜赌,曾经创造过两天两夜没下牌桌的纪录。上世纪八十年代常活动于石门、水车、枫树、洪庄、青花滩等地。1999年购买了一辆二手福田小四轮,开始跑短途运输。2000年购买了一台二手中巴,开始跑长途,常往返于石门和长沙、怀化。2005年冬,从怀化返回石门途中,车在雪峰山失控,跌入悬崖,时年45岁。罗治新和妻子常红梅生育一子一女,高中毕业后在广州、长沙等地谋生,如今均已成家。

方圆十几里，就他能驾驭得了这四轮的铁家伙。衡阳牌手扶拖拉机、福田小四轮他都会开，当然脾气和牌瘾都大得不行。我最后一个到，我以为他会冲我一顿数落，没承想他倒笑脸相迎，说，终于舍得走了？我说早想走了。他咧嘴一笑，露出被烟熏黑的门牙。我找到自己的位置坐下，车门嘎吱一声关了，中巴缓缓启动，出发了。

车上都是熟面孔，除了几位年长者有些面生，其他我都叫得出名字。我和利军①坐一块儿，他大我三岁，在长沙读书。论辈分，他还是我堂兄。小时候我们可没少干架。利军还有个弟弟叫利华，结实得像头小牛犊，他爹会打长凳拳，每年春节舞龙，都会在堂屋当众露几手。俩兄弟依葫芦画瓢，自以为也是武林奇才，霍元甲第二，嘚瑟得不行。见到他我就来气。我和利军干架，利华帮他哥，我使出吃奶的劲，好不容易把利军压在身下，还没来得及喘口气，就被利华从背后一把掀翻。两兄弟，一个按头，一个按脚，手指头就要戳脸上了，服不服？我怒目圆瞪，朝他们吐口水，骂娘，迎来更猛烈的拳头。他们走远，我依然气咻咻地，坐在地上，牙齿咬得咯咯响，骂得更凶。

我要有个像利华这样的弟弟，两个利军也奈何不得我。这个时候我就会想起娘，她要再给我生个弟弟就好了。我四岁

---

① 罗利军（1980—1998），石门人，曾就读于长沙医学院，1998年暑假在湘江野泳溺亡，骨灰葬入长沙潇湘陵园。罗利军溺亡曾在石门轰动一时，一度被作为反面教材，家长严禁小孩下河游泳。

时，娘就走了。我记得一个模糊的影子，穿件白色的确良，两条粗麻花辫子，圆脸，抱着我往屋后的杨梅树下走去。她将我高高举起，我伸出小手去摘垂下的青杨梅。空气中混杂着初夏杨梅和青禾的气息，水田偶尔响起青蛙蹬腿的声响，哗啦——噗，夏蝉密集的叫声让屋前的梓树几乎颤抖。娘见我听得入迷，就捏我脸腮，冲我笑。很多年了，这些细节在我记忆中经久不衰。那是娘给我的最后留念。娘没多久就发病死了，据说脑子长了个瘤子。

有好几年，上学路上他们会齐起哄，骂我是没娘的野孩子。我为此跟他们干架。他们人多势众，将我压在身下，衣服和书包经常被扯烂。直到五年级，我开始长个头，一下高出他们一两头，情况这才发生改变。我开始揍人，我发育早，初一那年，个头就顶门框高了。他们都没我高。一旦有人说我娘，我就往死里揍他们。新仇添旧恨，正好凑一块儿，打餐"牙祭"。有一回，我把同村火鸡的眼睛打出了血，差点让他眼瞎。我爹让我跪在火鸡家堂屋，结结实实给我暴揍了一顿。让我发誓，以后还要揍人，就把手砍了。我发了誓，他们以为我今后会认怂，他们错了，还敢说我娘，我照打不误。

中巴在浓雾中穿行。不得不佩服罗治新的车技，这么大的雾，车开得异常平稳，端碗水保证也不会溢出半点来，车速也没受到丝毫影响。我以为他只会开拖拉机，没想到中巴也开得那么溜。我还记得1994年冬天，我们顶着凛冽的寒风去枫树吃堂姐喜酒的场景。当时也是罗治新开的拖拉机,一车人,挤得前胸贴后背,连插脚的地方都没有。连日阴雨,黄土路上泥泞不堪,过往的车辆留下横七竖八的车辙,里面蓄满浑浊的泥水,不小心踩下去,能没过膝盖。拖拉机在满是陷阱的黄土路上一路哀嚎,突突突吐着黑烟,吃力地朝前驶去。我夹在满婶和二叔中间,双脚根本没沾地儿。车厢摇晃得厉害,好几次我的鼻子碰着他们的膝盖,一股酸痛劲涌来,顿时眼泪鼻涕齐流。

拖拉机经常没走多远就陷车。黄土泥比粥还黏稠,车陷入泥浆,常常咆哮如雷,飞溅起漫天的泥,依然动弹不得。这时罗治新就要人下去帮忙推车了。"还不麻利点下去推车,一个个地在这儿等着喝西北风哪!"大人们便纷纷下了车。"一二一,一二一!"大家齐声喊口号,使出吃奶的劲儿,几乎将拖拉机一点点扛出泥潭。

很多年后,我对石门冬春季节的烂路依然心有余悸,那时走路稍不留意就陷进去,路底下像有双有力的大手,使劲地拽住不让你拔出来。如今"村村通",道路硬化,变成了水泥路,无论天晴下雨都溅不起点泥巴。长顺爷爷感慨说:"如今赶上好时代喽,想当年,饭都吃不饱哪……"

什么是好时代呢? 我很少想过这个问题。上完初中,我自认为不是读书的料,就跟爹说,我想出去打工。爹没作声,他坐门槛上抽他的老旱烟。青烟萦绕而起,越过他的头顶,越过破旧的屋檐,融入夏日的黄昏。我抬头望天,天空淡蓝色,娘以前穿的的确良就是那个颜色。我期待爹能说句什么,他闷闷抽完一锅烟,收起旱烟袋,抬起屁股往牛栏喂牛去了。他沉默得像脸上的皱纹,我猜不出他到底在想什么,晚饭时他依旧什么也没说。第二天清晨,我睡得迷迷糊糊中,隐约听见爹在堂屋神龛前给列祖列宗烧香纸,问卦。竹卦掉落地面,发出清脆的声响。我在清脆的响声中彻底醒来。我听见爹打了好几次卦,似乎每次卦都不理想,弄得爹诚惶诚恐,以为哪里做得不对,惹怒了列祖列宗。爹一个劲地赔罪道歉,我听见我的名字,列祖列宗千万别怪罪罗涛,他还不懂事。他祈求祖宗们保佑我。如此反复,爹终于得到了想要的"兴卦",兴旺发达的吉兆,爹这才安下心来。早饭的时候,爹终于说话了,他说:"请示过列祖列宗了,去吧。千万注意安全。"

中巴在浓雾中穿行。闲着无聊,我问利军毕业了没有。他没好气地说:"毕个卵哦,毕不了业了。"我记得他在长沙医学院上学,中专生,曾经一度让我很是羡慕,据说毕业就当医生,就像镇上诊所的张医生那样,穿白大褂,脖子上挂着听诊器,日晒雨淋都和他们无关。

眼前留着三七分发型,嘴边一圈金黄茸毛的利军暂时还看不出将来是要当医生的迹象。我注意到了他手上的小笔记本。红色封皮,笔记本上密密麻麻抄满了歌词,全是上世纪九十年代港台流行歌曲。蓝色钢笔字,墨迹有些褪色了。我记得很多年前的冬天,利军坐在香樟树下抄歌词的情景。我说都什么年代了，还抄歌词，现在手机上什么都有。他愕然望我一眼，仿佛没听见，将头扭向窗外，嘴里轻轻哼起歌来。哼的是郑智化的《水手》："他说风雨中，这点痛算什么……"变声期的公鸭嗓就像在敲面破铜锣。我已经很久没听人唱这首歌了。我记得早些年这首歌传遍大街小巷，连我爹都能哼几句。

我问罗治新，什么时候到长沙？大凹①扭头说，马上就到啦。我记得高速公路修好，去长沙也得花大半天的时间。我晓得大凹这人平常就爱开玩笑，他说的话都得反着听。我说这么大年纪了，还去打工哦？大凹说，谁说我去打工？我是去看我儿子呢。儿子在长沙买房安家了，买在梅溪湖呢。听口气，梅溪湖就是长沙最好的地段了。大凹的崽叫飞鹏，算得上石门最有出息的崽了。飞鹏大我几岁，学习发狠，家里四面墙都贴满奖状，金碧辉煌，从小就是棵读书的苗子，大学毕业后留在长沙，据说当报社记者。他是石门第一个大学生，而且还是省城报社的记者，据说开会时经常和电视上那些头头们在一块儿，这还了得？飞鹏每次回石门，大家都笑脸相迎，像迎接领导下乡。大凹是好面子的人，有这样的儿子给他争脸，平时在石门说话气都要粗三分。

前年春节，我正在乡卫生院坪前晒太阳。飞鹏开着他的宝

---

① 大凹，原名罗大敖（1954—2018），石门人，农民，1978年左右开始出门务工，长期从事建筑行业。务工足迹遍布湘潭、益阳、长沙、佛山、郴州等地。育有一子两女，均已成家立业。小儿子为罗飞鹏，系石门第一个大学生，就读于湖南师范大学新闻系，就职于某报社，高级记者。大凹2018年因肺癌晚期，于湘雅附二院去世，享年64岁。

马车路过，看见我还摇下车窗，给我散了支和天下，问我身体好些没有。我说还老样子，好不了了。他说现在医学进步很快，说了些宽慰我的话。飞鹏走后，我心里依旧暖暖的。听说他一度还想在网上帮我张罗水滴筹。

我已经十几年没去过长沙了。

千禧年，我跟石门其他男人一样，开始往各地工地寻活儿干。湘潭、长沙、广州、郴州……长沙是我待过最久的地方。我们都跟着敖哥，他是工头，本家，人活泛，交际广，总能揽到活儿。有了活儿就有事干，就有钱挣。敖哥手下基本都是石门人，彼此都熟悉，知根知底，也有个照应。记忆中五一广场那片才是长沙的市中心，梅溪湖到处都是鱼塘，蔬菜棚，乡下呢！这些年他们都说长沙变化大，光地铁都通了好几条，眼花缭乱，稍不留神就迷路。我不知道什么是地铁，没见过，更没坐过。他们说地铁像火车，和火车不同，地铁在地下跑，火车在地上跑。他们又说河东建起一栋叫IFS的超高建筑，"百八层呢，比扯旗寨还高！"讲起时咂舌头。我那会儿没见长沙有这么高的楼。2003年，我在芙蓉中路见过一栋五十多层的写字楼，要仰起脖子才能看到顶尖，以为再也不可能盖比这还高的楼了。

每次出门前，爹都会大清早起床，给列祖列宗烧纸敬香问卦。他迷信这些，他祈求娘保佑我，我不信，我连娘都很少梦见。我爹让我跪拜，我颇有些抗拒，他朝我翻白眼，一个劲儿给列祖列宗道歉。我有时想，要真有另外一个世界，娘在那边该不会把我们给忘了？否则这么多年，也舍不得托个梦呢？刚去长沙那会儿，我倒常想起她。长沙太大，大到超乎我想象。我待的第一个工地在树木岭。树木岭又在长沙哪儿？这我就搞不懂了，当然我也无须搞懂，一头扎进工地，开始没日没夜地干活。只要不刮风下雨，天天都在赶工期。大家也乐意这样，有活儿干，才有钱挣。一栋一栋楼房就像雨后春笋一般被我们这样盖起来了。没啥特殊情况，我们一天都不愿歇，除非老天爷发话。老天爷一发话，不是打雷就是暴雨，那时即使想继续，也只能歇了。

在树木岭工地期间，我去过最远的地方是烈士陵园。那天大暴雨，工地停工，工友们在工棚里打牌，睡觉，扯卵淡，有人提议还不如出去逛逛。我就跟着去了。到烈士公园时，雨停止了。四周一片烟灰色，远处高大的楼房笼罩在雨雾中，似乎遥不可及。我看到湖面上游弋的几只水鸭，那么从容，悠闲，自在。不知怎的，看到水鸭我就想起了娘。我想要是娘没死那么早，兴许也有机会领她来见见这花花世界。

在树木岭工地一共干了三个月，回家过年时，我用挣来的钱给爹买了一台三十四英寸的长虹牌彩电。那是我家最时髦最值钱的家伙了。小孩们都被吸引过来，满屋子人，叽叽喳喳的，好不热闹。我爹蹲在杨梅树下抽老旱烟，抽成一朵花。我给爹许诺，再干几年，这破木屋也该推倒重来了。我爹依旧不说什么，只呵呵地笑。盖房是我爹这辈子想都不敢想的事，我爹在这座破木屋出生，我爹的爹也是在这破木屋出生。它老得像熟透的柿子，要不是靠几根木椽加固，一阵风就能刮倒它。站在老屋前，我暗地发了宏愿，努力干几年，像敖哥那样，回来也盖个三层楼，让爹扬眉吐气一番。

那年春节，连一向很少踏我家门槛的花婶也来了，神秘兮兮，表示要给我物色一房好媳妇，生个胖小子。我爹比我还娇羞，不停搓手，光顾着傻笑，花婶说什么，他都点头附和，要得嘛，要得嘛。我说，我还没十八呢，早着咧。花婶说，好苗子都得提前瞄着，不然别人就提前下手了。她说的好苗子我晓得，就是水车的三三，她爹是刘瓦匠，常来石门走动。家里三朵金花，大的三三，年纪和我相仿，初中毕业就去了广州，据说在一家服装厂。说起来，我还和她同学过两年。印象中三三个子高挑，常年扎根辫子，穿件暗蓝色的外套，不怎么声响，眉眼还算标致。我想花婶大概是觉得我个头高大，长手长脚，和三三般配吧。

花婶走前将我上下一番打量，笑眯眯的，扭头对我爹说，好一个利利索索的小伙子！等我音讯哦。我爹说要得嘛，要得嘛，就怕人家瞧不上呢。爹目送花婶肥硕的身影从石阶一步一步矮下去，消失在拐角处的杨梅树下。

大年初五，敖哥在马王堆揽了活儿，说紧缺人手，让我赶快出来。第二天清早我就去长沙了。起先我没把花婶的话当真，只有夜深人静时，我才会想起花婶，想起三三。说来也怪，我和三三同学两年，加起来也没说过两三句话，但自打花婶走后，三三的音容倒是格外清晰了。我想，花婶应该和她或者刘瓦匠也提过这事吧？既然她也晓得有这么回事，那她是不是也会像我一样，偶尔会想起对方？这么一想，我就觉得内心有种很奇妙的感觉，酥酥麻麻的。

他们都怂恿我赶紧给她打电话。我抿着嘴，脸憋得通红。我有一张她的照片。照片应该是她在照相馆拍的，穿着时兴的喇叭牛仔裤，头发漂染成流行的栗色，肤色白净了许多，真是女大十八变，我差点没认出来。我知道她在广州，在一家服装厂上班。第一次和她电话，堪称狼狈。我问她忙吗，她说忙。我说吃饭没有，她说吃了。我说过年回家吗，她嗯了声。接下来我就觉得没啥好说的了，该问的都问完了。她沉默着。我也沉默着。我们在沉默中挂上了电话。听到忙音，我马上就懊恼起来，狠狠捶了几下脑袋，心想真是呆木头，怎么这么嘴笨呢。

工友们冲完凉，躺在凉席上吸烟，说笑。不用听也晓得，聊的无非那点破事，我脑海全是三三的影子。说来也怪，我对她竟然一点邪念也没有。第二次给她电话，是中秋节，酷暑过后，秋意渐浓，晚风吹得路边的香樟窸窣作响。我问她那边天气怎样，她说还很热。我说这边能穿长袖了。我问她吃了月饼没，她说吃了。我问吃的啥月饼，她一时语塞，说忘了看了。透过树冠，一轮浑圆的满月正静静悬浮在皎洁的夜空。我把看到的月亮说给她听。她在电话那头叹了口气，说她那边正下雨呢。我一时又不知道聊些什么了，又问她过年什么时候回家，她似乎有些恼怒起来，突然叫我的绰号："铁滚，你真是个铁憨憨哦,翻来覆去就这么几句话。"说完她笑了,我也笑了。那是我小学时的绰号,没想到这么多年过去了她依然记得。那次电话我们聊了很多,仿佛推开了一扇门,每个角落全是诱人的回忆。挂完电话我心里暖暖的,我们约定每周通一次电话。她还让我给寄一张照片过去。

那一年总有干不完的活儿。树木岭的工地刚封顶,我们就转战到了铁道学院,附近有一个新的工地已经开工,人手不够,等着我们驰援。新工地意味着新钞票,出门在外,谁会和钱过不去?想想心里的小目标,即使再苦再累,心里也是充实的。每回结账,我都会第一时间去邮政给爹汇款。算了算,这两年前后加起来有四千块了。有了钱,人就有底气,讲起话来口气都不一样。我想再努力个几年,先把老家新房的地基和主体搞起来再说。那段时间很忙,遇上赶工期,加班加点,干到深夜也是常事。好在我年轻,身板儿硬,加班再晚,只需睡上一觉,第二天又元气饱满,浑身是劲。

新工地要建一个大型社区,一共二十七栋楼,都是高层住宅。敖哥承包了其中的 A 区的主体。工期紧张,开发商要求赶在年底前封顶。那天是个阴雨天,天空阴沉,秋风冷雨,已有些凉意。工地离一片安置房不远,我们穿过菜市场、网吧、小餐饮店,七拐八绕,终于听到了打桩机的轰鸣声,工地到了。安置房附近有人正在办丧事,灵堂就搭在旁边的空地上,不时响起一阵阵哀乐,偶尔夹杂着几声凄厉的哭号,听得人嗓子眼发紧。我循声望去,冷雨中看到一个大大的"奠"字,白纸黑字，旁边挂着一幅遗像，凄风冷雨中很是醒目。死者是位中年男子，头发稀疏，一张大饼脸，腮帮子鼓起，沉默地注视着眼前的披麻戴孝者，仿佛一切与他无关。大家都不作声。出门就遇到办丧事，都觉得晦气。卸下行李后，各自找空铺，铺好床褥，纷纷掏出干活的家伙，开始上工。三角抹子、砖刀、砌墙锤、凿子、折尺、卷尺、壁线、测锤，我们每人都置办了一套，能熟练使用这些工具，以后去哪都能挣口饭吃。

　　起先我什么都不懂，跟着师傅学。师傅是我爹替我请的，石门的老泥匠罗志华①。他是个驼背，大家当面叫他志爹，背后叫他驼子。驼背是因为常年弓背砌墙，时间长了，背就直不起来。他砌墙是石门公认最好的。砌的墙整齐，光滑，豆腐块似的。我爹提了一只鸡一瓶酒一块刀头肉，封了个红包，带我去志爹家，求他带带我，名义上算是认了师傅。如今不像以前认师傅要磕头，有一套拜师的仪式，规矩蛮多，现在早不兴这套了。志爹是好人，沉默寡言，烟瘾很大，干活时，嘴里叼着烟，从不间断，烟熏得他经常半眯着眼睛，偶尔发出长串的咳嗽。他其实也没怎么教我，干泥匠，光靠听没用，得实打实去干。志爹干活时，我就在旁边看着。看他怎样敲砖，怎样抹泥灰，怎样吊壁线。我从小动手能力强，时间长了，依葫芦画瓢，砌出来的墙，也像那么回事。年尾时，志

---

① 罗志华（1953—2018），绰号志爹，驼背，石门人，农民，1978年左右开始出门务工，常年活动于湘潭、长沙、株洲等建筑工地。育有二子，均已成家。2018年因口腔癌于石门家中去世。

爹说:"你明年不需要再跟我了。"我看眼神不像生气,也不像讲假话。我一下明白,这算是默认出师了,意味着今后去哪儿都能单独混口饭吃了。心里不免有些得意。志爹又说:"你做事快,手脚麻利,别人两三天的活儿,你一天就能整完,这点要肯定。"志爹一般不怎么夸人,他这么一说,我不免有些得意。他看我一眼,眼神有些意味深长,咳嗽了几声接着说:"手脚快是好事,不过呢,脚手架上,千万马虎不得,小心驶得万年船,钱是挣不完的。"我以为他会讲别的,原来是这个,倒是放下心了。我说:"志爹,放心吧,我眼观六路,耳听八方。"

我砌的墙开始没人在意,后来慢慢有人夸了,说活儿干得漂亮。我干活利索,不拖泥带水,也舍得力气,敖哥去哪儿都叫上我。我喜欢做包工,不喜欢点工,做点工的很多人磨洋工。做包工,就像家庭联产承包制,活儿多活儿少都是自己的,早干完多挣钱。

不加班的夜里,工友们冲完凉,都三三两两出去溜达。不用猜我也晓得他们是去干什么。附近的小巷有好几家发廊,夜里玻璃门透出粉红色的灯光,里面隐约能看到几个穿着暴露的女人,跷着二郎腿,坐在沙发上朝路人抛媚眼打招呼。他们常拿我开玩笑,十七八岁,还没见过女人那儿长啥样,要带我破童子功。老实说,看他们回来眉飞色舞的样子,我也有些动心。志爹仿佛晓得我在想什么,他给我敲边鼓,你莫跟他们去那种地方,你还没成家,你不像他们,你去了

最后一口气　209

心就散了。我羞赧不已，幸好宿舍光线暗，没人察觉我的表情。

我想三三了。想她的时候，发廊离我很远，那些乱七八糟的欲念离我很远。我有一段时间联系不上她了。给她原来的座机打电话，才晓得她一周前换厂了。换厂怎么也没和我说呢？我有些纳闷。我们都没手机，平时联系都是座机。敖哥有台诺基亚1100，小巧玲珑，别在腰间的皮套里。铃声响起，他就掏出手机大声"喂喂喂！"，那神气很让人艳羡。

我曾把敖哥的号码告诉过她。我想她一旦稳定下来，就会和我联系的。一连几天，我都有些心神不宁。我问敖哥，最近有没有人给我打电话。敖哥说没有，有什么事吗？我说没事。一下红了脸。他诡异地笑，笑得我心里七上八下的。他们都晓得我和三三的事了。要是这事最后没弄成就尴尬了。

过了大半个月，我才联系上三三。我问她为什么换厂也不联系我。她说前阵有点忙。语气冷漠，情绪低落。我隐约觉得不太对劲，问她发生什么事了。她说没有，只是换了个厂，不在广州那个服装厂，去东莞了。我说，为什么不想在广州干了？她说认识的一位姐妹拉她来的，这边工资高些。我问她进的什么厂，她一时语塞，支支吾吾，一会儿说在酒店前台，一会儿说在会所做服务员。再问，她烦了起来，还有完没完，有那么多问题要问吗？我从没见过她这样子，一时语塞。以前电话聊天，她都轻言细语，很温柔。我想她这阵肯定遇到什么不开心的事，所以情绪不佳。我说不管怎样，一定注意身体，不要太累了。她情绪缓和了些，说我晓得的，你也保重。挂完电话，我心里空空荡荡的，有股说不出来的难受。路过小卖铺的时候，我去买了包白沙烟，坐在马路牙子上抽。我就是那时起学会抽烟的。

中巴在浓雾中穿行。车厢里烟雾弥漫，除了利军，都在抽烟。利军学医，我们抽烟，他皱起眉头。说抽烟会得肺癌。这话志爹听了就来气。志爹啥都不爱，就好一口烟。可以让他不喝酒，不嚼槟榔，让他不抽烟等于要了他命。志爹说，哪个说抽烟就得肺癌，你看毛主席老人家烟瘾那么大，不照样活到八十几？大凹说，话也不能这样讲，我在湘雅附二时，见过好多得肺癌的，我的天，肺比灶膛还黑，都烂掉了，要靠人工呼吸机，躺在床上只有出的气没进的气，比死还难受哦。志爹说，人死卵朝天，管那么多，快活就好。你看孝毕①，平时烟酒不沾，洁身自好，每晚还去马路上散步，哦嚯，结果卵弹琴。

孝毕本来在打瞌睡，听到有人说起他，马上睁开眼，说哪个讲老子哦。孝毕穿着灰蓝色的中山装，一双洗得发白的解放

---

① 孝毕（1958—1990），农民，石门人，二十世纪八十年代开始出门务工，做小工为主。1990年5月某天夜里在长沙星沙工地附近的马路散步时，被渣土车轧死。肇事司机当场逃逸，赔偿未果。当时子女年幼，家贫如洗，买不起棺木，墓穴乃红砖所砌，草草入葬。

鞋,三十五六岁的样子。如今很难见到这么穿着的人了。他开始和大凹争论起来。大凹说他总是低头走路,"脑袋夹在裤裆里",这不是石门,石门你低头走路,跌进沟里都没问题。城里车来车往,过马路谁不是眼观六路耳听八方?孝毕说,就你见过世面,我又不是城里长大的,哪晓得这样。现在借我十个胆,我也不敢乱跑了。孝毕每次回头,我都想认真看他一眼。我小时候见过他,早已忘记长什么样子了。说来也怪,每次他回头,车子就一阵摇晃,怎么努力都看不清他的脸。

  大伙儿开始闲聊了。高级①说,好久没感受过长沙的夜生活了,今晚哪个跟我一块儿吃"快餐"?大家哈哈笑,纷纷起哄。治和说,今晚你请客就去。高级说,请你喝酒可以,这个不行。治和说,你老实交代,这些年祸害过多少妹子?高级说,这哪儿数得过来,你也不记得自己吃过多少顿饭吧?高级说话时,不时朝我瞥上一眼。罗涛只怕还是处男吧?今晚要不要哥带你去开个荤?我的脸顿时涨得通红。真是哪壶不开提哪壶,我最烦别人和我说这个。我没好气地说,处男不处男关你屁事哦。高级也不生气,嘿嘿笑。关的就是屁事哦。一车人都被他这句话逗笑了。高级说,等你尝试过那滋味了,

---

① 高级(1970—2019),原名郑时部,石门人,常年游手好闲,以帮人了难为生。二十世纪九十年代曾在广州、佛山、东莞、深圳等地进厂谋生。曾因打架、勒索坐过五年牢。出狱后,长期活跃于石门、长沙等地,是石门当仁不让的"话事人"。2019年春节在石门酒后驾车,车辆失控,坠入山谷,失血过多而亡。生有四女一子,均已成年。

看你嘴巴还硬不？高级见我气鼓鼓的，不再搭理他，将火力引向旁边的利军。恐怕你也是个处男吧？利军像是早猜到他要这么问，立马回了他一句，老子十六岁就不是了！高级嘿嘿笑，十六岁啊，这么厉害，说说看？利军没上他当，朝他翻了个大白眼。

　　三三很快买了手机，这出乎我的意料。她解释说，有了手机联系方便些。这倒也是。有了手机，随时都可以联系。但座机不也能联系吗，价格还低很多。她显然不爱听这些。她说，有手机稀罕吗？我身边的朋友谁没有？有人玩腻了，隔几个月就换新手机呢。我说为什么几个月就换手机，钱多得打得卵包痛啊？她发出一声轻笑，好像不屑回答我。自从三三换了新工作，她说话口气和以往都不同了。以前我记得她很节俭，逛街都舍不得给自己买身好点的衣服，不是嫌服装店的衣服款式土，就是布料差，其实心里都明白，不过是嫌衣服价格贵，舍不得花那个钱罢了。我猜是新工作待遇上提高了不少，连口气都和以前不同。"打车""逛商场""KTV"这样的字眼经常从她嘴里不经意地蹦出来。长这么大，我只逛过一次商场，那还是和敖哥一块儿。商场里的东西，价格让人瞠目结舌，一件背心，竟然也敢标价两百多，这不是明目张胆地打劫？KTV是一次都没去过，据说里面没个千八百出不来。吼几嗓就要这么多钱，真是匪夷所思，想想就可怕。

　　以前和三三通电话，我们可聊的话题很多。回忆小学时一

最后一口气　　213

块儿认识的同学啊（君君有回将屎拉在裤裆，熏得同学们叫苦不迭），春雨时节去山上折蕨菜、蘑菇，夏天去清江偷偷摸摸游泳，捉鱼虾，秋天去山上拾柴火，摘野果子，冬天夜里围坐火塘，听老人们讲鬼故事。那时我们有说不完的话，聊过去，聊当下。有那么一阵，我们甚至有意无意地聊将来的计划了。我把盖房的想法告诉她，"等着吧，等我盖好房子……"我没把潜台词说出来，我相信她一定听明白了的。那时我做什么，她都鼓励我，心疼我经常加班，劳动强度大，让我不要那么拼，身体要紧。我也常叮嘱她不要太累，钱是挣不完的，身体要紧。

我很怀念那个在广州时的三三。那时的三三是我熟悉的，了解的，我们有聊不完的话。去了东莞的三三让我感到陌生。她的身后像有一双无形之手，拽着她一点点远离我。这让我莫名不安。我甚至也有了买一个手机的想法。有了手机，我就不需每次跑电话亭了，想她时，掏出手机就是。虽然养一台手机费用不菲，但想起以后能和三三常联系，还能发短信，我还是请了半天假，咬咬牙买回了一台。银灰色诺基亚1100，和敖哥同款。

电话接通的那一瞬间，我心跳得厉害，甜蜜的感觉融化了我。我告诉她我买了新手机。她嗯了一声。我说以后我们联系就方便了。她又嗯了一声。我说我在学怎么发短信呢。她再嗯了一声。她没有表露出丝毫的热情，好像这事和她毫无关系，或者有台手机也没什么了不起，不值得大说特说。我们不咸不淡地聊了几句，草草挂了。我有些泄气，有些沮丧。这和我想象的完全不一样，我甚至懊恼买手机了。除了给她打电话，几乎没有其他联系的对象。石门家里没装电话机，除了敖哥，工友们也没手机，我也没无聊和奢侈到用手机联系敖哥。几天新鲜劲过去，我发现这玩意儿就是一个吞金兽，随时得花钱供养着，连发条短信都要收费。

她说上夜班，下班都凌晨了，让我夜里不要打她电话。白天我要干活，工地上嘈杂，喧嚣，那样的场地实在不适合和她打电话。有天深夜，已经凌晨一点多了，我实在太想她，想这么晚了，她说不定也下班了吧，就忍不住给她拨了过去。起先电话一直没人接听。那阵阵忙音，像是远方给我发来的危险信号。这么晚她怎么不接电话呢？她下班或者睡了吗？的或者是夜里下班遇到危险了？那些年我经常听到广东飞车党的事迹，耸人听闻。为了让悬着的心安定下来，我反复拨打那个熟悉的号码。

终于，电话被人接通了。"喂！"一个粗犷的男人声音。我吃了一惊，没料到等了那么长时间，竟然是个男人接的电话。男人粗声粗气，一副不耐烦的语气，问我找谁。我说你是谁？三三呢？你管老子是谁，他没好气地说，别再打了，她正在洗澡！说完就挂掉了电话。电话再打过去，已经关机了，给她发短信也没回。我坐在黑暗中，感到一阵窒息。我想陌生男人大半夜说她正在洗澡，这他妈到底几个意思？那晚我失眠了，天快亮时才迷迷糊糊睡去。我梦见了娘。这么多年了，我差不多已经忘了娘的容颜了。奇怪的是，娘的样子在梦中倒是格外清晰。扎着麻花辫子，穿着一身干净的的确良，时间仿佛在她身上停滞了。我们在雨雾萦绕的陌生溪谷里走着，也不知到底要去何方。我走在娘的前头，雨后的岩石路很滑，每次滑倒，娘都及时伸出手将我扶稳。娘说，崽啊，走稳点，不要那么快啰。我当没听见，依旧大步流星向前走着。突然一阵阴风袭来，吹散了周围的浓雾，我才发现脚下是深不见底的峡谷。我的膝盖一阵阵发软。我回头，发现娘不知什么时候不见了。我哭着呼喊娘。娘啊，你到哪儿去了？溪谷回荡着我一声声绝望的呼唤。娘消失了，永远消失了，浓雾重新笼罩了四周，前方的路变得模糊，连溪谷也在雨雾中消失了。

中巴在浓雾中穿行。车厢里这会儿没人说话，陷入短暂的寂静。我无聊地打量着窗外模糊的风景，那些从眼前匆匆掠过的稻田、农舍、河流、灌木，像人生的某些片段，一闪就过去了。公路上除了我们的中巴，空空荡荡，一辆车也没有。我问利军，怎么一个人都看不见？利军瓮声瓮气地说，人都去长沙了，到长沙你就晓得了，尤其五一广场，大半夜还人挤人，连鬼都没地方插脚。我问他的学校在哪儿。他说长沙医学院，在望城啊。我问这个学校怎么样。利军斜睨了我一眼，这么有名的学校，你都不晓得？见我疑惑不解，利军翻了个大白眼，说前阵子学校旁边的房子倒塌，压死了四十几个学生，新闻都报道了咧。他提起这事我就晓得了。我也听说了，造孽呢。我没想到利军就在这所学校读书。一会儿是直接回学校吗？

我问。他合上膝上的笔记本，摇摇头说，我才不回学校呢，如今学校变样啦，变得我都不认识了，还回个卵哦。我要去湘江游泳，好久没去湘江游泳了。提到湘江，他显得有几分兴奋，炫耀说他能一口气游过湘江。我说你就吹吧，湘江那么宽，就你这狗刨式，我又不是没见识过。小时候，夏天我和利军、利华没少偷偷去清江玩水。清江不宽，扔块鹅卵石，几个水漂就到对岸了。江面不宽，但常年有挖沙船作业，多漩涡，每年夏天都会淹死人。他们都说是被露水鬼扯住脚了。露水鬼都是溺水的人变的。他们藏在水底，偷偷扯住人的脚，寻到替死鬼他们才能重新投胎转世。利华会狗刨，能蹦跶游出十来米远，水性一般，胆子却是我们中最肥的。我才不相信他能游过湘江。他见我不信，有些急了，说不信我现场表演给你看。我现在就像鱼一样，想游多远游多远。我忍不住细看他一眼，发现他的头发湿漉漉的，真像是刚从水里爬上来。

　　三三后来给我解释，用的新号码，说那晚手机丢了，接我电话的估计就是那个捡手机的人。我不知道该不该相信她。三三解释的时候，我脑海还回响着那个粗犷的声音："她正在洗澡呢！"这个声音如此尖锐，像个高速旋转的冲击钻，要将我脑壳钻穿。我说，手机好端端怎么会丢呢？她说，朋友生日，去唱歌，喝了点酒，都不晓得手机什么时候丢的。她说这些的时候，一副轻描淡写的口吻。我说，你现在到底什么工作？她说在一家五星级酒店做服务员。我说你好像和以前有点不太一样了。她说大概跟换了工作环境有关吧。她让我存好她的新号码。我说，新买手机了吗？她说手机丢了很不方便，第二天小姐妹陪她买了台最时髦的TCL，彩屏，翻盖的，功能比以前的手机多得多。她好像一点也没为丢了的手机懊恼，反而沉浸在新手机的新鲜感中。我问她花多少钱买的，她说两千八。听见我惊讶的声音，她显得有些不快，说不就一个手机嘛，这边客人一晚上的花销都不止这个数。挂完电话，我心情怎么也好不起来。两千八，差不多我两个月工资了。我不知道三三怎么舍得花这么多的钱买一台手机。她毫不在意，在她看来似乎一切正常不过。我没好意思问她一个月挣多少。我想一定比我高吧。想到这里，我竟有些自惭形秽起来。

我问罗治新，到长沙还要多久？高级说，问了白问，天黑自然就到了。窗外浓雾氤氲，视野越来越模糊，万物皆隐入浓雾，连路边的行道树都难以看清。想起来，我有十几年没去过长沙了。我不关心现在的长沙变化如何，倒是想去当年新建的社区转转。我想看看当年亲手砌起来的房子，如今怎样了。我还记得小区的名字，枫丹白露，一个很古怪的名字。当时我问敖哥为啥要叫这么难记的名字，敖哥说他也不晓得，他听大老板讲，枫丹白露是法国的一个地名啥的。敖哥说还有叫巴黎春天、罗马假日的呢。反正洋名字听起来新鲜、高级，别人问你住什么小区，枫丹白露，总比说这个村那个屯中听，对吧？我想城里人名堂真多，连小区名都能玩出那么多花样来。敖哥承包了枫丹白露Ａ区几栋楼的主体。我们过来时，有一栋已经建到十七层了。敖哥说，罗涛，找几个人，十八层，一个星期搞下来，有没有困难？敖哥那天心情蛮好，据说大老板上午过来视察，刚刚表扬过他。我说要得嘛。我喜欢做包工，比做点工要有干劲。敖哥说，最多给你七天时间，超时给我滚蛋。我说没得问题。我晓得这是敖哥在照顾我。敖哥走后，我马上找来志爹，问愿不愿意加入，志爹说没得问题，只要你不嫌老家伙手脚慢，拖累你们。我说志爹说到哪儿去了，你还是我师傅呢。我又找来了小田、张赫、旭驰，除志爹，都是些年轻快手。又找了三个小工，挑砖、灰浆，给大工搭把手。一个小工程队当天就组建好了。我信心满满，在敖哥面前立了军令状，甫说七天，我五天就争取拿下。

这个时候，石门逐渐有了三三的流言。三三自从去了东莞，挣了不少钱。刘瓦匠平时唯唯诺诺，如今女儿每月按时汇款回来，数目让人咋舌。有了钞票，刘瓦匠腰杆子直起来，讲话都硬气许多。据说等过完年还要盖新房，屋场都瞄好了，就等打地基了。起初这是美谈，都夸三三孝顺，能挣钱，艳羡刘瓦匠家有棵摇钱树。直到有人从东莞带来一则爆炸式的新闻，说三三这么能挣钱，原来是做那个的，躺下来就把钱挣了。我可能是最后一个听到这个流言的人。这比杀了我还难受。我给三三打电话，愤怒地质问那些流言到底是不是真的，怎么那么下贱，做什么不好非要做那行？我连珠炮般朝她咆哮了一顿。她沉默了好一会儿，冷冷地说，你讲完了吗？我说你马上回答我。她说，我有什么义务必须回答你？你是我老公吗？我一下被问蒙了。她接着说，既然不是，那就不要再管那么多了，我现在过得很好。我们不是一路人，以后也不会再有什么关系了。多保重，再见。

只有埋头干活的时候，我才不会想她。我脸色阴沉，铆足了劲，比平时更舍得卖力。我不想搭理任何人。我眼中只有砖头、水泥浆、三角抹子、砌墙锤、凿子、折尺、卷尺。他们都说我疯了。我不能停歇，我必须拼命干活，停歇下来，我就会不由自主地想起她，心里像剜掉了一瓣。我多想她大声告诉我，这些都是诽谤，是谣言，不是真的。我希望她辩白，愤怒，朝我发火。她却什么也没说，仿佛是默认了。想到她那副冷淡和满不在乎的样子，想到苍蝇不叮无缝的蛋，我就泄了气。难道她真的在东莞从事那个行业？

我给她打电话，手机关机。发短信，杳无音信。后来电话都打不通了，变成了空号。每次都是嘟嘟嘟的忙音，听了心口发紧。三三从我的世界彻底消失了。我拼了命地砌墙。他们晓得我心里有苦，堵了一口气，也不敢来烦扰我。那天中午，已经到了下工的时间，工友们陆陆续续下楼去工棚食堂吃饭了。志爹说，人是铁，饭是钢，吃了饭才有劲干。我嗯了一声，让他先下，我一会儿就来。志爹走了。一手夹着烟，一手抓着黄色安全帽。我蹲在十八楼的脚手架上，茫然俯视着地面。底下蹲着二十几个捧着洋瓷碗的工友,三五人扎堆一圈,小鸡啄米似的扒着饭。搅拌机停了,工地显得格外寂静,偶尔传来几声建材落地的清脆回响。我肚子咕噜噜响,但一点食欲没有。我蹲在脚手架上,也不知蹲了多久,直到手机响起,我才回过神来。我起身掏裤兜,这时一阵眩晕感袭来,我感觉眼前一黑,有点站不稳脚,手机从指尖滑落,眼看就要跌落,我下意识去抓,一个趔趄,身体一斜,顿时失去了平衡,整个人翻滚着往下坠去。起初脑海一片空白,继而听见工友们的惊呼声,身体与脚手架的磕碰声,也许我还发出了尖叫。据事后工友回忆,坠到三楼时,我的衣服蹭到了脚手架,正好钩住。这一钩,起到了很大的缓冲,但还没等反应过来,衣服应声而裂,我继续朝地面坠去。地面是工棚,不偏不倚,正好掉在工棚上。一声沉闷的巨响。他们说要不是三楼这么一钩,我必死无疑。

　　我掉下去时还很清醒,看到很多人围过来,有人大喊,出大事了,赶紧叫救护车。我看到很多张脸庞,熟悉的,陌生的,黄色安全帽挤在一块儿,碰撞出声,都想挤进来,近距离看我一眼。要挺住啊,救护车马上就到了! 我听志爹嘶哑着嗓子朝我吼。我嘴巴动了动,却发不出声音。一个头发稀疏的胖子,嚼着槟榔,腮帮子一鼓一鼓的,眼神透着恶作剧般的冷笑,他俯身贴着我耳边说:"跟我走吧,带你去个好地方。"我想这人怎么这么脸熟,像在哪儿见过。我正想答应他,这时一个女人突然闪来,朝胖子大声咒骂:"你个肺癌鬼,别碰我儿子!"

我看了眼，是我娘。她狠狠推开了胖子。两人都消失不见了。我静静地躺着，目光越过躁动不安的人群，越过搅拌机、起重机、脚手架，越过尚未完工的楼房，越过耀眼的安全标语，一直往上，天空永无止境。

每次有人从长沙回来，难免会捎带些有关长沙的话题。起初他们提起"长沙"二字，我心里都会咯噔一下，像被针扎似的。我故意装作满不在乎的样子，照旧和他们打哈哈，从轮椅背后摸出芙蓉王香烟，每人嘴上叼上一根。我喜欢看他们故作惊讶的样子。"啧啧啧，你瞧瞧罗涛，提前退休，每天自由自在，抽芙蓉王，晒太阳，多自在哪！"我晓得他们故意这样讲，专挑我爱听的讲。我不在乎。人活着不就一口气嘛。为这口气，我也要装作卵事无非的样子。我说阎王让你三更死，谁敢留你到五更。我说："人死卵朝天，不死万万年。""是哪是哪！"他们放声大笑，"还是罗涛想得开！"他们净说些奉承的话。有时我一天要发两包烟出去。当然我晓得他们在奉承什么。他们奉承的无疑是我口袋里的票子。二十七万元现金，我爹装满一只牛仔背包，背在身上，沉甸甸的。即使是敖哥，我猜他也没见过这么多的钱。我一时成了石门的有钱人。有人建议，拿这笔钱，在长沙直接买套房子得了。住城里，医疗卫生都有保障。我爹一听就急了："在城里鸡鸭猪放哪儿养？责任田谁来种？柴米油盐哪样不收钱？坐吃山空咧！再说，在城里连话都听不懂，也没个亲人朋友，怎么待得下去？"我觉得我爹讲得有道理。

　　我爹带我回石门的那天，正好腊月初八。我算了算，出事时还是秋天，树叶尚未黄枯，回石门时已经冬雨绵绵，寒意刺骨，一年快走到尽头了。他们说我在医院躺了很久，具体多久，我记不起来了。我只记得醒来时，躺在陌生的病床上，空气中满是消毒水的味道。其间我不停地做梦，有个梦我记得很清楚，利军兴致勃勃地拉我去长沙吃臭豆腐，说臭豆腐闻起来臭吃起来香，毛主席老人家都爱吃，听起来很有诱惑力。我于是答应了。我们从石门老仓库门前出发，沿清江而下，路过磨坊，穿越桥亭，抵达清江对岸，再朝水车方向走去。也不知道走了多久，我已经筋疲力尽，水车依然遥不可及。我开始不耐烦了，说走了这么久，连水车都没到，到长沙还不知要走到何年何月去，我不去了，我要回家了。利军说，答应得好好的，怎么就反悔呢，他一把拦住我，恶狠狠地说，跟我走，不许回头！他越拦我，我越想回家。我们拉拉扯扯，最后狠狠干了一架。等我醒来时，发现自己躺在病床上，全身被汗水浸湿。我猛然想起，利军不早死了吗？我怎么能跟一个死人走呢？我庆幸没跟他去长沙。醒来时，我抬眼就看到了我爹，他的脑袋一勾一勾的，正在打盹儿。我喑哑着喊了一声爹，他没有听见。我转动眼睛，四处观察，发现隔壁病床也躺着一人，脑袋缠着厚厚一层绷带，只露出两只眼。他缓缓冲我瞥上一眼，眼神仿佛带着同病相怜的哀叹，我想问他这是在哪儿，他收回目光，像具木乃伊，一动也不动，病房顿时陷入一片死寂。

我小心翼翼地扭动脑袋，握了握拳头，又拍了拍胸口，感觉一切都好。直到摸到大腿时，我才感觉有些不对劲，任由我怎么捏怎么拍打，那儿一点知觉都没有，就像在拍打一具陌生人的躯体。我又忍不住试了试大腿根，那儿也没丝毫反应，不像是长在我身上的东西。我一下慌了，明明完好无损，怎么就没丁点反应？我爹不知什么时候醒了，他激动得脸都变形了，一个劲地问我，崽啊你终于醒了啊，饿了没有？想吃啥？爹马上去给你做去。

我啥也不想吃。我说，这是什么地方？爹说，这是湘雅医院。我说，来这儿多久了？爹说，有些日子了，感觉怎么样？我说，其他都好，就是腿没感觉。爹说，醒了就好，醒了就好，他们都说你命大，这么高摔下来还保住命，多亏菩萨保佑呢！

医生和护士来了，他们和爹说的差不多，说这样子已经是不幸中的万幸了。我说我想下来走走，躺久了浑身难受。医生说现在还不能走动。我说，那还要等多久才能好？我还要去干活呢！医生戴着一副金丝眼镜，文质彬彬的样子，眼神在厚厚的镜片后闪烁不定。我问得急了，他终于叹口气说，等以后医学发达了再说吧。

所有人都退了，隔壁床的"木乃伊"才告诉我真相，腰椎上的神经都断了，怎么可能还站得起来？！见我不解，他说好比盖房子，钢筋断了，房子还不塌吗？他这么一说，我立马明白了。明白过来的滋味很不好受。他说你先莫哭，他说他也是工地上负的伤，脑袋被钢筋开瓢了，鬼门关走了一遭，好歹捡回一条命。他说像我这样的情况，他这几年见过好几起了。有一次，升降机遇到故障，钢材从十几米的高空哗啦啦倾泻下来，将一个工友生生砸成一摊肉泥。他说你的运气不算太差，好歹捡回一条命，想办法要老板多赔点钱吧。

我听不出他是在安慰我还是故意往我伤口撒盐。我还没盖房，没成家立业，没娶妻生子，人生大事正一桩桩排队等候着，我怎能倒下呢？我的眼泪把枕头都浸湿了。

爹说我昏迷期间，敖哥曾陪大老板来看望过我。住院期间的费用都是大老板垫付的。大老板说等我醒了再说别的。我晓得"别的"是指什么。我醒后，敖哥带着志爹他们一圈人又来看了一回。敖哥说，你出事后，我就没睡过囫囵觉。你看我眼睛，全都是血丝，好多天没合眼了。我点点头。敖哥说，我平时待你怎样，你总该晓得吧？我又点点头。你出事那会儿大家都下工吃午饭了，按理来说呢，那都不是工作时间，这点大家都可以做证的。不是工作时间内，就不算是工伤，不算工伤，那和工地就没有一毛钱关系，出了事自己要负责……敖哥说完，整个房间一片死寂。敖哥意味深长望我一眼，话锋一转说，当然，我们都是石门人，乡里乡亲的，出了事，我的胳膊不会往外拐，这点你要相信。我点点头。这个工地呢，我只是一个小包工头，其实小手指头都算不上，按理来说，这事和我没有一毛钱关系。但老板晓得我们是老乡，非要我来当这个恶人，我也没办法。老板说，尽管是在工作时间之外出的事，按理是不需要负责的，但你确实是在工地上摔伤的，老板还是出于人道主义的考虑，要我问问你，给个具体的数目。一屋子人又陷入了沉默。敖哥向我爹望去，我爹哆哆嗦嗦的，嘴唇嗫嚅几下，又闭紧了。敖哥说，罗涛，你觉得多少合适？我脑海也煮着一锅粥，乱糟糟的。大家七嘴八舌说了起来，敖哥的声音被淹没了。最后志爹发话了，志爹说，我们都是乡巴佬，张腿也打不出几个响屁来，现在出了这么大事，按我说，还得靠敖哥，你好歹也是自己人，我们信任你，干脆由你来做个主。敖哥说，这事我也做不了主，我就是个传话的。志爹说，你两边都认得，说话方便些。敖哥求证似的望了我和爹一眼，最后说，既然如此，两边都要让我来当这个恶人，我也就认命吧。他清了清嗓子，说，老板那边的意思，可以赔一点，谁摊上这事都不好受，就当花钱消灾嘛，但也不能狮子大开口，毕竟人家只是出于人道主义……志爹说，那你觉得多少合适嘛？敖哥又望了我和爹一眼，我探过老板的口风，十几万，老板应该问题不大，再多老板估计也不乐意了。

高级说，十几万？摔这么重，打发叫花子呢？你告诉我老板在哪儿，我召集些人，去他工地拉横幅，拉电闸，让他求爹爹告奶奶，看他还好意思给十几万不？高级话刚落音，大家又七嘴八舌讲开了，十几万，确实说不过去。人多嘴杂，敖哥眼看控制不住，说，行了行了，你们当面和老板谈吧，我只是个给你们传话跑腿的。

我没见老板。至于二十七万最后是怎样谈成的，我也一概不知。据说双方都差点动粗。高级召集了石门十几条人，都抄着家伙，谈不拢就要开打。高级嗓门高，平时说话也像在吵架，对方也怕吃亏，叫的人更多，足足来了三十来号人，统一制服，警棍，军靴，叫嚣说，要打架，只管放马过来。敖哥夹在中间，说你们都是我的爷，今天是过来商量事情，不是过来打架的。打架解决不了任何事情，反而会把事越搞越复杂。好说歹说，双方才冷静下来。

我想这笔钱应该就是双方冷静下来的结果吧。回来时，高级兴高采烈，像打了个大胜仗，一个劲儿给自己表功劳。说要不是他，对方二十万都不想出。说对方也不是吃素的，还做了准备，人多势众，最后谈成这个数，相当不容易了。大骂敖哥，说他是吃里爬外的东西，他那眼睛里的血丝都是和老板打牌熬夜熬的。高级带回协议，让我们看。我爹不识字，也看不懂。高级说，很简单，罗涛把协议签了，按个手印，这事就画上句号了，这是一锤子买卖，拿了钱，以后河水不犯井水。

我爹也没说好，也没说不好，只顾着一个劲地抹眼泪，这是我崽的卖命钱，卖命得来的钱……高级听得晦气，说什么卖命钱，人不是还活着嘛，想想人家孝毕，大晚上的被车碾死，肇事者都没找到，一分钱都没落着，最后连棺材都买不起，草席一卷就埋了。大伙乱糟糟又说了一通，都劝见好就收得了。高级说，再多要，恐怕要打官司，真正打起官司，人生地不熟的，只怕还赔不了这么多钱。我哆嗦着手，签名，按下手印。

高级最后拿走了两万。

中巴突然在江边停了下来。志爹说，怎么不走了？罗治新说，前面就到啦！车厢一下热闹起来，有的说到了，有的说没到，还远着呢。利军瞟了眼窗外说，我不管你们了，我要下车，我看到湘江了。车门呼啦一声开了，利军耷拉着脑袋下了车，瘦小的身影朝江边走去，很快消失在黑暗中。见利军下了车，孝毕缩了缩脖子，也弓着腰下去了。他小心翼翼地沿着马路边走，不时回头张望，生怕黑暗中突然有车驶来。高级也下了。高级说，到了还舍不得下车啊？这个牌鬼急着回石门"斗地主"呢！罗治新冲他笑，说等你回来一块儿"斗地主"。高级说，我有比"斗地主"更好玩的项目。我不管你们，先走了。高级也消失在黑暗中。下去的人越来越多，最后连志爹也背着个牛仔包，缓慢地消失在斑驳的夜色中。

我是最后一个下车的。我刚落地，中巴一脚油门，眨眼就不见了。刚才还热热闹闹的一车人，转眼全都消失在黑暗中。我独自在空旷的马路上走着，脚下很轻，像踩着云团，夜风从耳畔掠过，吹得香樟窸窣作响。这样的夜晚，让我想起以前无数个收工后的夜晚，沿着香樟夹道的马路走一圈，抽上几支烟，仿佛自己也是这儿正儿八经的一分子。

我决心去枫丹白露看看。这么多年，A区8栋的18层，竟然记得异常清晰。穿过铁道学院，沿旁边小巷直行，再拐两弯，眼前就是当年那片安置房。十几年过去，当年办丧事的地方改建成了公共活动区,户外健身器械上,几个退休老人正在慢条斯理地搞锻炼。他们当我不存在,甚至瞟都没瞟我一眼。依着记忆,我朝枫丹白露小区方向走去。穿过一条马路,再拐个弯,一支烟的工夫,一个高档气派的小区映入眼帘。当年乱糟糟的工地,如今灯火通明,绿树成荫,人工湖畔飘起小孩们连串的嬉闹声。我站在高大巍峨的大理石拱形大门前,徘徊了好一会儿,音乐喷泉和精美浮雕透出一种无形的压迫感,让我望而却步。保安室里坐着一位年轻保安,雪白的手套,挺括的制服,坚毅尽责的眼神,仿佛每个进出的业主他都了然于胸。只需看他一眼,我就失去了进去的勇气。说来奇怪,我在他面前左右晃悠,他对我竟然熟视无睹。我试探了几次,他都没有反应。我终于鼓起勇气,踏了进去。

正是晚饭时间,吃完晚餐的人已经沿着小区的绿化道散步了。一对年轻夫妇推着婴儿车朝我迎面而来。婴儿在推车上拍打着小手,咿咿呀呀地欢叫。我心里不由得一酸。曾几何时,我也幻想过这样的场景,和三三一块儿散步,婴儿车里坐着我们的孩子。

最后一次见三三已是好几年前了。那年春节,她特意回来探亲,开了一辆崭新的奥迪车,后备厢堆满大包小包,在石门轰动一时。她一个人回的,传闻早就不在东莞干了,后来去了长沙,盘下一家小服装店,没干两年,又去了昆明,据说嫁给一位丧偶的中年男人。男人家庭殷实,房子好几套,还给她谋了份清闲的工作。刘瓦匠红光满面,闲着无事就端着女儿给他买的保温杯,在石门串门儿,等着人夸她女儿孝顺,能干。

三三回来时,我正在老卫生院坪前晒太阳打盹儿。闲来无事我就摇着轮椅四处晃悠。这些年,石门年轻人都一窝蜂儿往外跑,去外面挣钱讨生活,留下来的全是老弱病残,只有过年时,年轻人才一阵风似的赶回来。空寂了一年的石门又焕发了生机活力,四处热热闹闹的,放鞭炮,舞龙灯,打牌,喝酒,走亲戚。过完年,他们又一阵风似的被刮走了。我哪儿都去不了,像枚图钉,被牢牢钉在石门。起先几年,我经常偷偷哭,哭老天不公,哭自己命不好,年纪轻轻就瘫了,人生才刚开始就挨了一记重锤,被锤倒在轮椅上,再也没法挺直腰杆站起来。后来我想通了,哭又有什么用,哭也不能让我重新站起来。那笔钱,我爹存进了农村信用合作社。他们说,在石门省着点花,吃利息就够了。我将存折贴身藏着,这本存折成了我最后的精神支柱,我到哪儿都随身携带。每回绷不住时,我就摊开存折,数上面的数字。那串长长的数字就像一管安定剂,再糟糕的情绪,只需数几遍数字,心情就莫名平复了。

有那么几年,我常抽芙蓉王。去小卖铺,一次拿一条,都是现票子。起先他们瞠目结石。在石门,平时谁舍得抽这么贵的烟,精白沙就到顶了。很多老人连过滤嘴香烟都舍不得买,去集市上买旱烟丝,几块钱一大袋,能抽上个把月。我摇着轮椅慢慢转悠,碰到谁顺眼,就散根烟,扯会卵淡。他们嘴里叼着我的烟,口气艳羡,眼神复杂,透出些许的隐忧。我当作没看见,想那么多、想那么远,最后又能怎样?人最终都会入黄土，迟早的事罢了，想太多只会徒增烦恼。他们奉承我想得开，会享受生活。碰上赶集，我还常下馆子，几杯啤酒下去，啥烦恼都没有了。人不就该这样活，否则还有什么味？

三三那天一身皮草，长皮靴，戴墨镜，拎着只精美的皮包。我说你变化好大，我都差点认不出来了。她摘下墨镜，脱下皮手套，似乎有意让我看得更仔细些。她的眼睛有光泽流动，让我不敢直视。我闻到一股若隐若现的香水味。这么漂亮的女人站在我跟前，还和我说话，我感到有些自惭形秽。她问我身体怎样了，未来有什么打算，生活上有没有困难……说了一堆，我全没听进去。我耳朵嗡嗡嗡地响，眼睛也有些模糊，心里渐渐升腾起一股莫名的自卑和怒火。我几乎是气急败坏地朝她吼道："你个臭不要脸的婊子，快给我滚吧！"

三三走了。她的背影在冬日的暮色中越拉越长，化成一个模糊的小黑点，消失在马路尽头。我不由自主地流泪，怎么都止不住。我掏出烟，哆嗦着手抽烟，晚风将烟头吹得红红的，我用烟头狠狠戳那没用的下肢，一点痛觉没有，我丢掉烟头，泪流满面。

我过了几年风光快活的好日子，接下来的每一天对我来说都是煎熬，原先有多快活，接下来就有多痛苦。老天开始变本加厉地折磨我，发誓连本带息都还回去。因常年卧床和坐轮椅，我得了严重的褥疮，脚跟、脚踝、髋关节和尾骨处的皮肤开始溃烂，坏死，像发霉的墙皮，轻轻一碰就掉落。起先痛起来，我还能紧咬被单，痛得实在受不了才哼几声。后来褥疮扩散，痛得实在忍不住，我就哭，大声咒骂，骂我爹，骂观音菩萨，骂如来佛祖，连我娘都骂，为什么上天要让我承受这么大的痛苦，与其这样不如趁早死了好。我让爹给一瓶农药，敌敌畏、甲胺磷、百草枯都行。一瓶下去，一了百了。有一回我趁爹不注意，偷偷藏了瓶甲胺磷，想着什么时候做个了断。或许是我爹察觉到了什么，晓得我的意图，那瓶农药被他偷偷拿走了，从此家里再也找不到农药。

爹不敢当我面哭，只敢躲角落里偷偷抹眼泪。爹说，你要死了，我还有什么奔头？我也会跟你一块儿走。我爹不会撒谎。想到爹那可怜样，想到白发人送黑发人，我就心如刀割。每次痛得受不了，我爹就推我去石门卫生院。吊水，吃消炎和止痛药。后来卫生院照顾我，给我单独腾出一间房，我和爹都搬了进来。

除了褥疮，下半身肌肉也在逐渐萎缩，出现了延髓麻痹症状，肺炎和肾炎也跟着来了。去县人民医院检查，医生诊断我肌肉萎缩肌力为0级，那两条曾经结实有力的腿，萎缩得比胳膊还要细。看着空荡荡的裤管，我晓得回天乏术，一切都不可挽回。这么多年熬下来，我已经没有眼泪，没有悲伤，也没有愤怒。我让我爹推我回到石门，回到老屋。我在那儿出生，也会在那儿结束。我每天望着天空发呆，看飞鸟和白云，平静地等着那天的到来。

我走进A区8栋，进入电梯，上18层。两梯四户。我记得当年出事的地点，就是现在的1801户，120平方，三室两厅，南北通透。

铝合金玻璃窗透出暖黄的灯火。这是一家三口，父亲正陪儿子坐沙发上看电视。电视上播放的是喜羊羊和灰太狼的动画片，儿子不时爆发出一阵稚嫩的笑声。女主人在厨房忙活，呼唤他们准备吃饭。餐桌上摆满菜肴，香气弥漫整个房间，我闻到了啤酒鸭和小炒牛肉的味道。女主人一定心灵手巧，厨艺了得。他们坐下来，开始享用这顿丰盛的晚餐。一家人有说有笑，其乐融融，不时相互夹菜，开着玩笑。我站在窗前，用手抚摸着冰冷的墙面，这就是当年自己亲手一点点砌起来的墙啊，我耳畔仿佛还萦绕着砖刀敲击砖块，三角抹子和水泥浆搅拌的声音。那声音如此熟悉，亲切，悦耳，他们说我砌的墙比谁都整齐漂亮，就像一件艺术作品。然而又怎么样呢？这里已经和我没有半点关系，也看不出我当年的丝毫痕迹了。哪块砖是谁所砌，甚至楼由谁盖起来，统统都不重要了。

怎么有风进来，难道没关窗户吗？女主人疑惑地望向窗外，男主人往窗台望一眼，放下筷子走了过来。一双手拉起把手，窗户砰的一声，从里面严严实实关紧了。断桥铝合金门窗，双层中空玻璃，隔热保暖，将我彻底挡在外面。

2022年9月13日　长沙月亮岛

天高皇帝远

1

　　河对岸，就是外省。对岸条件要好些，茅溪很多人家，都把女儿嫁那边。这叫跨省婚姻，其实并不远，比去趟县城还要近。那边山没这边险峻，地势也没这边高，茅溪当年还吃不饱饭的时候，嫁去对岸的女儿最多。当年茅溪被讥为穷山恶水出刁民的地方。地理位置偏僻，深山老林，连块平整点儿的地都难寻。茅溪人要盖房，都找不到合适的屋场，只能依山建，半边露在悬崖边，得垒石块才能余出台阶。晒苞谷、黄豆，需要晒坪，就成了麻烦事。茅溪自然就没稻田，是县里少数没有田地的村。外村苞谷都拿来喂牲畜，茅溪这边当成主粮，拌着红薯，一年大部分时间，就吃这些杂粮。用苞谷磨粉，做玉米糊糊；酿酒，叫苞谷酒。喝多了，烧心。只有逢年过节，才吃点米。米要从二十多里外山下的集镇买。茅溪人眼红山底下那些有田的,特别是稻子金黄的时候。有时山下人也和茅溪人做点交易,山里人采的药材,摘的粽叶,用麻袋扛下来,兑换成新春的米,又扛上去。

刘小京这天从乡里去岸坪,路上正好碰见黄莲村主任六六。黄莲是茅溪最穷最偏僻的村,如鸡冠,靠最西北,只几十户人家,至今没通公路。六六手里提着一只蛇皮袋,正从山上下来。见了刘小京,远远打了声招呼,叫了声刘乡长。刘小京指了指他手中的袋子问,几斤?六六掂了掂说,两斤多点。问他要不要。刘小京摆摆手说,你不晓得嘛,我怕蛇哩!六六就笑。袋子里蜷缩着一条五步蛇。问他这月逮几条了,六六回答说七条。这边说什么都是"逮",逮烟,逮饭,逮酒,逮人……一个字顶几百种用法。六六逮蛇是茅溪当仁不让的一把好手。一座山,他纵横着走几道,这山便再无蛇的藏身之处。蛇有蛇路,鼠有鼠道,循着它的路寻,才不会当无头苍蝇。秋收过后,蛇要准备冬眠,蛇肉最鲜美。刘小京问,是不是去找王麻子的。六六点头。刘小京说,顺道,我也去趟岸坪。岸坪的王麻子专做蛇生意,他将各种蛇收集起来,送往县城。县城又有人专往广东送。广东人最爱吃蛇。天上龙肉,地上蛇肉。王麻子将这句篡改过来,常挂嘴边。

茅溪多蛇,且五步蛇为主。这蛇毒得狠,咬上一口,不及时救治,要夺人命。早些年,有人进深山砍柴,手指不慎被咬了一口,喊天天不应,喊地地不灵,无奈只得用柴刀将咬伤的手指砍掉,裹了草药,方保回一条命。六六从没被蛇咬过。

他靠捉蛇，能把一年的农药化肥钱挣回来。

"前天老蔡家的狗黑子被蛇咬了，嘴巴肿得瓢大，眼看活不成了，你猜后来怎么着？"六六坐在刘小京的摩托车后问。刘小京扭了扭头，听他继续讲。"今天听老蔡讲，他家黑子已经消肿了，跟没事似的。我就和老蔡说，你这两天跟着你家黑子，它去哪儿，你跟着去哪儿，你就发大财了！"刘小京又扭了扭头。"狗被毒蛇咬了，它自己会进山寻药。狗鼻子最灵了，它晓得哪种药能救它。这种药，人是不可能找得到的。你讲老蔡是不是错失了个发财的好机会？"刘小京哈哈一笑。

入秋后，苞谷和黄豆已经上了梁。要晾个把月，才彻底晾干水分。苞谷干了好碾，以前靠手工，半天工夫，手就酸了。一年前，集市上有专门碾玉米粒的机子卖，比手工要快得多。茅溪人把晒干的玉米粒儿和大豆放进粮仓，上了锁。一年的口粮都靠这个了。到了岸坪，六六在老樟树下了摩托。王麻子家就在樟树下。六六问，什么时候上黄莲去？刘小京说，过两天。过两天，他要负责黄莲这边的民意调查问卷的打分，附带征收农村医疗合作保险的费用。六六就说，等你上来，到时来家逮酒。刘小京说好。

刘小京在岸坪忙了一下午，到天麻才赶回乡里。岸坪属于茅溪管辖，老八这两年学着柏溪那边的，也养了娃娃鱼。乡里希望能借鉴柏溪的经验，出个致富的典型，于是就让老八出头。岸坪这边养娃娃鱼的自然环境不比柏溪那边差。刘小京小时候，常在放学路上的山涧小溪里逮到。以前没人稀罕这货。

夜里，娃娃鱼会学婴儿哭。碰上走夜路没经验的，以为碰上鬼，吓得汗毛倒竖。也不知何时起，这东西竟珍贵起来。外地人听说这边多，出高价钱来收购，一两百块钱一斤。大家一窝蜂似的，纷纷去摸。几年下来，娃娃鱼就真稀罕了，涨到了一千多一斤。大的似已绝迹，连小鱼苗也罕见了。再过几年，再有经验的人也逮不着一条。以为绝了种。上了岁数的人连连叹气。

没料想，柏溪那边竟有人学会了人工养殖。借着山涧的暗河，往里面打了个几百米深的洞进去，变成一个巨大的娃娃鱼养殖基地。是广东人过来投的资。也是那边的人过来搞的培训，教的技术。养大了，再卖到广东。整个产业链业已形成，几年下来，初具规模，省市领导、媒体大大小小来了好几批。老板据说投了一个多亿，几年下来就翻了本，盈利可观。都是远销外地高档酒店。附近几个乡有些眼红，都来取经。茅溪乡也去参观学习过，回来当天党委书记韩建设就召集班子开了会，说他们那儿可以弄，咱茅溪各方面条件不比他们差。溶洞都有现成的，我们放着这般条件不弄，道理上说不过去。当场就拍了板，作为茅溪的重点工作来抓，要刘小京负责这事。

刘小京那天见了老八，老八忙得连撒尿的工夫都没有，裤兜里的手机响个不停。有钱人讲究排场，请人吃饭，很多奔着这道菜去的，老八的生意不红火也难。普通人是吃不起这么贵的东西的，行情好的时候，这玩意高达一千一斤，一顿饭，没个几万元下不来。听老八这么一讲，刘小京暗自咋舌。他一年的工资估计还吃不起人家一桌饭。想着一些事，心里有些感叹。他也吃过。没想象中的好。那顿饭是老八做的东，在县里最高档的海豪酒店，请厨师专门做的。刘小京是作陪的，作陪的还有他的上头韩书记，老八真正请的人是张县长。老八那天带了条六七斤多重的去，吩咐厨师做了几种味道，有清炖，有红烧，弄了一桌子。可能县里厨师没做过这道菜，刘小京望着上万元的材料，吃了几小块，再也咽不下去。老八很热情，刘小京就有些窘迫，望着碗里的，吃又吃不下，浪费又有些可惜。他偷偷瞥了眼张县长，张县长笑吟吟地端着酒杯，与坐在旁边的老八频繁地碰着杯，碗里的鱼块几乎没工夫动，猜不出他的心思。

　　回去后，刘小京就想，这么难吃的东西，大城市的人怎么就当成宝了。不仅难吃，还死贵。他觉得搞这个，还不如搞旅游业。茅溪是澧河的发源地，空气新鲜，山岭险峻，溪水清澈见底，隔着一两米深，也能看得见鹅卵石上的花纹，水捧起来就能直接喝。城里人什么不缺，就稀罕好水好空气。然而即便从县里到这里，都得花三四个小时，就甭说省市了。都说无限风光在险峰，但是能真正领略到好风光的人，也就是这些年不断冒出来的驴友了，他们不满足于圈起来的风景，热衷探险和发现新大陆。但即便是这样，知道这儿的驴友也不多。前年刘小京见过一对从省城来的年轻夫妇，背着登山包和帐篷睡袋，向他打探去黄莲怎么走。刘小京就觉得惊异，问他们怎么知道黄莲这个地方的。年轻夫妇回复说，在一个驴友论坛听人推荐的，听说这儿风光好，趁还没有开发破坏，过来玩玩。刘小京上网查了查，黄莲在户外驴友圈的口碑很不错，网上有好几条有关黄莲的攻略路线。

当年路尚未修通，走路靠双腿，从乡里去趟县城打个转身，得两天。两年前才硬化连接县城和外省的省道。路通畅后，茅溪到县城就快多了。乡干部们大多数人家都安置在县城。周五下午回县城，周日下午赶来茅溪。刘小京也不例外。韩书记让刘小京去柏溪取经，也是有想法的。刘小京还是副乡长，他女朋友小齐已经是柏溪的党委书记了。两人正在处对象，每个周末都是一块儿回县城。比起外人来，刘小京有天时地利人和的优势。柏溪交通便利，离县城近，比茅溪富裕，经济好出一大截。刘小京有时心里有些小疙瘩，觉得待在茅溪，也不晓得何时才有出头之日。

那天傍晚才回乡里。茅溪乡的街道一眼可以看到头，这边大点声说话，那边也能听到。老梁家的米粉铺子还未关，刘小京就将摩托车停靠在铺子前，喊了声老梁！老梁探出头来，问逮饭没。刘小京熄了火，拔出摩托车钥匙，说还没，进厨房点了个腊肉干锅，要了瓶啤酒，坐下慢慢喝。墙角挂着一台脏兮兮的彩电，CCTV-5正在回放NBA的比赛，詹姆斯正在战斧式地劈扣。老梁递了根烟过来，问这么晚还没吃。刘小京回说去岸坪了。听说茅溪要搞娃娃鱼了？刘小京说是的。老梁说，搞这个的如今都发财了。刘小京抬起头笑笑，说你

天高皇帝远　239

要入一股不。老梁摆摆手，我这个死脑壳哪挣得到那灵泛钱？却问谁有这本事弄这个，刘小京说，朱来发。老梁摸摸下巴沉吟一番说，他啊……

朱来发年轻时，名声不佳，家里穷得没米下锅，偏又好吃懒做，喜欢干些偷鸡摸狗的勾当，让人不齿。有次偷到六六门上来了，被六六扭住，狠狠羞辱了一顿。从此远走他乡，好多年没个音讯。直到几年前才回，不知怎的，就发了，剪了个寸头，手机换成了iPhone 4，穿着讲究，皮鞋放光，见了人远远地打招呼，掏出芙蓉王散，满脸堆笑，像变了个人。问这么多年去哪儿发财了，语焉不详，只说在外面做点小生意，混口饭吃。回家马上就把老家那摇摇欲坠的旧房推了，盖了个五层的砖房，里里外外收拾得利索，过火那天叫大家去喝喜酒，回来的人说，家里搞得客气不过，城里该有的，来发家都有。都说来发发了大财，喜酒钱一分没收，还每人都打发一包黄芙蓉烟。这话传到六六耳中，心里有些不舒服。说来发那钱不知怎么来的，就他这品性，狗改不了吃屎哩！别人听了，笑而不语。

正吃着饭，刘小京听见乡政府的喇叭响起。播着的是本地的民歌。前阵儿，韩书记去市里开会，回来号召大家表演节目，要去市里参加民歌节的舞蹈比赛。听说在市里得了头名的，就有机会在省城大剧院亮相，参加全省的民歌大赛。这阵子，每天晚饭后，乡政府年轻点的干事和附近善于跳舞的大妈都被号召起来，在院子里要排练上个把钟头的舞。负责教舞的是茅溪中学的体育老师老吴。吴老师五短身材，光头凸肚，脸上永远挂着笑，远看像尊弥勒佛，但唱歌跳舞玩乐器样样拿手。尤善茅溪这边的当地民歌，能唱一天不重复。

刘小京吃完饭，体育新闻已经播完。他让老梁将账记在乡政府簿上。乡政府和老梁签了协议，吃饭签单，年底一块儿结。天已染成墨色，乡政府门前唯一的路灯亮了起来，院子的人都还在练舞。干事琪琪看见刘小京，朝他扮了个鬼脸说，你偷懒！刘小京将摩托车放在篮球架下，回说，你莫乱讲，我才逮完饭呢！说着，就站在琪琪边上，依葫芦画瓢，跟着吴老师的口令跳起来。他发现跳得最好的大学生村官彭理不在。琪琪说，彭理又被借调去县里写材料去了，要两个礼拜才回来。刘小京就说，这家伙走了怎么也没和我吱一声。彭理和刘小京住一个套间，刘小京睡外面那间，彭理住里间。两间房相通，进里面必须得从刘小京的房间借道。彭理来茅溪的第一天，就和刘小京住一起。他比刘小京要小三岁，乡政府要数他最年轻。

跳到九点多，排练队伍方散。刘小京去冲凉，见彭理房间的门虚掩，里面灯亮着，喊一声没人应，里面没人，彭理电脑却是开着的，书桌上翻扣着一本《三字经》，旁边摆着他最近临的帖，写满了一版的"永"字。刘小京下意识又喊了声彭理，将电脑的音量调大，听汪峰的《青春》，抓起毛巾去洗手间冲凉。起身的时候，不小心将《三字经》碰到了地上，发现书里夹着一张纸，似乎是从日记里撕下的，留有日期，写的是去年春天的事。刘小京扫了几眼，里面全是彭理的内心独白："站在人生的边缘，我不知道当大学生村官是不是正确的选择，来这儿转眼一年，也没有正式转正的希望……人生总是充满着无数的选择，我多么渴望有那么一条路能永远朝着目标走到底……"刘小京看了心里有些堵。夜里的秋蝉依然没有停歇的迹象，嘶嘶叫着。他想起前几日和彭理闲聊时，彭理似乎有些灰心，对考公务员没再抱什么希望。去年彭理落了榜，这个意外让他消沉了一阵。他说再考一年，要没考取，想去广东闯一闯。

2

几天后，省城下来一批媒体记者，要到县里挂职，待两个月，每个乡镇分派到一两位。有省城日报社的，也有省电视台的，县里宣传部罗部长组织接待，各乡镇党委书记都召集齐了，当天午宴结束，领各自的挂职记者们回乡。茅溪分到一位省城晚报的记者，也姓韩，叫韩光明。是位年轻编辑，三十岁左右，瘦瘦高高的，架着副黑框眼镜，不爱说话。韩书记称他为韩大记者，他忙摆手说，叫小韩就行。问韩记者哪里人，回答说是省城的。韩书记脸上装出仰慕的样子说，大城市来的，果然就是不一样。韩记者谦虚地笑笑。

从县城到茅溪，开车得三个小时。山路十八拐，一直沿着澧河转，但见青山隐隐，绿水迢迢，远在天际，又近在眼前，路极其险峻,悬崖峭壁,嶙峋怪石扑面而来。从没晕过车的小韩也有些吃不消。终于到了茅溪,车进乡政府院子里,一个穿着湖人24号队服的微胖高个儿笑脸相迎。书记介绍说:"这位是我们副乡长刘小京。"这边刘小京早已伸过手,与小韩握了握。待寒暄完,就问小韩哪年的,小韩说了。书记笑笑说:"那你俩还是同龄。"又出来一位青年女子,韩书记接着介绍说:"这是干事琪琪。你们都是同龄人哪,都年轻有为,未来靠你们的了,我们这些老家伙已经老啦!"琪琪笑笑,和小韩也握了握手。小韩看她左手腕部位文着一朵花。待认真看时,那边已经收回去了。

　　书记看看表,对刘小京说,韩记者就交给你了,你领他先去住处,看还需要买些生活用品什么的,带他去老梁那儿看看。小京应了。忙把小韩的行李取下来,双手提了往房间走。跟在后头的小韩要帮忙,小京说我来!边走边说:"我们这里条件一般,韩记者将就点儿,别和城里比,房间我已经收拾好了。"小韩要言谢,刘小京说:"咱都是同龄人,别那么客套。"房间不大,靠墙的地方摆着一张单人床,窗前放一张办公桌,墙上挂着一些宣传政策的通告,一根从外面窗户拉进来的铁丝挂着几个衣架。虽有心理准备,房间的简陋还是出乎了小韩的意料,以至于有那么一片刻,小京在说些什么,他一句话也没听进去。他心想两个月,他就要在这间房里生活了。白天这是他的办公室,晚上则是他的卧室。刘小京苦笑着说,茅溪就这个条件,韩记者先凑合着吧,早餐八点钟,在二楼最

天高皇帝远

右侧的餐厅，明早我叫你。好在房间连了网线，里面还有一间简陋的洗手间，有水龙头，不用跑去外面上旱厕。

晚饭在茅溪吃。算是给他接风洗尘。为了这顿饭，来发提前一天就开始准备了，晚上有麂子肉、野猪肉、蛇肉、山鸡和野菌。见韩记者眼中露出疑惑，来发赶紧解释说，茅溪别的没有，野味多，光说野猪，现在多得都要成为一害了，一群野猪能毁掉庄稼人一年的收成，每到秋天乡里都得组织护秋队赶野猪。韩记者你说野猪该不该吃？小韩点点头。说，这倒长见识了，我还以为野猪也是保护动物呢！韩书记就说，有些地方的确是，但咱茅溪野猪多如牛毛，这货的嘴最了得，一个晚上能拱亩多红薯、苞谷地，山民恨之入骨，再这么下去，野猪倒比人多了。大家都笑起来。当晚喝的蛇酒。酒是苞谷酿的，泡了两条小孩手臂粗的五步蛇，看上去让人骨生寒意。见韩记者眼露惧色，来发就说，这酒喝了对身体好，祛风湿，还强身健体。小韩解释说自己从小怕蛇，见了蛇脚都发软。来发和韩书记就齐笑，说今天喝了蛇酒吃了蛇肉，日后就不怕它了。刘小京挨着他坐，说自己也怕蛇。两人年龄相仿，顿时聊到了一块儿。刘小京说，你来这里要受点委屈了，这不是省城，条件很简陋，一切都没法和省城比的。小韩笑着说，现在记者都快赶不上民工了。如今乡里好多了，不比当年我爸他们的知青下乡了，我爸当年也在这儿待过，那时连饭都吃不饱，还要干苦力。大家齐笑，纷纷敬小韩酒。刘小京说，这边条件虽艰苦，但山好水好，改天带你逛逛，呼吸呼吸清新空气，现在城里空气糟糕得很，你来这里洗洗肺，这两个月也算没白来。大家纷纷称是，说了一通城市的雾霾。小韩连称自己不胜酒力，最后勉强回敬了一圈，已是微醺。

晚饭结束，已是月明星稀，一轮皎洁的月亮悬在茅溪对岸的山顶，能看得清云。附近农家早熄灯入眠，连白日的虫鸣声也鸣金收兵，来日再战。四野一片死寂，只能听见脚步声和自己的心跳。当夜韩光明睡在陌生的房间，辗转反侧，听见鸡鸣方入睡。似乎刚进入酣睡的状态，外面响起广播声，放着排练时的伴奏曲。他看了看手机，才六点半。声音大得他没法再睡。他听见排练的人陆续入了场。穿好衣服，打开房门，他看到乡政府的干事们已在排练舞蹈。刘小京个最高，在人群中鹤立鸡群。一个小时后，排练方结束，大家陆陆续续往餐厅走去。他听见刘小京喊他名字，问起床了没有。小韩赶紧出来，看见头顶上正升腾着热气的刘小京。小京笑着问他昨晚睡得怎样，小韩回答说很好。小京就说，适应了就好，刚开始会不习惯。最近在抓紧时间排练节目，月底要去市里参加比赛，影响到你休息了。

小京领他去餐厅，早餐果然和城里吃的午餐一样，有炒菜和米饭。刘小京说，我们这儿每天只兴吃两顿饭，早饭八点，晚饭得等下午四点半了。小韩盛了一小碗，扒了几小口便再也吃不下。小京就说，刚来这么早吃饭会不适应的。告诉小韩，要是中午饿了，上老梁那儿签单，你报我名字就可以，我和老梁已打过招呼。韩记者说，习惯就好了。

天高皇帝远

赶集那天，六六顺便来了趟乡政府。刘小京起身给他倒了杯水，六六一口就喝了。小京问，最近逮了蛇没有？六六头摇得像拨浪鼓，说忙得连放屁的工夫都没有，天气预报说又快要下雨了，趁这几天还晴朗，正在抢时间给玉米脱粒呢，好多都发霉了，发了霉，猪都嫌弃哩。

见刘小京对面坐着一个陌生面孔，就向他打听。小京介绍说，这是省城下来挂职锻炼的韩记者。六六伸出手，学电视里的领导人去握小韩的手。六六的手像蛇皮袋一样糙。刘小京在一旁望着笑。对韩记者说，这是黄莲的村主任。六六掏出五块一包的白沙，每人散了一根。六六自己先点上，喷出一道浓烟说，如今记者抽的都是软芙蓉王啊！下了基层都当爷供着。话匣子刚打开，刘小京说，瞧你就这德行。六六歪着头说，我说错了吗？转头对小韩说，韩大记者哪天有空上黄莲坐坐嘛，快要割蜂蜜了，带点儿下来尝尝。刘小京问今年的蜂蜜收成怎样，六六说，今年花期长，蜂蜜比往年都要多要好。小京说，给我留几斤，要百花蜜。六六说，都是百花蜜，我让老鼎给你留着，今年老鼎家的最多最好。刘小京说，我就要你家的，别的不要。六六就笑，说那好嘛，要我的就我的，就怕你嫌弃呢！刘小京说，也给韩记者留点儿，我们改天上来一起拿，到时钱一分不少你的。六六说，就怕你不来。

六六的烟瘾很大，一会儿脚下就躺着一地烟蒂。前天傍晚，从黄莲下来撞见了鬼，看到一个人跟着他，隔着百十米，戴着斗笠。"你说怪不怪嘛,韩记者,又有落雨,又有出太阳,他戴个斗笠干吗? 怪就怪在,我刚过溪涧,转头他就无影无踪了! 吓得我脚都发软,不知是哪个×娘养的,跑那儿来吓我呵!"

六六说话的样子有些夸张,韩记者和刘小京不约而同地笑了起来。刘小京说:"兴许那是去溪涧逮娃娃鱼和石蛙的哩!"六六不高兴了:"茅溪屁大点的地方,谁我不认得? 就是我不认得,也该认得我六六嘛,见了我连声招呼也不打,不是鬼是啥?"说起娃娃鱼,便又扯到了来发,"他来发见老八养那货眼红也想养,他也不撒泡尿照照自己,也不想想当时买六合彩败了家是怎么滚出茅溪的!"又扬言哪天来发要是惹毛他了,要将他打得两头出屎两头屙尿。

六六又扯了一顿淡才去。刘小京待六六走后,就指着墙上的几张风景照对小韩说,黄莲上面风景最好,也最穷,你要有兴趣,吃得苦,霸得蛮,我带你上去看看。小韩认真看了几眼,照片上的山高谷深,险峰林立,白云缭绕,一点也不比那些国家4A、5A级的风景区逊色。问有没有搞过旅游开发。刘小京摇摇头,说路没法修,成本太高,全是山路,偌大的黄莲村,只有八十来户人家,修路上去不现实,但没路又没人愿意来,现在人都懒得很。

未到晌午,集市已渐渐散场。都是周边的村民,且以土家、苗民为主,背着竹篓,戴着斗笠,里面装满置换回来的东西,从家中背来的粽叶、豆角、药材、山货在集市卖了,再购买些生活必需品回去。小韩在集市上晃悠了一圈，没碰见几个后生。如今年轻点的谁还肯窝家，都出去打工了。街短得经不起几步走，不觉间就出了集市。小韩想起还有些生活用品没有置办，想起买个口杯，在集市上转了半日，竟没有寻着有卖的。又想房间里连面镜子也没有，也得买块，问了一圈，都没卖的。小韩纳闷，想：这儿的人都不需要镜子吗？回到乡政府，刚好碰见刘小京，就说了这事。小京讪笑说，好像是没有镜子卖，要不等周末我从县城给你带块回来？小韩说大男人的不照也罢。那些天，他果真就没得镜子照，只好把手机屏幕权当镜子使了。

晚饭果然四点半就开吃。那时小韩早已饥肠辘辘了。长这么大，他还从没缺席过午餐。一天两顿，很有些像寺院的过午不食的感觉。晚饭有辣椒炒肉，清炒苦瓜，肉末茄子，所有蔬菜都来自乡政府后面的那块菜地，都是负责食堂伙食的阿姨种的。菜园的瓜藤上果实累累，苦瓜、丝瓜、黄瓜、白瓜，还有已经变红的朝天椒，格外显眼。乡下的菜比城里买的大棚蔬菜要鲜美入味。吃饭的时候，小韩也学着乡政府干事们的样，蹲在树荫下，手里端着大饭钵。蝉声镇压了下午的寂静，苦楝树在微微摇晃，仿佛被吵得发了疯。

晚饭过后，太阳开始西坠，大半个篮球场得以从炙烤中解脱出来，陆陆续续开始有人过来打球。乡政府背后就是一所小学，里面大部分都是留守儿童。暑期没课，附近喜欢打篮球的师生也来打上一会儿。刘小京已经换上了湖人的队服，后背老大一个24号，一看就是科比的球迷。小韩的球衣也是24号。他站在二楼的栏杆旁，俯瞰着24号后仰投篮。投了几个，刘小京仰头看见了他，叫他下来一块儿打。小韩说，我打得很烂。虽这么说，到底还是下来了。天色渐晚，群山环抱的茅溪被潮水般的虫鸣鸟叫包围着。一会儿，又来了几个，皮球也多了起来，分组对抗。皮球在篮筐上哐当哐当地弹着，呐喊声此起彼伏，每一声都像掉进了深不见底的谷底，继而被周边的群山没收。他看到干事琪琪支着下巴，伏在二楼的栏杆上抽烟，远眺着对面的群山发呆。

3

会议室是"文革"时期建的，当年墙上刷的毛主席语录依然保留着。几条破长木椅上坐满了各村组的支书和组长。主席台上以韩书记为中心，两旁分别坐着两个副乡长、人大主席和武装部长。主席台背后的党旗已褪了色，落了厚厚一层灰。会从早上九点开始，一直开到下午三点方散，中间没有任何停顿。大多数人脚底下落满一地的烟蒂。讲的全是土话，小韩连听带猜，大概是在传达县里面某个会议的精神。冗长的套话、废话让坐在台下的小韩呵欠连天，中午的时候肚子也抗议起来。他瞥了瞥周边，大多嘴里叼着烟，有玩手机的，也有打盹儿的，显然他们对这种会议已经司空见惯。小韩叫苦不迭，逮了个时机，从后门悄悄溜了出去。他上老梁那里点了碗米粉。

没有赶集，街上没有闲人。老梁知道他从城里来，打趣他没午饭吃饿不饿。小韩笑笑。厨房背后就是茅溪，溪水清澈见底，一群鸭子正悠闲地在水面游弋。吃完饭，老梁问要不要记账，小韩坚持掏钱。肚子里有货，脚下也生出力气来，他索性沿着溪边胡走了一气。远远地看见上游有几个村民在游泳，赤身裸体，见他来了，有些不好意思起来，纷纷钻进玉米地里套上了裤衩儿。他估计差不多到点了，才往回走。甫一进去，果然发现会已经散了，人陆陆续续从会议室里出来，有人似乎还在争议着什么，两个隔壁村的支书为了什么吵了起来，差点动手。他看到韩书记将他们拉扯开来，将两人都训斥了一顿，各打五十大板。他还从没见到过韩书记那么高嗓音，完全将两种不同的声音镇压了下来。那两个村支书没再说什么，各自怏怏走了。这时韩书记扭头往这边望来，差点与他迎面而视，他假装没有瞧见，有些慌乱地转身朝宿舍走去。

第二日，天下起毛毛细雨，整个茅溪笼罩于烟雨朦胧之中，宛如一幅水墨山水画。下雨便不能排练，空出一个寂静的清晨。小韩打开门，发现一个穿着高筒雨靴的青年正阔步往乡政府走来。很标致的一个青年，看上去二十刚出头。见了小韩，朝他笑笑。问，省城来的韩记者？小韩答是。青年指了指走廊上挂着的职务栏说，我叫彭理……小韩马上想起职务栏上的照片，一下子就对号入座了，说，大学生村官吧？青年朗声一笑说是，一路哼着小调儿上了楼。

早饭的时候，雨有停的迹象，灰色的云块豁出一个缺口，露出大片纯粹的蓝。饭后,书记问小韩有空儿没,今天领他去参观来发的娃娃鱼养殖场。小韩点头说好。书记说,来发这几年干得不错,乡里那几盏路灯,是他捐的。他在岸坪的娃娃鱼养殖场做得不错,今年计划在茅溪再弄一个养殖场,今后要作为乡里的致富典型来推广的。坐的书记的智跑,陪行的有刘小京和另外一个姓肖的副乡长。来发早就在那儿迎着了,他还请了县里的电视台记者和摄像,也早就到了。来发亲自拉开车门,迎韩书记一行下了车,然后挨个握手,散烟和递槟榔。饲养员给每人发了顶安全帽和手电筒,然后领着大家进去参观。来发的养殖场建在山涧的一个巨大的溶洞里,里面黑漆漆的,每一句话都有回响,听着让人心里发怵。这边是典型的石灰岩喀斯特地貌,多暗河,往溶洞里继续挖掘,错综复杂,四处都串通,宛如一个巨大的迷宫。溶洞顶上到处都是犬牙交错的石钟乳,水滴在黑暗的水面上砸出孤独的响声。洞里潮湿不堪,黑黢黢的,散发出一阵阵寒意,倒是养殖娃娃鱼的绝佳之处。

娃娃鱼就在岩壁下的水箱里养着,大多是鱼苗,得养两三年才能食用。有两条硕大的娃娃鱼静静蛰伏于水箱里,那是来发早年从黄莲的山涧里捕的,纯野生,一雌一雄,便留来做了种。沿着岩壁一直往深处走,黑暗中仿佛没有个尽头,小韩心里暗暗有些吃惊,没料到这么僻壤的地方,竟有如此大手笔的养殖基地。从里面出来,天又下起毛毛细雨。来发请大家去二楼的会议室喝茶。会议室很大,却并不讲究,墙上挂着毛主席画像，对面立一尊关帝雕像，敬着香茶。中间摆着张大会议桌，一圈人围着坐了，喝茶，抽烟，嚼槟榔，听来发介绍养殖场的情况。

  来发点燃一根烟，开始介绍自己的产业，现在外头的酒店很认这个东西，销路不愁，我接的订单已经排到明年开春了。每个字都底气十足的样子。韩书记转头向小韩说，我们这里得天独厚，山好水好，今后像来发这样致富的领头人会越来越多，养殖娃娃鱼的也会越来越多，韩大记者神通广大，还望你多宣传推广和报道哩。小韩在一旁点头称是。雨没有停的迹象。书记和来发扯起了卵淡，聊得热乎。小韩起身去找厕所，见旁侧的天台正站着一人，走近一看原来是刘小京。他不知何时也溜出来了，正站在天台上，迎着雨丝，望着远方雾霭中的山峦在沉思什么，小韩走过去他都没有察觉。小韩打了声招呼，说，出来了？小京猛地回过神，回了个笑脸，说坐那儿无聊得很，我都来好几回了……中午保管有娃娃鱼吃。小韩问，娃娃鱼好吃吧？小京一脸神秘的样子说，没吃过？吃吃就知道了。

  中午果然就吃娃娃鱼。

  来发准备了一条五斤重的，弄了个火锅。韩书记见来发抱了一箱啤酒进来，打了个哈哈，说，中午不逮了吧？来发装作不认识他的样子，粗着嗓门嚷道，不逮酒？不逮酒来这里干什么哩！大家齐笑。来发变戏法似的，又拿了两只可乐瓶子出来，里面装的却不是可乐。听说大地方已经不允许逮酒了，大家可看清楚了，我们逮的是可乐哩！韩书记吸着烟，笑眯眯地望着来发表演。来发让年轻的女员工蔡蔡将酒匀好，接着说，我这个可不是"外省茅台"，朋友亲自从茅台酒厂拉出来的货！书记打断他话，行了，牛×吹天上去了，接下来只怕要说茅台酒厂是你家开的了！大家又是笑，奚落来发的吹牛习性。

来发站起来，端起满杯的白酒，大着嗓门说，我来发是个粗人，没进过几天学堂，狗嘴里吐不出象牙，欢迎各位领导、朋友和从省城远道而来的客人韩大记者到此做客，来，第一杯，大家一起干了！

一桌人纷纷起身，吆喝一声干，杯子都见了底。

只有小京没喝。小京说，最近心里总是感觉闷得慌，也不知道是什么原因，有些喘。来发强行来劝，说这里就数你最年轻哩，每天不逮斤八两，晚上都没劲搂婆娘困觉！书记说，来发你别强人所难了，小京最近工作压力大，身体不适，就不勉强了吧！来发就说下次补上。又问小京女朋友谈得怎么样了。小京勉强喝了几杯。

小京的女友虽比他小两岁，却是柏溪乡的党委书记。提起他女友，大家都夸他有眼光，比翼齐飞，两人前途都不可限量。小京听了只笑笑。其实他有些不愿意在别人面前提起女友的事。女友的父亲是县委常委、宣传部长，他怕别人背后说闲话，说他攀附这层关系。

柏溪这些年，靠养殖娃娃鱼，出了几个致富典型，一下子从县里二十多个乡镇中脱颖而出，得到了上面的表彰。女友在柏溪短短几年，就干出了成绩，成了耀眼的新星。听说县里有意要将她往上面调。他问过女友，她否认了。她说你别瞎想，你在茅溪踏踏实实干，要走咱也得一起走。他知道其实女友升迁是迟早的事。他也想干点名堂出来，这个念头已经在内心涌动好几年了，从他大学毕业到茅溪工作就有了。那个念头当然不是养殖娃娃鱼。

饭吃到一半，六六来了短信，说黄莲村昨晚暴雨，山洪冲垮了一户人家的半边屋，所幸倒的是猪圈和杂物间，人无碍，压死了两头猪，一家人哭天抢地的。他走到外面拨六六的电话，没通。他就知道六六肯定在黄莲。黄莲信号时断时续，打个电话得跟着信号跑，一个山头跑到另一个山头。他们联络靠发短信。他给六六回了个短信，说明天上午他上去看看，吩咐他登记好受灾情况。

他进去的时候，他们已经喝嗨了。只见来发将手搭在韩书记肩上，命令女助手蔡蔡过来给韩书记和小韩敬酒。来个交杯！大家一起起哄。蔡蔡二十出头，双目含笑，人未到，一股清香已扑鼻而来。蔡蔡朗声说，书记，我敬你，逮满杯！两人在起哄声中来了个交杯。两瓶已经搞掉，接下来改喝啤酒。来发让人提了几斤生鸡蛋摆桌面上，大声吆喝一声，换大碗过来！不一会儿，每人面前都摆了只海碗。来发就将啤酒往海碗里倒满，然后抓起两只鸡蛋，磕破打进酒碗里。每人纷纷往酒碗里打鸡蛋。书记起身，大喊一声，干啦！哗啦都站起来，双手捧起大碗，只听得见喉结发出来的咕噜咕噜声，紧接着一片叹息，以及接二连三的打嗝声。

这是小韩头回见到往啤酒里放鸡蛋，目瞪口呆。小京就笑，说还有往白酒里加红牛的，有一口红酒配口白酒喝的，那叫红白喜事。一箱啤酒很快消灭完，紧接着又要了箱进来。喝到下午三点方散，杯盘狼藉，烟雾缭绕中，一行人东倒西歪，称兄道弟，胡言乱语，然后摇摇晃晃地坐车回了茅溪。

4

隔天的酒还没散，胃折腾了小韩一宿，到早晨头依旧是晕乎乎的，头重脚轻。小韩埋怨自己昨日何苦要喝下那么多毫无意义的酒。小京在外边叫他起来吃饭。他穿好衣服，依旧半躺在床上不愿起来，懒洋洋地说，你去吃吧，昨天搞多了，现在啥东西也吃不下哩！小京在外头推了推门，门就开了，探出一个脑袋笑着打趣说，今天再逮场还魂酒，保证你活蹦乱跳。又说，今天我要上黄莲走一趟，你跟我去吧？提起黄莲，小韩就提起了精神，一跃而起，说去就去！食堂里没什么人，大多已经吃完了。小韩指望喝点粥，依旧只有米饭。小京说，多吃点，去黄莲路不好走，体力消耗大哩，不吃点，走不动的！小韩说，我大学跑过万米长跑，我耐力好着呢！小京说，我大学也是校篮球队主力前锋呢，第一次上黄莲，差点没把我给累趴！今天你就知道厉害了。

是个大晴天，天空蔚蓝，通透，远方的山巅上沉积着几朵云块，朝阳穿透云块，喷薄而出。怎么都看不出是刚结束连日暴雨的迹象。山涧的水流出卖了真相，水声轰然，隔着几里路就能听到，走近一看，只见水流湍急，浑浊的水面还漂着几条山上冲下来的橡子，不知是谁家遭了殃。小京说，平时这条溪水最清澈，山涧的水潭碧绿绿的。以前茅溪这样的溪水几十条，现在没几条了。问何故，说是县里领导提倡修水电站，这边水力资源丰富，来钱快，很多项目都是私人出资在弄。上边的坝一拦，旱季整条溪都干涸掉，鱼虾也绝了种。两人一番感叹。

两人沿着山涧两边的小径往山上爬，太阳一直悬在峡谷上空。峡谷回荡着百灵、画眉、山鸡、云雀的鸣叫。偶尔有几只松鼠和猴子在林间探头探脑，待他们走近，几个晃荡，消失于茂密的丛林深处。林间空气清新，山峰重峦叠嶂，绵延不绝。小韩一路感叹好风光，问为什么不开发旅游资源。小京笑笑说，开发水电站见效快啊。小韩心里一番感叹。

再走上一个多钟头，依旧没看到一户人家，小韩早已汗流浃背，气喘吁吁了。小京没事似的，既没淌汗，也没大喘气，只是脸颊略带红潮。小韩说，歇会儿吧，也不待小京说，一屁股坐在竹林的石阶上，一副起不来的样子。小京说，就累了啊？小韩乜斜着他说，不会走错了吧，怎么越来越偏僻，像深山野林，大半天也没见到人烟？小韩说，错不了，用手指了指上面，说黄莲还远着呢。小韩问大概走了多远了，回答说五分之一还没到。小韩叫苦不迭,说都啥年代了,怎么还有人住深山老林,连条路都不通,与世隔绝,真要成仙啊?小京就说,修路?你看这地方适合修路吗?即便是能修,这成本造价不知道多少,何况上面就住着几十户人家……小韩说,那叫他们搬迁下来呗!小京说,靠山吃山,山民住上面还能采粽叶,挖草药,捕蛇卖,下了山,这些人只怕生活更困难了。两人沉默不语,只见秋蝉的鸣叫如暴雨般落在林子里。一会儿汗凉了,小京又催走,说不抓紧时间,恐怕当天打个转身都难。

越往上,地势越陡峭,被草掩盖的悬崖小径不仔细看,连路都辨认不出来,鲜有人活动的迹象。山涧已经给他们抛弃在脚下,往外一探脑,便是十几丈高的深渊,能骇出一身冷汗。小京折了根树杈,走在前头打草惊蛇。这一带蛇多,横卧在路上,远看像树根,一不小心就踩着了。小韩说,你别骇我,我最怕的就是蛇。小京就笑,蛇最恨的人是六六,他下辈子估计要被蛇吃掉的。

小韩已经上气不接下气,双手叉腰,立在那儿半天都动不了。小京指了指前方最近的一户人家,说再坚持会儿,六六在上面等着咱哩。越走,速度越慢。一间摇摇欲坠的木建构房子隐匿于林间,四周都长满了茅草。走近一看,原来是所废弃的小学,窗户的玻璃已经全部砸烂,木板的缝隙中探出茂盛的青草。学校里拿得动的东西都被人拿走了,只剩下一块落了漆的门匾没人要,字迹依稀可见,上面写着:"黄莲中日友好希望小学"。"日"字被人为抠掉一笔,变成了"口"字。墙上有人用木炭写着"打倒日本鬼子!""我×王小兰!"……靠墙的台阶上堆满了木料,日晒雨淋,时间久了,木料已经变黑。

小韩有些吃惊,没想到这偏僻之地,竟然有日本援建的小学。问为何荒废了。小京说,生源少,也没老师愿意上来,何况这又不是县教育局统辖的,日本人出的资……小韩就说,那娃娃上学怎么办?小京说,只能去茅溪咯!那么远的路,怎么个上法啊?小京就说,那没办法,只能在茅溪上,条件好点就在茅溪租房陪读,没条件的在学校寄宿,但娃太小也不是个法子,屎尿都拉身上,老师也嫌弃。

越往上走,越险峻,很难见到平整的地。桌面大的地,农民都种上了苞谷、黄豆、红薯等农作物,像一块块补丁,悬在半空。他们就吃这些吗?小韩说。苞谷是主粮,要吃米,就得下茅溪买,这儿没田,没法种水稻。小京说。

六六在黄莲等他们一晌午了。六六听黑狗的吠叫声,就知道来生人了。两人汗流浃背地走进院子,喊了声六六唤狗。不怕,不咬人哩!六六出来了,大声呵斥狂吠的狗,踢了它一脚,黑狗呜咽着,垂着尾巴跑鸡窝去了。六六看大汗淋漓的小韩,问:从没遭过这种罪吧?小韩坐在凳子上,只一个劲地喝水,汗不断从额头滴下,像下了场雨。

小京要六六带他去看灾情。遭灾的这户倒也不远,住在一个山坳里,翻过一道梁就到了。连日的大暴雨,导致山体滑坡,冲毁了旁侧的猪栏,把两头过年肥猪给活埋了。一位七十多岁的老妪红肿着眼,丢了魂似的呆坐在门槛上。六六远远地喊了一声,阿莲婶,乡里的干部来看你了!那叫阿莲的老妪仰起头,见陌生人来了,慌忙站起来,踱着小步去迎。认得是小京,还没说话,倒先哭开了。小京有经验,握住老妪的手,环顾四周,见房子主体没有受到影响,心里就有底了,问,大娘,家里伤着人了没有?老妪眼里含着泪花。小京又问,住的地方没事吗?老妪眼泪吧嗒吧嗒往下淌:"我的两头猪没啦,喂了一年,就要出栏了,人民政府要为我做主啊……"

冲毁了两间猪圈和一个鸡笼,茅厕也毁了。小京都一一登记了,又掏出手机拍了现场,宽慰老妪一番。老妪千恩万谢,要挽留他们吃午饭,小京说已吃过了。临走,老妪提了一大瓶可乐装的蜂蜜出来,非得让小京收下。小京推辞了。

上了山梁,小京问六六,还有遭灾的没有?六六说,别的倒没有,只是下这么久的雨,今年粮食只怕要歉收了。很多庄稼东倒西歪在地里,暴雨在坡地上冲刷出一条条触目惊心的沟槽。这儿没有砖房,都是木结构的老屋,有的看上去已有百年之久了,成了危房,摇摇欲坠,只得用杉木顶住。小京问六六那个龙老人还健在不。六六说,还在哩!小京对小韩说,这儿有个老婆子,已经一百零一岁了,她有五十年没有出过黄莲了。六六说,前几年老人家还背得动柴火呢,自打前年摔了一跤后,就只能床上躺着了。问小韩要不要去看看,小韩说好。

天高皇帝远 259

那是黄莲最整洁的庭院。虽是老房子，依然坚固，里里外外都收拾得整整齐齐，院子里种着鸡冠花和月季。几只母鸡在树下刨食，旁边卧着一条慵懒的黑狗。

一个年约四十的男子出来迎接，六六说那是老人的孙子。小京向他介绍了小韩，那男子面无表情地望了他一眼，引他们进了偏房。一个满头白发的老妪正躺在床上，昏暗的房间里白天也得开灯，角落里摆着一只尿桶，发出刺鼻的臊味。老人有些激动，想从床上爬起来，苦于无力，只能斜躺着，她孙子将她扶起来，大声地在她耳边说，乡政府的干部过来看你了。小京的脸顿时燥热了一下。老人不知听明白了没有，嘴里咿咿呀呀发出谁也听不懂的声音。六六说，老人会抽烟。小京掏出一根，给老人点上。大家围着老人一起抽烟，抵挡墙角传来的浓烈臊味。六六说，去年老人满一百岁，摆了酒。乡政府起先说要来人，人家杀猪宰羊，专门做了准备，结果等了半天也没见人来……小京有些尴尬地说，我那天去县里开会去了。老人眼神黯淡，已无光亮，木然地看着陌生来客。

客厅里摆着彩电、冰箱和洗衣机，家里收拾得一尘不染。那男子也没说要倒水，也没说要敬烟，就一旁垂手呆坐，盯着地面。小京问他成家没，男子有些窘迫地摇了摇头。小京起身，说再走几家吧。出门的时候，黑狗朝他们一顿狂吠。男子朝黑狗踹了一脚，黑狗呜咽了几声，怏怏地摇了摇尾巴，放他们走了。

小京说，别看这男子有手有脚，家里条件也不差，但就没女人愿意嫁上来。又指了指侧面一户说，那儿一家三兄弟，都快六十了，全单着。这儿将近一半的男人娶不到老婆。前些年时兴从外面买女人回来，两三万一个，也待不长，即便生了娃，照旧跑了。

正说着，又到了一户人家。只见一个头发剪得像个毛板栗的女人坐在门槛上发呆，旁边一个六七岁的女孩正在地上爬着玩。地上全是灰土，母鸡在地面掏出一个个凹凸不平的坑，蹲在坑里下蛋。台阶的一角放着两只蜂箱，却没一只蜜蜂的影子。堂屋四面八方都是空的，连块门板都没有。角落里倒有个土灶，架着两只生了锈的大锅，看得出这儿好久没生过火了。小京对小韩说，这户才是真的可怜，男的腿脚不方便，是个残疾，女的是个智障，偏又是小儿麻痹症患者，是男的从湖北那边买过来的，给他生了个女儿。偏生这女儿也遗传了他们的基因，生下来也是个瘫的……

六六一番感叹说，不晓得他们家上辈子造了什么孽。

那男人看上去五十好几，叫刘高远，实际年龄却才三十多岁，扶着门框，一步步从堂屋这边移过来，却不敢看小韩。六六说，这是省城来的记者，那是刘乡长，你认识的。男人略微抬了抬头，僵笑了下，露出一口烟牙。

六六和男人说话，小京蹲在地上逗小女孩玩。小韩也凑了过去，皱了皱眉说，他们每天就任由她在地上爬来爬去吗？小京说，这孩子可怜得很，生下来就站不稳……去县里医院看过，说是要尽早手术，否则今后就永远站不起来了。小女孩黑溜溜的眼睛正天真无邪地望着他笑。小韩更难受起来，站起来去外面透了透气。做记者这么多年，遇到这样的事情太多了，他感受到了迎面而来的挫败感。太阳已经西斜，照着对面苍翠的群山，举目远眺，层峦叠嶂，全是一层层的山峦，无边无际，将黄莲牢牢地困在此地。

5

夜里，小韩虽然浑身酸痛，疲惫不堪，但一点睡意都没有。他盯着墙上的茅溪行政图，望着西北角的黄莲陷入了沉思。那一张张愁苦无助的脸，在他眼前一一浮现。到底是什么造就了如此恶劣的现实呢？是地理环境还是保守的观念？或是当地政府的不作为？黄莲的未来出路又在哪里？他打开电脑，趁热打铁，连夜赶写了一篇通讯稿，配了图，发给了同事小洪。除了客观记录他在黄莲的所见所闻外，还抒发了他个人的一些感想。第二天，小洪在微信回复他说，稿件已经发出来了。他没想到这么快就发了，并且还被省城的一家人气旺盛的网站转载。他去论坛上关注了这个帖子，上面有许多网友的留言，表示了吃惊。很多人都没有想到现在竟然还有如此闭塞落后的地方。有留言要捐助的。也有质疑和谴责当地政府部门的。既然此地如此不适合人类居住，政府就该帮他们另择家园。还有激烈批评当地政府鼓励修建水电站破坏生态环境的短视行为，斥之为断子绝孙的政策。类似的质疑很多。

这个帖子很快就被置顶,一下火了起来。小京也看到了,他以为小京会有顾虑。小京倒说,有些事情政府难办的,媒体反而容易,这个报道虽然揭了茅溪的丑,但对黄莲来说,却未必是一件坏事。

下午无事,两人沿着茅溪有一搭没一搭地聊着。聊茅溪的历史,说这儿曾出过一个开国将领。当年将军就是从茅溪起家的,率领家乡的子弟兵一路向西,浴血奋战,后来到了陕北。当年有很多人都跟随着将军翻身闹革命,大多牺牲了。革命成功后,将军荣归故里,成了万人瞩目的英雄。小京领他攀上茅溪对岸的一处山岭,指着石壁上的坑洼说,这都是当年留下的弹孔。那时将军还不是将军,是"赤匪",被四处"围剿",曾在这儿突围。小韩在那儿驻留良久,层峦叠嶂的山峰一直蜿蜒至天际。当年那些舍命跟随着将军打天下的穷人,他们要是真的有在天之灵,目睹子孙后代们依旧在重复着当年的命运,会有何感想?

晚饭后,照旧排练节目,再过两个礼拜,就将去市里参赛了。韩书记对这事看得很重,要求争取拿个名次回来。茅溪被誉为民歌之乡,韩书记的要求看上去也并不过分。广播一响,整个乡政府难寻一处僻静之地。小韩本想再写一则后续报道,无奈窗外震耳欲聋,吵得他无法静下心来动笔,索性关了电脑,去乡政府后面的小学散散心。暑期尚未结束,暮色中的小学显得格外冷清。操场上晒满了粽叶,几个农民正忙着收集打包。粽叶都是从山上采的。茅溪有两三个村产粽叶，漫山遍野，不生别的，专长粽叶。起先都是砍来当柴烧，叶阔，但不经烧，艳羡别村山里长的杂木。直到近几年，有外地人过来收购，才知道这叶子也能卖钱。山民们将采摘好的粽叶晾干水分，然后一串串捆好，打好包，计件卖给收购人。有的远销沈阳、长春等地。勤快点儿的，一年也能卖个三四千块钱。

有个瘦小的男孩在操场投篮，光着脚丫子，T恤上的图纹已脏得看不清。皮球有一下没一下地砸在篮筐上，声音滑入山谷，更加寂寥。他想和小孩闲聊几句，捡起皮球，扔还给他。小孩默默抱起球，却转身走了。正好看见李校长从办公室出来。李校长递了根烟，说韩记者过来了。小韩说闲着无聊，上来逛逛。李校长是前几天刚调来，接任之前的杨校长的。白衬衫扎在裤腰里，头发梳得整齐，皮鞋锃亮，不像校长，倒像教育局的官员。杨校长小韩也见过，在这里干了十年，皮肤黝黑，和乡下农人无异，采访的时候还有些羞赧，话不多，平时喜欢和孩子们待在一块儿。调任的消息传出的时候，据说有师生掉了泪。

学校离得近，李校长无事也爱来乡政府坐坐。那天旁人不在，李校长就和小韩聊起论坛那则帖子的事，夸小韩文采好。小韩听见他话里有话的意思，装作不知，转移了话题，聊了学校的留守儿童。那边排练正结束，人群散开，穿着篮球裤的小京正和琪琪将音响抬进储物室。每个人都满头大汗。李校长说，韩记者，有句话不知该讲不该讲。小韩说，你讲。李校长望了他一眼说，我是本地人，黄莲的情况，不是看一两眼就能看明白的。说完，留下一脸愕然的小韩就走了。

收拾完毕，天彻底黑下来。小京见小韩一个人坐在台阶发呆，就问肌肉还酸痛不，要不要去泡温泉放松放松。小韩说这哪儿来的温泉啊。小京示意他小声点，说先收拾下，五分钟后一起出发。

小京负责开车，老款的卡罗拉，小韩坐副驾，琪琪、彭理坐后面。汽车大灯刺破夜空，一直朝山谷深处开进，草丛的虫鸣和蛙声伴随了一路。约莫开了二十分钟，到了一处峡谷前，小京将车停在空旷处，说到了。

两面都是陡峭的悬崖，中间裹挟着一条小溪，一轮皎洁的弯月正缓缓穿过云层，斜挂在山谷上空。周围一片死寂，和小韩想象的温泉度假村相去甚远。他们显然都来过多次，轻车熟路，沿着一条羊肠小径往深处走。温泉是私人承包的，当时花了五万块，承包了三十年。小京介绍说。现在怕是好几个五万都回来了。琪琪说。远处有微弱的灯光透出来，待更近些，出现一座平房的轮廓。黑暗中有狗在朝他们吠叫。小京喊了声老柴，一个五十上下的男人从窗口探出头来，认得是小京，不冷不热地说刘乡长来了。澡堂就设在简陋的平房里，大概十来个平方，正冒着热气，一堵墙将男女分开。

条件是简陋了点，但是温泉是真温泉，有皮肤病的来这儿泡几次保管好。小京说。大家窸窸窣窣脱了衣服，用塑料袋装好放进简陋的抽屉里。澡堂飘溢着一股浓浓的硫黄味。温度起码四十来度,不耐烫的人得犹豫一番。小京最先下水,惊叫了一声,看小韩还在上面迟疑不决,冷不丁一下将他拉了下来。澡堂飘起笑声。他们和隔壁的琪琪开起玩笑,要给她介绍男朋友。小京说,要不让韩记者友情赞助一下?琪琪在那边满口答应道,只怕人家韩记者看不上呢。大伙一齐笑。琪琪说话口无遮拦的,放得开,有些出乎小韩的意料。泡了约半个小时,小京倒先受不了,说有些胸闷。

小韩出来,见小京正让老柴记账。只听见老柴埋怨,说乡政府两年前的账都没结清,再这么下去,自己怕是支撑不住了。小京随声说,快了快了,书记签了字,就一块儿结。泡完温泉,全身筋骨都酥软了,人也精神起来。那边琪琪和彭理还没出来。两人抽烟等候着。弦月如钩,峡谷上空繁星密布,草丛秋虫啁啾,倒有几分诗意。小京无意中就聊起那个帖子,问他在省城那个网站有没有认识的朋友。小韩说有。小京有些不好意思地笑笑说,那个网站有条和我有关的帖子……兄弟要是认识网站的编辑朋友,还请他高抬贵手,替我删一下。小韩说好。

第二天小京发那条帖子的链接过来。帖子攻击的目标是韩书记,波及小京。帖子上说了一大堆韩书记在乡里飞扬跋扈独断专行的话,末尾连小京也附带骂了一句,说他是韩书记的走狗云云。

小京说，这帖子他查了，是一个吵着要低保的人发的。他虽符合低保的条件，但茅溪比他更穷更符合要求的多得数不过来，但指标只有这么多。那后来纳入进来没有？小韩说。他这么一闹，书记也头疼，只好优先评选上了。问题是明明纳入了，这帖子却还在，一搜茅溪就能搜到，很讨嫌。小京有些气恼地说。

这事小韩很快替他办妥了。下午，省城的那个网站的编辑朋友就给他删了这条帖。小京说，还是你们记者管用呵。从这以后，小韩感觉小京和他走得更近了些。有些烦心的事，也愿和他说些。小京和女朋友的感情困扰，有时也和小韩吐露几句。说起来，小韩还见过小京女朋友一面。那是县委宣传部安排的一次集中采访报道活动，从省城过来的记者在县城集合，第二天早上统一去柏溪乡采访。那次采访就是小京的女朋友罗嘉接待的。短发，小个，肤色白净，戴着无框眼镜，笑容可掬，眼神却流露出一股干练，这是小韩对罗嘉的第一印象。轮到小韩自我介绍时，他说是从茅溪过来的。罗嘉就笑，说我早就听过你了，自从你去了茅溪，刘小京都不要我了。大家都笑。小韩在一旁观察，见她待人接物都落落大方，又细致到位，心里暗自称赞，心想县里要调她，看来还不完全是因为她家里有背景。

那次不光是见到了罗嘉，还见到了县委宣传部罗部长。晚上吃饭的时候，罗部长专门走过来敬小韩的酒。先夸赞了小韩一番，说看过他写的通讯报道，笔力非一般人所及。问他是不是真上了黄莲。小韩说去了。罗部长说，如今像韩记者这样吃苦耐劳肯深入基层的记者可真不多了。随后话锋一转说，黄莲我也去过，条件的确是落后贫困。但现在网上反映强烈，很多不知情的网民以为是我们政府的职能工作没做到位，引来一片埋怨和谩骂之声。

罗部长看小韩没作声，停顿一下继续说道，现在这个帖子让许多不知实情的网友对我们政府和干部加深了误解，给我们增加了很大的压力，解铃还须系铃人，帖子还是劳韩记者删掉吧！说完，罗部长和他碰了杯，满杯的啤酒一口气干完，将杯底朝小韩扬了扬，脸上适时恢复了起初和气的笑容。

6

那个帖子后来还是迫于压力删掉了。不光是删这个帖子，就连报道娃娃鱼养殖的新闻也压了下来。报道是临时撤下来的。据消息灵通的说是中央在加大反腐力度，公款吃喝剧减，导致很多高档酒店难以为继。如今酒店生意惨淡，对娃娃鱼的需求直线下降。这一连锁反应，自然影响到了来发的生意。那阵子，来发接到的电话都是取消订单的。原先的合作伙伴从广东打电话来，说现在公款吃喝抓得很严，一经查出，就要掉乌纱帽，谁也不愿意在吃吃喝喝上栽跟头。需求量下滑，只好在价格上动动脑子。起先千把块钱一斤，还供不应求，现在打五折上门推销，还没人要。也就短短的一两个月时间，竟发生了如此戏剧性的变化。不仅来发没想到，韩书记也没料到。本来想趁热打铁，在茅溪再建一个养殖基地的计划，现在八成得泡汤了。

外面卖不动，只好"出口转内销"，往县市各大酒店去推销。之前的抢手货一下成了烫手山芋，谁也不肯接。娃娃鱼的价格一个月跌了两三回，五百多一斤卖不动，到后来两三百，也鲜有人问津。

赶集那天，刘小京在乡政府门口碰见了来发。问起近况，来发一肚子的苦水，说茅溪的项目是铁定要黄了。之前的娃娃鱼不管多高的价格，都抢着要，现在主动上门推销都卖不了几个钱了。小京心里一番感叹。不光是来发受到了影响，柏溪那边的日子也不好过。这个周末，小京连女友的影子都没见着，娃娃鱼卖不动了，柏溪首当其冲，她这个书记的担子一下重了许多。

逮烟的时候，小京半开玩笑半认真地和来发说，我倒是有个主意，娃娃鱼现在不好卖，你还不如趁机转行，去搞旅游开发。来发问怎么搞法。小京说，黄莲这里的风景不输给那些4A、5A景区。现在很多驴友在网上推荐黄莲，在小圈子里口碑很好，我看要是开发好，黄莲就是座金山。来发苦笑说，这笔投资，十个来发恐怕也不行。小京笑笑，说靠你一个人当然不行，这事回头再研究。

其实开发黄莲的想法在小京心中已经酝酿很久了。黄莲虽穷乡僻壤，风景却最雄奇壮丽，不光自然风光好，还有当年将军闹革命的红色旅游文化资源，再加上本地独特的风土人情和民俗习惯，完全可以打造出一条完整的旅游产业链。前期先以驴友的口碑聚拢人气，等黄莲的名气上来后，再逐步细化旅游线路，拓展更多更大的旅游资源。只要旅游的人多了，黄莲现在的问题就不是问题了，一切都能迎刃而解。村民的蜂蜜、土特产、野味、中草药材都可以卖钱，这些都是无任何污染的好东西，现在很受城里人青睐。前几年，省道还没修好，从县城到茅溪都不大方便，现在路修好了，来这边就不是什么问题了。问题在于怎么上黄莲，怎么让驴友们在黄莲能留上一两天，现在黄莲什么都没有，吃的住的基本条件都不具备，而且缺乏向导。

他和小韩分享过这个想法。小韩也很赞同，说那天在网上发了几组黄莲的风光照片，网友们的反响强烈，都问怎么去这儿。

小京说，你上次用手机拍的，如果用专业相机拍，会更好看。琪琪很喜欢摄影，她拍的照片在市里还获过奖呢。我们的宣传片都是琪琪负责拍的，你要拿去宣传的话，可以让她发些给你。

小韩看过琪琪的照片，业余水平根本拍不出来。构图讲究，立意新颖，不光景色美，而且还有人文关怀在里面，每张照片都是一幅上好的摄影作品。他看过她的相机，无敌兔机身加红圈24—70mm，70—200mm，长枪短炮，一应俱全，和他们报社的摄影记者有得一比。

听小京讲，整个乡政府，就琪琪还单着。她在省城念的书，父亲是县政府的公务员，毕业后要她考公务员，于是就来到了这里。原先谈过一个男朋友，谈了两三年，因为长期相隔两地，后来就吹了。

你要是没女朋友，我可以给你们牵牵线搭搭桥。小京拿琪琪和小韩公开开过几次玩笑。私下里，小韩倒留意过琪琪。她的穿着和打扮，与这儿格格不入。一头栗色的长发，文身，匡威鞋配迷彩服，带点嬉皮士的味道。她的烟瘾似乎还蛮大。

看清琪琪手腕上的文身，是那次在峡谷里进行的民歌PK赛。

从北京过来的一批大学生，利用暑期来这儿进行民歌采集和调查。有好几所高校的学生，一共二十来位。小京负责接待。小京特意让老吴组织一些民歌高手与学生们交流。地点定在一处风景秀丽的峡谷中，两米多深的水潭能看清底下的鹅卵石、沙砾和鱼虾，捧起来可以直接当泉水喝。北京来的学生们很激动和活跃，陶醉在这片风景中，个个欢呼雀跃的。连小韩也有些激动，青山绿水，山歌绕林，宛如世外桃源的感觉。外边阳光灼热，峡谷却沁人心脾。胆子大点的小孩，索性脱得赤条条的，跳入水潭摸起鱼虾。大家都脱了鞋，卷起裤管，玩起水仗。小京和琪琪互相泼水，都已湿身，一旁观战的小韩也加入了混战的队伍。乡干部、学生、乡亲都卷入进来，像是在过泼水节。有全身湿透了的，索性跃入水潭中玩个痛快。

琪琪玩累了，坐在水潭边的石头上晒湿透的衣裳，长发上

天高皇帝远

的水滴漫不经心地往下掉。曲线玲珑的侧影让小韩有些怦然心动。他湿漉漉地爬上岸,掏出快要湿了的烟,问她来不来根。琪琪莞尔一笑,接过他的烟,掏出火机点了。他去借她的火,她伸手的时候,他看清了那个文身。一把左轮手枪。你还蛮有性格的,小韩说。文着好玩,可把我爸给气坏了。她笑了笑,更加妩媚动人。她抬起手来,做出手枪的模样,对着天空。来这儿多久了?小韩问。三年了。都快成老姑娘,没人要了。她自嘲地笑。喜欢这儿吗?小韩问。怎么说呢,这个问题……她想了想,说你看过《麦田里的守望者》吗?里面有句话我倒很喜欢的:"一个不成熟男人的标志是他愿意为某种事业英勇地死去,一个成熟男人的标志是他愿意为某种事业卑贱地活着。"现在我大概就属于后者吧。

"想过离开吗?"他问。

"离开?"她朝他笑笑,"去哪儿?就我这性格,去哪儿我爸妈都不会放心。我爸妈当时就是担心我这脾气,所以死活逼我回来,他们觉得一个姑娘家就该找份安稳的工作。在这儿不像你们在省城,各种机会,基层公务员,一眼能看到头了。说来可笑,我现在唯一的希望是指望尽快调到县城去。这儿天高皇帝远,再这么待下去,人都要发霉了,真的是嫁不出去了。"

正聊着,小韩听见背后有脚步声,只见彭理和小京水淋淋地跑了过来,一把将他俩推入了水潭中。琪琪尖叫着,在水中一顿挣扎,小韩顺势抱住她,琪琪就不动了,任由他搂着,一起上了岸，琪琪的脸一片潮红，两人都没说话。日头西斜，大家方尽兴而归。回去的路上，小韩走在小京后面，见他用手捂着胸，脸色苍白。问哪里不舒服，小京摆摆手，说不碍事，只是突然有些胸闷。说完一屁股坐在石头上，大口地喘着粗气。小韩看这情形有些不对劲，赶紧向前扶着他，小京一下栽倒在他怀里。

7

挂职两个月很快就期满。那天从县城回来，小韩从车窗外看见银杏树叶已经泛黄，心里有些感伤。稻子早已金黄，这年风调雨顺，稻穗壮实而饱满，是个大丰收年。沿路都是在抢收的农民，戴着斗笠，赤脚立在田里，"嘭嘭嘭"的摔禾声不绝于耳，空气中弥漫着一股稻谷的清香味。这些山民，和他们的祖辈们一样，依然从事着古老的手工劳作，两千多年都未曾改变。来这儿两个月又能改变什么呢？小韩想。他只不过是这儿的匆匆过客，带着外来人的惊诧。而对生活在这片土地上的人来说，他们早已适应了这儿的一切。临走的前几天，他本想写一篇质疑当地政府滥开发水电的通讯报道，想想又放弃了。他有些沮丧，觉得自己并不能改变什么。

那次之后，小韩见到琪琪，心里略有些尴尬。琪琪倒像啥事没有一样，依旧嘻嘻哈哈，看不出有什么异样。他想约个适当的时间，和琪琪好好话别。时值秋收之际，乡里事多，每晚都有开不完的会，这样的机会竟然没有。他感觉有些怅然，又想到，即便琪琪对他有意又能怎样呢，他又无法带她离开这里。

临走的前一天晚上，韩书记代表乡政府宴请小韩，给他送别。六六特意提了一大瓶自家的蜂蜜要送他。说是正宗的百花蜜，外面想买也买不着的，一点心意非让小韩收下不可。乡政府的一干人几乎都聚齐了，围着桌子坐了，唯独差小京。那晚小韩已经记不清喝了多少酒。小韩记得，起先是书记开始敬酒，然后大家挨个轮流敬。不胜酒力的小韩，余下的记忆变成一团混乱的影子。他蒙眬地记得有一个女性的声音在提醒他，让他少喝点酒。醒来已是第二天上午，他头痛欲裂，彭理过来，问他好点没有。小韩说，昨晚喝太多了。彭理神情暧昧地笑笑说，是有点喝高了，当着大家的面和琪琪说了好多话呢。小韩红着脸，问说什么了。彭理不肯再说，赧然一笑，敷衍过去了。小韩怎么也想不起和琪琪说过的话。中午见到琪琪时，罕见地看见她脸上泛出一抹红晕。她不再嘻嘻哈哈，略有些忧伤地望了他一眼，问酒醒没有。他点了点头，想问她昨夜他是不是和她胡说了些什么醉话。他望着那张像受了伤的脸，话到嘴边，终又吞了回去。临走的时候，琪琪和一众人来送别。他说，来省城了给我电话。琪琪礼节性地笑笑。

小京躺在省城的医院里，检测结果出来，是家族遗传的先天性心脏病。那时茅溪正在市里参加民歌赛，拿了个一等奖回来,并获得了一个月后去省里参加全省民歌大赛的资格。小韩回去后,专门去了趟省人民医院看刘小京。

　　看气色,小京调养得不错,还白胖了些。两人握了握手,都笑。小京感叹说,两个月真快啊。小韩说,眨眼的工夫。不过现在你在省城,我也回来了,咱见面也很方便。小京说,本想着在茅溪做点事情,没想到心比天高命比纸薄。小韩安慰说你还年轻,身体要紧,那些事慢慢来。小京说,其实也没什么,即便身体没出什么状况又能怎样,那天高皇帝远的地方,我们还是什么事都干不成的。小韩没说书记调到县教育局当副局长的事。也许小京早知道了。书记一走,娃娃鱼项目彻底下马。他听说来发要开发黄莲,后来也不了了之。窗外的阳光照进来,将斑驳的悬铃木树影投射在白墙上,两人望着墙上的影子一时陷入了沉寂。几只画眉在林间聒噪着,声音传进来,小韩终于听见一声发自肺腑的叹息。

2016年4月25日

盐湖城

1

刘明汉回到枫林镇的时候，天色已经暗下来。最后一班公交车孤零零停靠在枫林镇机床厂旁的空地上。车上只剩他一个乘客了。五年前，去枫林镇还只有一趟公交车，现在站牌上已多出了四条线。刘明汉下了车，尖啸的西北风将路边的香樟吹得一阵阵颤抖，他使劲搓了搓冻麻木的脸，将衣领高高竖起来。戴着棉纱手套的公交车司机锁好车，握着保温杯进了马路对面的易购超市。超市窗户上结着厚厚的一层霜花，如此糟糕的天气里，路上几乎看不见什么路人。

刘明汉对枫林镇的记忆还保持在五年前的样子，路面到处都是坑坑洼洼，下雨就变成一片沼泽。现在马路已重新铺过，拓宽成了四车道，连路灯也换了新的。远处新建的高楼在烟雨中宛如空中楼阁。房地产商闪亮的巨大广告牌无处不在，在寒冷的冬夜引人注目。机床厂倒是冷冷清清的，里面漆黑一团，守门的大爷大概也回家过年了。刘明汉哆嗦着手点燃一根烟，这时昏黄的路灯陆续亮了起来，光柱裹挟着纷飞的细雨，飘落在黝黑的路面上。

在公交车上他听天气预报，晚上可能会有雨夹雪。

他听见身后一声尖厉的刹车声，一只淋得湿透的黑猫冷不丁从路边闯了过来，车窗摇下，一个怒气冲冲的声音："×你娘，快过年了，不然碾死你！"那声音听上去有些耳熟。他回头想看个究竟，只看到一辆奔驰S600的尾部，汽车从他身旁加速驶过，很快消失在雨雾中。透过朦胧的雨雾，能看见前方一片暗黄的灯火。灯火里有他的家。

几天前，他给萍打了个电话，告诉她过年回家。这是五年来，他唯一一次在外面给她打电话。电话比预想中的短得多，两人唠了几句，好像该说的话已说完。萍淡淡地说，回来就好，回来再说。他略微有些扫兴，以为萍会激动。至少她应该表现出一副激动的样子。

出狱后，他在街上找了家澡堂搓了个澡，买了顶毛线帽，一双棉鞋。从荒漠深处刮来的风一阵比一阵冷，似刀子刮骨，他又买了件军大衣披上，身体才暖和过来。他数了数身上的钱，还剩一千六百块。路过首饰店的时候，他想不能就这样回去，花了一千，给萍挑了一条银项链，又给儿子买了个汽车玩具。他将这些东西塞进一只破双肩包，然后买了一张长途坐票。他想马上就见到他们。

萍坐在沙发上看电视。门响的时候，她才意识到他回来了。你身上都湿了，下雪了吗？她说。他没说话，搂紧她，萍的腰肢和五年前一样柔软。他又闻到了萍身上熟悉的体香。好几年没闻到这股味了。他鼻子有些发酸，久久地凝视着她。她轻轻推开说，你还没吃饭吧？我给你做去。

小枣已经睡了。手里还抓着电动坦克车。他进去的时候，小枣才刚学叫妈，走路不大稳，需人扶着。现在长高不少，虎头虎脑的，他几乎认不出来了。他俯身亲了亲，眼泪就掉出来了。家里和五年前没太大的变化。那台34英寸的康佳彩电还是他们结婚时买的，现在显得寒碜而落伍了。墙上依然还挂着他们的婚纱照。镜框上落了一层灰。他有些恍惚，失神地看了几眼，好像在看一对陌生的新婚夫妇。

萍端着一盘蛋炒饭进来，给他热了两道菜，问他要不要喝点酒。他问有什么酒。啤酒可以吗？他点了点头。你回来也不和我说，什么准备都没做。萍淡淡地说。包在火车上被人偷了，没法打电话，我差点回不了家。他愤然地谴责起小偷来，狗娘养的，啥都没给我留，连释放证明都丢了。他躁郁不安地望了她一眼，刚想说包里还有给她买的项链，突然发现妻子脖子上正戴着一条。白金项链，还配着一个亮晶晶的吊坠，熠熠生辉，一看就是上档次的货。刘明汉沉默下来，低头喝着酒。电视里正播报春运高峰期的新闻。镜头前人头攒动，将广场挤得水泄不通。他停下筷子，盯着屏幕，一张张陌生和漠然的脸从他眼前晃过。两天两夜的长途火车上，他一路昏昏欲睡，不知道包是哪一站被偷的。到兰州时，他抬眼望了望行李架，鼓鼓囊囊的大包小包堆里，没他熟悉的那只。此后他再没睡过，计算着被偷的损失。五百块钱，一条项链，给儿子买的玩具，和几件不值钱的旧衣服。他后悔将所有东西都放在包里，连小学生都知道，不能把鸡蛋都放在一只篮子里。一路上他懊恼不已。漫长的旅途中，他想到的损失就是这些。快到站时，他才猛然想起，刑满释放证明也在那只包里。

　　吃完饭，萍利索地收拾完碗筷，进了厨房。刘明汉也跟了进去。他从后面环抱着萍。手在她胸上握着。萍正在洗碗，沾着泡沫的手将他掰开：没看我正忙吗？她的声音和五年前比沙哑了些。模样倒没什么变化，腰还是腰，屁股是屁股，一点也看不出是生完孩子的样，甚至显得更丰腴俏丽些。刘明汉松开手，点了根烟，说家里这几年都还好吗。女人将碗筷放进消毒柜，撩了撩垂下的发丝说，还是老样子。你爸去年走的，胃癌晚期，大家都尽力了，他也不想拖累家里……坟地就在你妈旁边。你的那辆卡车也早转了手。钱都花在你爸治病上了。

　　他靠着墙，深深地吸了一口烟。"明天早上，我去给爸上坟。"他说。她将手在围裙上擦干，望一眼他说："老人家临终前一直念叨着你……你可终于回来了……"

　　刘明汉杵在那儿，长长的烟灰一截一截地往下掉。

盐湖城　279

"别人家越过越红火,就我们家还是老样子……"萍终于扑在他肩头,低声抽泣起来。

夜里他躺在宽大的床上,将手伸进她的睡衣,摸索了一阵。萍低声恳求说,现在是危险期,别弄在里面。他问有套没,女人佯装生气,瞪了他一眼说,你觉得有吗?

在回来的路上,他幻想着这场久旱逢甘霖的盛况,然而眼前的情形却不像那么回事。身旁的人甚至让他感到乏味和陌生。他颓唐地从她身上翻下来。过程有些潦草。她摸了他一把说,睡吧,你太累了。他说是的,坐了这么久的火车,累得快散架了。黑暗中,他脑海里浮现着一望无垠的戈壁滩。荒漠的风将茇茇草吹得发了疯似的狂舞。他又想起那张睡过五年之久的单人床。她突然转过脸,偎依着他说,明汉,你能答应我件事吗?他摩挲着她的头发嗯了声。别再和贾山他们斗了。你斗不过他们的。回来好好过日子吧。他的手垂在枕边,黑暗中时间似停滞下来。他说,听你的。

2

刘明汉醒来,小枣已经起床了。萍正给他洗脸。小枣愕然地望着他,见他俯身伸手要来抱他,吓得扭头朝萍喊道,妈妈。萍说,乖,别怕,这是爸爸。小枣恐惧地瞪着萍喊,他不是我爸爸——萍忙呵斥儿子说,再瞎说我揍你啊!刘明汉抱起小枣,小枣打量他一眼,马上号啕大哭起来,使劲地蹬踏着,要从他怀里挣脱出来。也不知怎么搞的，刘明汉冷不防被儿子打了记耳光。这记耳光打得很受力，他被迫把儿子放下来，尴尬地摸了摸火辣辣的脸。小枣脚刚落地，一溜烟就跑了。萍说，儿子不认得你也正常，都五年了。他窘迫地朝她笑笑，心里更感歉疚。

吃完早饭，他去给父亲上坟。夜里果然下了雨夹雪，山茶叶上盛着薄薄的一层细雪。已近年尾，过年的氛围浓了起来。大门都已贴上春联。四周不断传来爆竹声。天气阴沉湿冷，灰蒙蒙的，整个枫林镇被雨雾笼罩着。他看到那棵古香樟树被雷劈了一道巨大的口子，快要倒了。那棵树有五百多年了，是枫林镇的地标。他想起小时候，受了惊骇，母亲就会在香樟树上系上一条红布带，给他收惊。白天的枫林镇比夜晚看上去变化更大些。巨幅广告牌上写着"景林名郡——枫林区新标万人倾心耀世大盘"。他心里纳闷，枫林镇何时变成区了？沿街的门铺墙壁都用红油漆喷上了红圈的"拆"字，四周的高层商品房鳞次栉比，五年时间，这个他再熟悉不过的地方已让他陌生。

他在父亲的坟头跪下，抚摸着墓碑，想起父亲临终前一直念叨着他，顿时心如刀绞，悲痛不已。父亲是个老实人，干了一辈子的钳工。为了贾山的事，曾劝过他许多回，劝他不要和贾山闹翻。这些话他以前不爱听，甚至厌恶。他对父亲吼，你儿子也是个男人，不是个孬包！

说起来，他和贾山都是枫林镇长大的，两人还同学过几年，只不过贾山小学没念完就退了学。后来去武校学过几年，贾山曾当众表演过几次他的铁头功，国栋抓着板砖朝他头上拍去，砖头断成两截，贾山晃晃头，毫发无损，提起嗓门喊道，再来一块。

刘明汉还记得贾山小时候第一次和人干架的情景。几个高年级生合起来欺负他，贾山跑回家，操了把菜刀过来。刘明汉对贾山当年在操场追砍人的一幕记忆犹新，贾山那一次出尽威风，再没人敢欺负他，那几个高年级生后来见他就躲得远远的。那时流行给人取绰号，"跳蚤""鸡仔""大牙""山贼"什么的，没人逃得掉，刘明汉的绰号就是拜贾山所赐。刘明汉长相斯文，性格也像女孩子，贾山就给他取了个绰号，叫"同性恋"。这个绰号伴随刘明汉度过漫长而阴郁的青少年，后来整个枫林镇的同龄人都这么叫他，他的名字倒少有人提及。

他憎恨这个绰号，更憎恨给他取绰号的人。他也给贾山取过绰号，叫铁滚，但是从没人敢当面叫他。

知道刘明汉回来的人越来越多。刚给父亲上完坟，在路上他就遇到了国栋。国栋还像以前的老样子，高瘦，两眼暗淡无光，永远一副毒瘾发作的样子。他进去前，国栋成天跟屁虫一样跟着贾山混。他记忆中的国栋还在骑电动车，现在鸟枪换炮，座驾变成了凯美瑞。国栋降下车窗，说上哪儿，载你一程？刘明汉说，几步远，马上就到家了。国栋伸手递来一根烟说，前两天我就知道你要回来了。刘明汉推辞说，戒了。

大男人戒啥烟啊，在里面多辛苦啊，好不容易出来了嘛——国栋显然话里有话，一直盯着他不放。刘明汉接过烟，说你还是老样子。国栋说，老样子证明我没混好嘛，你进去这几年，大家变化大着呢！刘明汉说，没混好的是我，你们都混得比我好。国栋说，你回来也不打声招呼，马上年底了，贾山让我给你捎句话，他年前想请你吃个饭。刘明汉掏出火机，点燃烟，思忖一下说，你代我回去和他说，年底大家都忙，就不必麻烦了。国栋说，明汉，大家从小一块儿长大的，过去的事就过去了吧。话我给你带到了，去不去随你啊！

3

刘明汉前后共去了两次派出所。情况比他想象的要复杂些。事情卡在那张刑满释放证明上。负责户籍办理的是个刚从警校分配下来的年轻警察，姓陈。他进去还没聊两句，陈警官说，你就是那个同性……刘明汉？眼里滑过一丝异样的笑意。他有些惊疑，瞅了眼年轻人，并不认识。他把释放证明丢失的经过说了一遍。陈警官一边听着，一边把玩着手中的圆珠笔。不待他说完，就打断说，你这事特殊，我得请示下领导。他的领导就是雷所长。雷所长那天不在，陈警官就说，你改天再来吧。

第二次去，刘明汉依然没见到雷所长的身影。年底了，派出所显得比往常更为忙碌。陈警官正埋头整理资料，见刘明汉又来了，说，我给你请示领导了，你这情况办不了，不符合政策。刘明汉心里一紧，递给他一根烟，陈警官摆摆手，说不会抽。为什么办不了呢？刘明汉说。这是国家规定的。没有这东西，谁能证明你是这儿的人？去年枫林镇就撤销了，现在是枫林区了，想落户到这里的人排着长队呢！刘明汉忍着怒火，强作笑颜说，我从小就在这儿长大，这儿的人都能证明我是枫林镇的。那你拿出证明来嘛！陈警官很干脆地说道。刘明汉愣了下，知道再纠缠下去也不会有结果，就问雷所长在不在。陈警官说，你找他也没用。我又不是雷所长肚里的蛔虫，我怎么知道他在哪儿，现在都快下班了。说完继续埋头整理资料，不再搭理他。

他从派出所出来，虽然才中午，但天色灰蒙蒙的，感觉快要黑下来了。冷风飕飕地往衣服里灌，他搓着冻僵的手，心里一片茫然。

他给国栋打了个电话。问他在哪儿。国栋那边一片嘈杂声，听上去像一桌人在喝酒。国栋没说他在哪儿，反问刘明汉的位置。刘明汉说刚从派出所出来。国栋说，你是在找雷所长办户籍吧，他在和我们喝酒呢，你过来吧。

刘明汉招手上了辆夏利出租车，开车的女人戴着一顶印着欢庆香港回归的鸭舌帽，裹着围脖，将脸遮掩得严严实实，只露出两只眼睛来。上哪儿去？女人问。中天酒店。他说。上那儿吃饭啊？她说。他嗯了声。女人将围脖扯了扯，露出大半边脸庞，笑着说，老同学，你真不认得我了？刘明汉哦了一声,脑海里飞速地搜寻。他一着急,记忆更显混乱。女人浮出的笑意慢慢隐退,说老同学真是贵人多忘事,李晶嘛!刘明汉忙自责地说,李晶!我记性是越来越不好使了。他一下子想起那位坐他前桌满脸雀斑的女孩了,那时他们从不叫她李晶,只叫她粉猪。这么多年,她的块头变本加厉,快比得上他两个了。李晶说,老同学你一点变化都没有嘛!刘明汉说,你戴着围脖,刚没认出来。李晶说,你们都是发大财的人,认出我也会装作不认识吧!刘明汉摆摆手说,我发哪门子大财哦,同学里就我现在混得最差了。李晶说,你还狡辩,中天酒店一桌子菜就够我忙活一个月了,普通人没事哪敢上那儿吃饭。刘明汉说,我也去不起嘛,我是去找人。李晶说,我才不信呢,你就怕我到时找你借钱吧!你找我借钱可就找对人了。刘明汉自嘲说。他倒是想起另一事,说你之前不是在机床厂的嘛,怎么跑出来开出租了?李晶说,你这人是真没记性吧,机床厂都倒闭三四年啦,连设备都拆了卖掉了。你还记得我们那个叫贾山的同学嘛,他现在大发了,机床厂的地皮被他买了,过完年这儿就要拆啦,听说要建个大型购物中心,今后买东西就用不着进城了!刘明汉静静听着,没说话。李晶像想起什么,说,我听别人讲,你和贾山有些过节,是不是真的?刘明汉说,别听人瞎传,都过去的事啦!正想把话题引开。李晶依然没放弃,说,我听人讲你去青海买枪的事,真有种啊,同学时我怎么没看出来。不开玩笑,很佩服你的。现在枫林镇——哦,如今是枫林区了,已经是贾山的天下了,没谁动得了他一根毫毛。

到了中天大酒店门口,刘明汉问多少钱,李晶笑呵呵地说,老同学你这不是打我脸嘛!有空改天再见。说完加了把油门走了。

包厢里烟雾缭绕,他一眼就看见了主座上膀阔腰圆的贾山。几年不见,他显得更粗犷了些。雷所长挨他坐着,国栋陪坐,其他几人都面生。七八个人正推杯换盏,酒局正酣,见刘明汉进来,一齐安静下来。贾山哈哈一笑站起来说,同性……老同学啊,好久不见!走过来伸手要握。刘明汉没有动,贾山的手悬在半空,又落了下来,很自然的样子。他拍了拍刘明汉肩膀说,老同学的脾气真是一点也没变啊!还没吃饭吧,过来喝杯酒,趁着雷所长也在。刘明汉说已吃过饭,转身想走,发现雷所长正静静注视着他。雷所长说,你不是有事找我吗,怎么见到我就要走了?刘明汉只好硬着头皮坐下,挨着国栋。喝了酒的国栋面色红润了些。他责怪国栋,说你怎么不告诉我贾山也在。国栋说,刚好碰上嘛,再说你也没问我都谁在啊。这八人中,大多数他都不认得,也没人给他介绍。刘明汉尴尬地坐着,后悔自己冒冒失失就过来了。

贾山说,老同学啊,你现在面大啊,请你吃个饭比请雷所长还难!雷所长说,你这人净说瞎话,你哪次叫我没来过?贾山笑笑说我说错了,敬你一杯酒嘛。目光却落在刘明汉脸上。刘明汉被他盯得无所适从,目光没地方落。刘明汉越是躲闪，贾山就越紧盯着他，像狮子盯上了肥美的猎物。

　　整个酒局，刘明汉浑身不自在，如坐针毡。他倒了一杯酒，走到雷所长身旁，刚举起杯说到户籍的事，雷所长头一偏，朝他斜睨一眼说，你的事我知道，先别急，我这人工作时不谈喝酒，喝酒时不谈工作。刘明汉忙点了点头。雷所长笑着起身拍拍他肩头，提议贾山也起来和刘明汉喝一杯。贾山端着酒杯站起来，说听老兄的。雷所长说，碰个杯吧，之前的事就算过去啦，要以发展的目光看问题！你好我好大家好！大家一起附和着说好。贾山举起杯，朝刘明汉笑了笑说，老同学，这杯酒，干了吧？刘明汉望了望雷所长。雷所长已经坐下，手中夹着烟，眯缝着眼看着他们。一桌人的注意力都聚焦在刘明汉身上了。刘明汉机械地举起杯，没和贾山碰，也没说话，一口先干了。贾山深深望了刘明汉一眼，一仰脖子也干了。雷所长带头鼓起掌，包厢很快哗啦啦地响起一片掌声。雷所长兴致高了起来，说这叫"杯酒释前嫌，一笑泯恩仇"。要贾山和刘明汉相互笑一笑。有人掏出手机，要记录这特殊的一刻。刘明汉微露羞恼之色，那边贾山脸上始终浮着笑意，只等他来呼应了。刘明汉突然有些焦躁起来，觉得这一切都像是事先安排的，故意要让他下不了台。两人就这么僵持着，包厢一下又沉寂下来。贾山笑着说，我这老同学从小就不爱笑，内向，像个女孩子。你看他在青海那鬼地方待了好几年，紫外线那么强的地方，皮肤依旧还那么白净，哪儿像我们个个皮糙肉粗的。小时候我们不懂事，老爱给人取绰号，他们背后管我叫铁滚。这些鬼，当面从不敢叫。贾山像来了兴致，大声朝国栋说，明汉叫什么来着，我忘了——国栋不大情愿，反问刘明汉说，是叫同性恋吧？一桌人都笑。贾山说，对，就叫他同性恋，那时都小嘛，懂什么叫同性恋啊！到现在我其实也不大懂。说完望着刘明汉说，明汉虽然长相秀气，但他儿子长得可虎头虎脑的……哦，我不是这个意思，我是说明汉虽然斯斯文文的，可你们千万别被他的外表蒙蔽了。整个枫林镇，我敢说除了明汉，还没谁有这个胆要买枪杀人的。雷所长打断他的话，说又来了，又来了，过去的事就别再提啦！贾山重又斟满酒，朝刘明汉举了举说，明汉，冲这点我敬你一杯，在枫林镇，你是第一个扬言要杀我的人。现在要搞我的人多了，但你是第一个啊！我也纳闷，我和明汉也没什么血海深仇啊，我那时不就拆了几幢破房子嘛，又不拆你家的，你出这个风头干啥呢？你他妈要是现在振臂一呼，都能组成一个敢死队来了。可我现在寂寞啊，再没人像你这样明目张胆说要杀我的人了，他们顶多背地里骂骂娘使使坏而已。你才是真正的好汉！雷所长夺过他的酒杯，说你醉了，妈的今天喝得可真够多，四瓶茅台都见底了。再喝就醉了，快两点了，撤了吧！大家纷纷起身，一阵挪椅子的声音，雷所长最先出包厢。刘明汉紧跟其后，被国栋叫住了。国栋说，先留步，等会儿再走。人都走清了，只剩贾山还坐在包厢的皮沙发上。刘明汉说，有什么事就快说，我还有事要忙呢！贾山说，老同学，有事也别急在这一时嘛。他拉刘明汉坐下，从兜里掏出一个厚厚的牛皮纸信封说,老同学,快要过年了,这两万是我一点小心意,拿着过个好年。刘明汉说,你收起来。国栋说,明汉你刚出来,经济上不宽裕,这也是贾哥一番好意嘛。刘明汉脸色更显阴郁。我去当乞丐也不拿他的钱。国栋说,明汉这就是你的不对了。今儿贾哥已给足你面子了。贾山将钱扔在茶几上,点了根烟说,听说你的释放证明丢了,要不要我和雷所长打声招呼?国栋说,雷所长也不是吃素的,这年头办点事没那么简单,这钱你先拿着吧。刘明汉说,你们说完了吗?我还有事,先走了。他刚转身,听见身后传来一声脆响,玻璃杯的碎渣先他一步飞出门外。贾山说,当我怕你吗?你以为买枪那点小动作能瞒得过我的眼?别他妈给脸不要脸,敬酒不吃吃罚酒啊!刘明汉没回头,径直走了。

4

凌晨五点半,刘明汉下意识地醒了。在里面的几年,他的生活作息比钟表还要规律。萍和儿子还在熟睡。窗外昏沉,天刚麻麻亮。自从腊月以来,枫林镇成日阴雨绵绵,天一直没开过眼。刘明汉想起办户籍的事就再睡不着,靠着床头,点了一根烟,看着熟睡中的妻儿。小枣的小手露出被子,肉嘟嘟的,他把被子拉了拉,将儿子的小手放回被窝。他细细地端详着小枣。越看他心里越忐忑不安。"虎头虎脑",他厌憎这几个字,儿子的五官在某一刹那全部错位了,让他慌乱。这时萍也醒了,她揉了揉眼,抱怨说,大清早的抽啥烟啊,呛死了。他将烟摁灭了。心里隐隐不快。他起身去洗漱,对镜子发着呆。刚挤好牙膏,一不小心,牙刷刚好掉进洗脸台的夹缝里。他弯腰伸手在地上摸了摸,没摸到牙刷,倒是从缝隙中摸出一个软塌塌的东西来。那是一只使用过的避孕套,他不知道这是谁的遗产,他唯一能确定的是除了卧室,萍和自己从没在其他地方做过这事。刘明汉悄无声息地将套子放回了原处。他想象那个人在镜子前抱着妻子时的情景,突然觉得恶心,一种无法向人诉说的恶心。

雷所长终于同意在他的办公室和刘明汉见了一面。刘明汉提着一个编织袋,里面装着两瓶从镇上买来的酒鬼酒和一条芙蓉王烟。买烟酒的钱还是萍给的,知道他今天要去找雷所长,萍说不能空着手去,买点儿东西吧。刘明汉接过钱,默默地装进兜里,心里像打翻了一个调味瓶。

他将东西放在办公室的茶几上,叫了声雷所长。雷所长示意他坐下。他递上烟,雷所长已经自己掏出一根叼嘴边了。我习惯抽自己的,他解释说,你的情况我了解,不是不帮你这忙,政策要求是这样,没办法的事,没这纸证明,谁能证明你是刑满释放的还是擅自逃出来的?你说是不是?雷所长觉得自己说到了点子上,点燃嘴上的烟,盯着他说,所以你必须得想想办法,让那边给你补一张……这话对刘明汉而言,像是判了死缓。他的语调听起来像个女人的,雷所长,能不能帮个忙，通融通融？雷所长说，不是我不通人情，你还是贾山同学，按理这个忙我是得帮，但没办法呀，现在上面规定得严，一切都得按规章制度来，我这小小的派出所所长算个卵，你求我没用。你去补个证明，证明来了，我雷某立刻给你办了！雷所长一副公事公办的样子，连刘明汉的编织袋都被原封不动地挡了回去。

回到家，萍问事情办得怎么样了。刘明汉将编织袋放在桌上，打开一瓶酒，咕嘟咕嘟就喝起来。萍说你这人怎么这样。刘明汉心里越想越气，他不仅在生雷所长的气，也在生自己的气。明知道雷所长和贾山是穿一条裤子的，他还傻乎乎跑去求他。他觉得刚才在雷所长面前的样子越来越像条狗。萍还要说什么，他乜斜了她一眼，说，今天怎么不戴那条项链了？萍拉下脸，说，我想戴就戴，不想戴就不戴，难道还要向你请示吗？刘明汉将酒瓶重重地往桌上一蹾，望着她，脸上浮起古怪的笑意。萍说，你朝我发什么疯，这几年我带着孩子，过得容易吗？别人都劝我和你离了，我都没动摇，你还这么待我！说完呜呜哭起来。小枣见母亲哭了，朝他瞪起眼睛，嚷道，不许欺负我妈！女人一哭，刘明汉心里一软，也慌乱了。他满脸歉疚地呆坐着，心里有很多话想和她说，却一句也说不出来。

五年前，刘明汉怀揣着四千块钱，从青海德令哈的牧民手中买到一把手枪。花了两千六，还送了他十发子弹。试枪时他打了一发子弹。那是他这一辈子第一次打枪。枪口飘起一缕蓝色的烟，偏离靶心天远。那个牧民操着一口"青普"说，第一次摸枪吧，接过他的枪，利索地上好膛，啪的一声脆响，远处的啤酒瓶炸开一朵花。他将枪弹装进兜里，在几十里外的小旅馆过夜，准备第二天返回。夜半时分他被敲醒，几支强光手电筒照得他睁不开眼。等清醒过来，他已经戴上冰冷的手铐。自始至终，刘明汉也没弄明白，到底是哪个环节出了问题。

他被判了六年，后来表现努力，获得一年的减刑。他学会了辨认骆驼刺、碱蓬和芨芨草、红柳。那五年都在劳改营度过的。劳改营其实就是个大得无边的农场，里面有电厂、粮食加工厂、商品站、邮局、银行、机械修配厂、汽车运输队、机耕大队、基建队。还有子弟学校、农业试验站、戏剧团、医院等等，在里面这么长时间，他也摸不清里面到底多大。除了睡觉，他们每日都顶着烈日在地里劳作。雪山融化的雪水汇入巴音河，让这片绿洲变得生机勃勃。他们在地里种植小麦、青稞、豌豆、洋芋和向日葵。这里昼夜温差大，白日酷热难当，夏夜也得盖棉被。

白天很忙，没工夫胡思乱想。夜里天空极其澄净，满天繁星低垂平野，能听见荒漠深处传来的野狼长啸，那才是刘明汉最孤寂难熬的时光。他想孩子，想老婆，想家中的老父。但凡想起这些，他就懊悔交集。他有一万种说服自己不去和贾山作对的理由。买枪也不过是想吓唬吓唬他。在枫林镇，贾山才是座真正的大山,是座刘明汉做梦都想翻过的大山。

最初是龙老太太来找他,说,明汉,你是我看着长大的,小时候我还给你换过尿片呢。现在贾山要征这块地,我房子保不了了,你和贾山是同学,你替大娘去说说吧。

这个请求他推辞不过。龙老太太不仅给他换过尿片,他小时候还吃过她的奶。他母亲奶水不够,他是吃龙老太太的奶长大的。小时候犯了错,家里人要打他,他拔腿就往龙老太太那里跑,在那里他可以安然无恙地躲过父母的责打。

更多的街坊过来央求他。他懂得唇亡齿寒的道理。拆了他们的,说不定下一家就轮他头上了。给他们帮忙,其实也是给自己留条退路。大家最不满意的是拆迁的价格,在这个问题上,对贾山的意见最大。他们打听到的小道消息,枫林镇将来有可能纳入城区,那时地皮会涨好几番。贾山出的价钱和他们预期的差上一大截。

五年的漫长劳改中,刘明汉不止一次为去见贾山而感到后悔。那是一次让他深感羞辱的会面。贾山不仅没答应他们的请求,而且还将他挖苦贬损了一通。

刘明汉说明来意。贾山冷笑一下说,就凭你?我这手续齐全,天王老子也不敢拦我,就你他妈的跟个老娘们儿似的,也敢跟我对着干?我明天就当着你面把他们房子拆了,你信不信?

那一刻刘明汉心里就和贾山较上了劲。他觉得这件事,自己要迈不过贾山这道坎,这一辈子也就休想了。

盐湖城　293

和贾山较上劲的刘明汉像头倔驴，任谁劝说也没用。强拆那天，他带领大家去抗议。他被几个保安看管得死死的，他刚冲上街，就被套进麻袋里，挨了一顿闷头乱棒，打完被扔进一间腐臭难闻的地下室里，半夜才放出来，这时龙老太太和其他几家都拆成一堆废墟了。

　　这口气，刘明汉没法咽下去。他在家躺了两天，反复看了好几遍吴宇森导演的《喋血双雄》《英雄本色》。他想象自己拿枪抵着贾山的脑门，贾山缓缓朝他跪下求情的场面。他想起几年前跑长途货运去青海时，听说那边买枪要比内地方便。他动了心，决定去趟青海。拥有枪，就拥有了权力。

5

　　这个年过得相当清冷。正月初六，刘明汉起了个大早，决心再去一趟青海。去青海前，刘明汉听从了萍的建议，先和监狱那边打了个电话。电话还真接通了。那边的声音懒洋洋的，断断续续地听他讲着，他能听见电脑传出的欢乐斗地主的声音。你过来吧，今天还没正式上班，领导不在。那人说道。他还想问几句，那人不耐烦起来，说这么大事你不来，我电话里怎么给你补办？刘明汉觉得别人说得有些道理，挂掉电话，决定亲自去一趟。

　　现在这个释放证明，对于他而言，突然变得意义非凡起来。他想贾山和雷所长他们是吃准了他拿不出这纸证明了。他暗下了决心，这次不仅要拿回释放证明，而且还要拿回自己的尊严。他在枫林镇出生，死也要在这块土地上。他想起雷所长那对暗含深意的目光，心里就像吃了苍蝇一样恶心。

我必须得亲自去一趟。他对萍说，只要那边肯重新给我开具证明，我就不用求那群孙子了。那边要不肯重开咋办？萍说。我的刑期已满，是合法释放，他们没理由不给我重开！为了表示对萍的质疑不满，他又高声说了句，难道他们还让我回去坐牢？！萍不再说什么，问他需要多少钱。刘明汉说，给我来回的车旅费就行了，我快去快回。

漫长旅途中，熟悉又陌生的风景再一次从窗外掠过。列车穿过湿冷的南方，进入广袤的西北，离青海越近，他头脑就越清醒。记忆仿佛复活了。他像回到了阔别已久的旧地。冬天洁白的雪山、枯黄的草地、荒凉的戈壁滩、沉默无语的沙丘、高悬在旷野上空的皎月，这一切都让他莫名地怀恋。他以为再也不会回来了，没想到竟回得这么快。在长达四十多个小时的旅途中，他不断回顾五年的劳改生涯，想起在里面结识的狱友。他和一个绰号叫大石头的酒泉人最要好。大石头真名李大石，人如其名，一米八的壮汉，面如重枣，声若洪钟，有一身惊人的蛮力，像《水浒》里的好汉。他是狱霸，刚进来的时候，刘明汉没少受他的欺负。他们关系的转折是一次劳动休憩的时候，葡萄架的水泥柱突然倒了，正在假寐的李大石浑然不觉，眼看就要砸到他，旁边的刘明汉眼疾手快，奋力推了他一把。刘明汉因此压伤了脚，有两个月走不了路。那两个月李大石对他的态度明显好了起来。两人成了好友。有了李大石罩着，那五年，再没人动过刘明汉一根毫毛。

李大石犯的是抢劫罪，判了十五年。他们一共三个同乡，持枪去抢一个私营的金矿。对方早有防范，手里也有枪，他们没占到便宜。李大石当夜从酒泉逃往青海的茶卡。到了茶卡就到了他的地盘了。他说在那里有个相好，湖北仙桃人，他叫她小仙桃，两人在一起很多年，虽未成婚，但也只差个夫妻的名分。那里有个盐场，需要人干活，还能挣点苦力钱。

李大石问过他犯的事。说没经验的人才去那儿买枪。他不解，问原因。李大石笑笑，以后要枪，到茶卡来。去找老七，报上我名字，包你成！刘明汉说，进来一次就够了，不想再进第二次了。李大石大笑。

闲暇的时候，李大石常和他说起茶卡盐湖。黄昏的时候，天是紫罗兰色，人站在盐湖，就像站在巨大的镜面上。你再也找不到一处地方有茶卡盐湖那么澄净通透了。他把茶卡盐湖描述得像仙境一样，勾起了刘明汉对盐湖无限的遐想。

刘明汉出狱的时候，李大石还有七年的刑期。他心里无牵无挂，唯独对小仙桃念念不忘，说她说会在茶卡等他出来的，到时和他结婚。李大石嘱咐他出去后，务必去趟茶卡盐湖，帮他看下她还在不在。刘明汉答应了下来。

初八这天，刘明汉又回到曾待过五年的地方。人不能两次踏入同一条河流。他想起初中时看到的一句哲人的话。春节后第一天上班,办公室还洋溢着节后的喜悦。他们商量着晚上上哪儿喝场大酒。他的闯入破坏了这种氛围。他们愕然望着他,办公室一下静了下来。他说明来意,将之前在枫林镇派出所说过的话又在这儿复述了一遍。

事情虽然费了点周折,但是比他料想的要好。狱政科那个快退休的女人告诉他,释放证明是不能补办的,一证一号,出了监狱就不能再重新开,这是规定。他听完头皮麻了麻,僵立在那儿,半晌说不出话来。她问他从哪里来。他说了。女人迟疑了下,说原则上是不能补办的,看你这么远跑一趟不容易,我给你出具一份复印存根,盖上章,回去也一样有效。他感激地望了女人一眼,心头一热。女人说,这次可别粗心大意又弄丢了,再丢我也帮不了你了。刘明汉忙说,丢不了,不会再麻烦您了,将存根证明贴身收了,朝女人道了谢,走出门。

天空湛蓝如洗,阳光照着山上的积雪,发出星星点点的银光。他怀揣着存根证明,心里如释重负,长出了一口气。他想有了这纸证明,他就不再畏惧谁了。他想想自己在雷所长办公室里的尿样,顿时觉得倍感羞辱。他为自己进雷所长的办公室大感懊悔,明知道对方在看自己把戏,依然还傻子一样往笼子里钻。

6

路过乌兰的时候,他突然想起李大石交代的事。他问火车在茶卡停不停。邻座是个穆斯林，瞟了他一眼说，茶卡没火车经过。告诉他，如果想去，从乌兰下了车，有大巴通往茶卡。刘明汉谢过，心想既然火车到不了，就没必要去了。再说他身上带的钱也不够久待。想到这儿，他心里豁然开朗起来，觉得欠李大石的承诺似乎也兑现了。

现在他只想早点回家，回到萍的身边，回到儿子的身边。老婆孩子热炕头，人生最大的幸福也不过如此。他想等事情办完了，他要和她来一次推心置腹的长谈。聊他在里面的生活，聊那么多孤寂的长夜，他是怎么苦熬过来的。他也想听听她这些年的生活。他想起盥洗台下面的那只避孕套，想起那软塌塌凉飕飕的橡胶体，胃就痉挛。但这都是过去的事了。只要她不说，他决意不会再提。他只想重新过回曾经的生活。又想他要是没被弄进去，一切也不会像今天这样糟糕。这样胡思乱想了一路。到枫林镇的时候，天色微亮，朝霞初泛，空气清冽，新的一天开始了。

当天刘明汉就去了派出所。接待他的依然是那位陈警官。他小心翼翼掏出那纸证明。陈警官接过证明，只扫了一眼，双手在键盘上敲了敲，马上将存根证明丢还给他，说，查不到你的身份信息。刘明汉盯着电脑屏幕，惊讶地说，你再试试。陈警官再试一遍，朝他不耐烦说，查无此人，你的身份信息这儿没有！刘明汉将手从裤兜掏出来，指了指电脑说，那我的身份信息跑哪儿去了？陈警官倒不急躁了，说我们这里查不到你任何信息。见刘明汉目光有点不对劲,说枫林镇已经撤镇设区两年了,户籍信息兴许出了差错,劝他去枫林区公安局问问。

刘明汉从派出所出来,直奔区公安局。他想这一定是个误会,户籍档案里不可能没他的身份信息。他赶在午休前,跑到了区公安局。那边的户籍查询结果和陈警官说的如出一辙。查无此人。刘明汉呆若木鸡,感觉全身上下每个毛孔都在冒汗。他摘掉帽子,头发被汗水沾成一绺一绺的,冒着白气。他语无伦次起来,说:"您……再查……查看。"那边已经失去了好脾气,朝他不客气地说:"再怎么查也没有,这里压根没录入你任何身份信息!"刘明汉心里的火忽地腾起,歇斯底里地说:"那之前你们怎么给我办的身份证?!"那边愣了愣,反应过来说:"对呵,你的户籍证明呢?你拿来嘛!你把之前的身份证拿来,我们就能给你补办。"刘明汉一下又愕然了。他记得自己的户口本丢失多年,拖延着没去补办,而他被捕的时候,身份证却是随身带着的。还是第一代身份证,当时夹在钱包里,里面还有几张银行卡和跟萍的合影。它们在哪儿丢的,现在又躺在哪儿,刘明汉心里一下茫然起来。

是个大晴天,天空瓦蓝,连东南方向平日难得一见的麓山也一览无余。广场上有孩子在放鞭炮,每响一声,他心里就咯噔一下。他想起出狱那天,也是这么一个晴朗的好日子。监狱干事将他带出牢房,走到监狱大门口时,守卫大声询问他:"名字?哪人?何时入狱?判多少年?"刘明汉在里面五年,

盐湖城

无数次回答这问题了,最后一次盘问,他没有以往那么响亮,但每一个字都说得掷地有声。说完有种说不出的轻松感。出狱的前夜,他辗转难眠,兴奋得整夜睡不着,将陪伴五年的判决书、减刑裁定书全撕了,告诉自己总算熬出头了。他将这些晦气的让他不堪回首的物品,全扔进了记忆的垃圾箱。

眼下,唯一能证明他身份的东西,在这个晴朗的冬日却变成废纸一张。他没法接受这种好天气的馈赠。很多人将麻将桌搬到室外,享受着这久违的阳光。到处都有人在翻晒棉被。他想萍一定也在阳台上晒被子了。他想象夜里闻着充满阳光气息的被子入眠的景象,顿时有些感伤和凄凉。

7

他不知道李晶是什么时候发现他的。李晶的夏利出租车就停在马路对面,他本想装作没看见,低头走过去。但是李晶已经发现他了,朝他摁了几声喇叭,喊道,老同学,好几天不见啦,上哪儿去?他只好硬着头皮朝她慢慢走过去。她穿件火红的紧身羽绒服,戴着绿色毛线手套。胖圆脸冻得像只红富士,眼睛眯成一条缝,笑着说,这几天都没见你人影呢。刘明汉说,去外面办点事,刚回。李晶说,怪不得,前几天同学聚会,去了很多人,我还以为你也去了呢。刘明汉说,你去了吗?李晶自嘲地说,他们怎么会叫我,我去还不给他们丢人现眼嘛。

刘明汉上了车,让她载回家。李晶和他同学的时候,就是个有名的话痨。这么多年来,一点也没变。话匣子一打开,就没完没了。问他现在的工作,收入,未来的打算,家庭,问得刘明汉只想跳车夺路而逃。李晶显然没有料到这点,说老同学,你还是以前的老样子,不爱说话,像个姑娘。刘明汉尴尬地笑笑。说话间,就到了。这回他坚持付了钱。李晶见他真掏钱,嗓门也大了起来,说,老同学你这不是见外嘛!钱却还是收了。小枣拿着一架遥控直升机,在门口玩得正起劲,刘明汉喊了声小枣。萍在翻晒被条,循声朝这边望来。李晶和萍相视一下,脸上的笑容突然凝固起来,低声问刘明汉说,这是你老婆?刘明汉回答说是。李晶说,你老婆好漂亮啊!刘明汉见李晶表情有些古怪,说,认识吗?李晶说,眼熟而已,我在中天酒店门口碰到过几回。你老婆和贾山好像还蛮熟的。见刘明汉脸色瞬间变得很难看,赶紧指着旁边正在玩耍的小枣说,哎哟,这是你孩子啊?都这么大了,多可爱啊,长得真像你!

那天下午,刘明汉坐在父亲生前住过的房间,抽了整整一包烟。父亲的房间还保持几年前的原貌,几乎没怎么动过。他失神地坐在父亲常坐的那张藤椅上,想起父亲,眼泪不觉就流了下来,只恨自己的无能和无知,连见父亲最后一面的机会都没有。父亲是机床厂的一名钳工,只读到小学,但是个聪明人,喜欢看风水和算卦,平时爱钻研这个。每月初一、十五,父亲都会给列祖列宗上香，烧纸钱。现在神龛上冷冷清清，香炉里连灰都倒掉了。他翻看着父亲的遗物，无意间在一本看风水的书里，看到一张纸条。上面写着：

明汉我儿，我日子不多了，你远在青海服刑，我恐怕等不及你回来了。最不放心的就是你。没人看得到自己的后脑勺，不要太在意外面的风言风语，回家好好和萍过日子。凡事一定忍耐三分。

刘明汉心里细细地揣摩着父亲的绝笔，心里顿时百感交集。又想这应该算得上是父亲给他的遗嘱了，这么重要的信物，为何要藏在如此隐蔽的地方，不交给萍呢？刘明汉越想心里越复杂。这时萍上来了。她诧异地望着他，说大半天的怎么不见人影，原来坐这里。刘明汉说，爸去世前有没有什么嘱咐？萍摇了摇头，说他痛成那样，还能说什么，都讲不出话来了。刘明汉不语，起身下了楼。

这几天，小枣倒是和他熟了些。玩得开心的时候，也愿意让他抱。他仔细端详着儿子的长相，心里想着李晶说的那句话："长得真像你！"他越想这句话越不对劲。

小枣的肤色既不像萍，也不像他。嘴唇倒和他有些像，厚实，眉毛似乎也有点他的影子，但眼睛一点也不像他。他和萍都是双眼皮，唯独儿子是单眼皮。刘明汉心里常冒出那个可怕的念头，无人的时候，就捧着小枣的脸细细察看。小枣乌溜溜的大眼朝他做着各种鬼脸，嘻嘻地笑着。刘明汉想，这一定不可能。他忐忑不安的神情到底让萍察觉到了。萍抱过儿子，问他怎么了。他说户籍系统里查不到他的身份信息。萍安慰说，不行再打电话问问监狱那边怎么办。他沉默着，将手搭在妻子肩上，俯身又吻了吻儿子的脸，眼睛湿润，背过身去，悄悄用袖子揩掉。

狱政科的电话接通了。里面刚说第一句话，刘明汉就听出是那女人的声音。他支吾着把情况说完。女人的声音明显带有几分不快。女人说，从被捕、起诉到入狱中间十几个环节，你怎么确定身份证就是我们弄丢的？总之，存根证明也给补过了，该办的手续也给你办了，现在你和这儿没任何关系了。说到后来，女人不仅激动，甚至有些气愤了。

萍说，要不找人疏通疏通关系？刘明汉两眼茫然，说，找谁？萍刚想说雷所长，话还没落音，刘明汉就暴跳如雷起来。你和贾山到底什么关系？他指着萍说。萍说，你什么意思？刘明汉冷笑说，什么意思你还不懂？别以为我坐了牢，什么也不知道。萍推了把刘明汉说，今儿你可把事情给我说明了，我和他怎么啦？萍杏眼圆睁，做出一副誓不罢休的样子。刘明汉说，你不知道贾山和雷所长好得穿一条裤子吗，我找雷所长，还不如直接去找贾山呢！萍说，你听谁说我和贾山的坏话了？！刘明汉就不作声了。这边萍气呼呼的，别着脸

盐湖城　303

坐在沙发上,继而将头伏在膝盖上痛哭起来。刘明汉心里也堵着一口闷气,心想这乱糟糟的局面,还不如回监狱好。

8

　　拆迁队的挖机轰轰隆隆地开进了机床厂。拆迁的消息传出后,很多人为了最后再看眼机床厂,一大早就赶了过来。天空飘起细雨,围观的人们打着伞,或披着雨衣,看着拆迁队的庞然怪物从工厂大门鱼贯驶入,柴油机的巨大噪声响彻机床厂的各个角落。风风雨雨四十多年来,枫林镇曾最引以为豪的东西,就是这个有着一千多职工的机床厂了。围观的人很多曾经都是机床厂的职工或家属。贾山的奔驰S600一大早就停在外面的坪地上。国栋举着一把黑色的雨伞,替贾山挡着飘落的雨丝。派出所几乎全体出动了。几辆桑塔纳和帕拉丁警车在旁静候,随时待命,警灯在灰蒙蒙的雨雾中不停地闪烁着。一些对机床厂怀有感情的职工不同意拆迁,尤其是那些在这里干了一辈子的老职工。他们既没打伞,也没披雨衣,在人群中格外醒目。写着"机床厂是属于全体职工的!""强烈抗议变卖国有企业资产!"的横幅拉了起来。几个白发苍苍的老人手挽手,在细雨中唱起了《咱们工人有力量》:"咱们工人有力量,嗨,咱们工人有力量!⋯⋯"很多人当场落了泪。刘明汉的父亲也是机床厂的一名钳工。他在人群中看见了几位父亲当年的老同事。他想要是父亲还活着,一定也会站在他们的队伍里，高声合唱。有人看见了贾山，朝他围拢过来。国栋替他挡着，贾山赶紧坐回车里。有几个老者拍打着车窗，朝他跪了下来。贾山降下半边车窗，朝老人们解释说，你们有什么诉求，应该去找政府，和我没关系。这地是政府卖给我的。刘明汉在一边听着，心里更加难受起来。

有几个父亲的老同事认出是刘明汉，打听起他的近况。刘明汉说还在办户籍。老人们对他很关切，七嘴八舌说："你的事大家都知道。""估计是有人故意刁难你。""你说人家都出来了，却把人家户籍给弄没了，看这事整的！"纷纷摇头叹气。

刘明汉一一感谢了。他看雷所长坐在帕拉丁的副驾抽烟，车窗开了道缝。他心一横，朝帕拉丁走了过去。雷所长瞥了他一眼，装作没发现，眼睛继续盯着前方喧闹的人群。刘明汉敲了敲车窗玻璃，将他的目光拉回来。雷所长说，有事？刘明汉说，有事。雷所长说，有事所里说。刘明汉说，我就在这儿说。雷所长扫量他一眼，见刘明汉面露愠色，说有事赶紧讲吧，我正在执行公务呢！刘明汉说，我想知道我的户籍信息是怎么没的。雷所长干笑了两声，将烟蒂弹出窗外，说，难道你怀疑是我弄没的？刘明汉不语。雷所长笑了笑，继续说，你原来的身份证呢？刘明汉说，被抓后，弄丢了。雷所长说，那你把它找回来吧，公安局、拘留所、法庭、监狱没人要你的身份证。你把它找回，我就给你办理。刘明汉拍了拍窗沿说，

盐湖城　　305

这么多衙门,都是官老爷,我哪儿找去?你上次不是说我有释放证明就给办理吗?!雷所长瞪着他说,上次是上次,上次我不晓得你是黑户。你成了黑户,让我怎么给你办?除非你他妈再坐次牢!刘明汉突然醒悟过来,冷冷地望着雷所长说,我知道了,你们就没想让我再回枫林镇!身份证、释放证明都什么××玩意,就是故意刁难我不让我回来!说完转身就走。

家里无人,萍带着儿子不知上哪儿了。他起开一瓶酒,坐在沙发上,电视正在播放电影《出租车司机》。拉维斯的枪口正喷射怒火。很多年他都没看过如此解恨的电影了。他趴在地上,伸手将盥洗台下的那团脏东西掏出来。有那么片刻,他觉得拉维斯就是自己的化身。之前他并不想追问这团东西的主人,现在他改变了主意。他不仅想知道是谁使用了它,还想知道那人更多的信息。他想起第一次带萍回家的情形,那时父母都还在世。他和萍是在深圳认识的。萍是四川人,比他要小四岁。他们都在同家公司,她当文员,他在企宣部。萍身材好,性格也开朗,是个婀娜多姿的万人迷。在那家两千多员工的台资公司,她是公认的厂花。有关萍的传言很多。有人说她来这家公司前,曾被一个港商包养过几年。公司经常有人为萍争风吃醋。即便是他们关系公开以后,骚扰萍的人依旧持续不断。后来他实在是不胜其烦,索性带萍回了老家。

当时能从这么多情敌中抱得美人归,刘明汉心里还很得意。他问萍，追求者这么多，为何后面却选了他。萍笑说，你比他们都实诚呗。刘明汉也笑，觉得自己老实，平日虽吃过不少亏，最后却捡了个大便宜，也很值。那年他带萍回家过年，私底下征询父母意见。父母起先都说好。直到有次父亲多喝了几盅酒，上了脸，才悄悄感叹道，好是好，但要不长这么好，就更好了。起先他不明白这句话的含义，现在他懂了。来到枫林镇的萍后来开过外贸服装店，只开了半年，没挣到钱，又转行盘下一家美容店。刘明汉辛辛苦苦在深圳打拼多年的积蓄，再加上父母的退休金，全败在了萍手里。儿子出生后，萍把生意惨淡的美容店也转了手，索性在家当起全职太太。刘明汉靠给人跑长途货运养家，后来攒了点钱，自己贷款买了辆二手卡车。一家人的重担全落在刘明汉肩上。

那条项链静静躺在她的梳妆盒里。他看了几眼，不会便宜。旁边还放着一瓶范思哲香水，看上去还没怎么用过。他端详着这些物品，又望眼墙上的结婚照，心里顿时五味杂陈。

9

周末这天，刘明汉特意起了个大早，带小枣去爬麓山。他问萍去不去，萍还在睡觉，睡眼惺忪地翻过身来，说你们去吧，我再睡会儿。起了一场晨雾，一轮朝阳从浓雾中破茧而出，辉映着远处的山峦。好天气已经持续了一段时间，他需要借天气好的时候，出去走走，换换心情。通往麓山的路径有十几条，他有意绕开大路，走了一条曲径通幽的小道。林间非常寂静，他牵着儿子的手，踩着厚厚的枯叶往上攀爬。儿子兴致很高，挣脱他的手，小兽似的在前面奔跑着，捡地上好看的红叶把玩。林间四处都是小鸟兽的声响，醒来的森林让他暂时忘了郁积于心的烦忧。晨练的人比他们更早上山，此刻开始下山了。小枣蹦蹦跳跳在前头小跑，时而躲在树后，和他玩捉迷藏。他明知小枣就躲在那儿，故意装作看不见。有时他悄悄绕到他身后，冷不丁吓得他咯咯大笑。这种天伦之乐将他心中的阴霾荡涤一空。他将小枣高高举起，小枣头顶因汗水氤氲而蒸腾着白气，亮晶晶的大眼瞪着他笑。他说，你爱爸爸吗？小枣应声回答说，爱！脆脆的童声在林间传出很远。

到半山腰，小枣爬累了，嚷着要歇会儿。半山腰有座凉亭，透过薄雾，里面依稀有人的声音。刘明汉吩咐小枣爬到凉亭再停歇，小枣听了马上跑向前去了。等刘明汉慢慢爬到凉亭时，只见小枣温顺地坐在一个人的膝盖上。那人正背着他坐着，刘明汉一时看不清面相。他听见那人抚摸着小枣的额头，让小枣叫他爸，一边用纸巾给小枣擦拭着汗水。小枣一扭头就瞅见了刘明汉，要从那人膝上下来，说我爸上来了。那人一回头，刘明汉吃了一惊，没想到那人竟然是贾山。贾山正晨练下来，旁边挨坐着一位妙龄女子，大概是他的情妇。刘明汉将小枣拉到一边，朝贾山怒斥道，刚才你叫小枣喊你什么，龟儿子你有种再说一遍？贾山笑笑说，原来是老同学上来了，小枣是我认的干儿子，这么多年他都叫我爸啊！刘明汉愤怒地盯着贾山的脸，那张皮笑肉不笑的脸让他倍感屈辱和厌恶。刘明汉和贾山的战争在晨雾缭绕的凉亭打响，女人和小孩纷纷发出惊慌失措的哭喊。两只斗兽在对视的一刹那，奋不顾身地朝对方扑了过来，拳打脚踢后抱成一团，不将对方置于死地誓不甘休。山林中回响着两个男人的咆哮和怒吼。几个回合下来，两人身上都挂了彩，刘明汉的指甲在贾山的脸上挠了几道血痕，贾山将刘明汉死死地压在身下。刘明汉的鼻子被打得错了位，顿时成了个血人。两人喘着粗气，两眼充血，都杀红了眼。吓傻的小枣在两人身旁哭喊着，一会儿拉拉贾山，喊爸爸别打了，一会儿拉拉刘明汉，求爸爸别再继续了。

刘明汉感觉骑在身上的不再是贾山，而是一座大山。那座大山将他压得喘不过气来。贾山双手紧紧掐住刘明汉的脖子，那张变了形的脸看上去活像个发怒的阎王。在他意识模糊的时候，他听见贾山朝他怒吼着什么。贾山说，我就睡你女人了又怎样，小枣本也是我的种！贾山扔下瘫软在地的刘明汉，站起来拍拍手，整了整衣服，抱起吓傻了的小枣和女人下了山。刘明汉无力地躺着，有那么片刻，他觉得自己分明是死了。松树在旋转，云雀和画眉疯了似的在林间穿梭，风驱赶着云块飞快地跑着。他坐起来，擦了擦嘴角的血，觉得这一刻，该和之前的刘明汉说再见了。原来那个怯懦的刘明汉已经死去，新的刘明汉活过来了。他的人生轨迹也将发

盐湖城 309

生重大改变。

10

来到茶卡镇已是下午。小镇天空明净,阳光和煦,虽已三月,但依然寒冷,不露行踪的寒风刮得人骨头疼。他一路打听老七的名字,终于拐弯抹角,来到一家私人旅馆门口。房东是个老头,自称老七。刘明汉说开一间房。有身份证吗?老头望了他一眼问道。刘明汉掏出那张刑满释放证复印存根,说这个行吗。最近查得严,没身份证不行。老头说。是李大石介绍来的。他说。老头惊讶地看了他一眼。我是大石头狱友。他又说了一句。老头不再作声,领他进了一间单人间。

来茶卡之前,他拿了萍那串白金项链。他悄悄离开的枫林镇,没让任何人知道。他把项链当了。典当行给出的价钱比他想象的高不少。他想这笔钱不久就会花在那些让他不痛快的人身上。他想象他们身体开花的情景。这样想的时候,他脑海中又闪现着拉维斯怒火中烧的眼神。三月份,茶卡的游客稀少。他在空旷的街上漫无目的地晃荡着。在这遥远的陌生之地,他成了世上最孤独的人。他想此刻要是死在这儿,永远也不会有人知道他是谁。连警察都不知道。他是这个世上的多余人,是法律意义上的黑户。临别前,他还向大石头描述着自己梦幻般的未来。他将重新当回卡车司机。挣了钱,会在家里开间小超市。天晴的时候,他要带老婆儿子去爬山,或者去河边垂钓。这样美好的生活曾经唾手可得。现在一切都破碎了,他什么都不再幻想。他只想干完这件事,好好地睡上一觉。

他向人打听茶卡盐湖的方向,决定去那个大石头无数次描述过的盐湖看看。黄昏降临,藏青色的云团正在天边聚拢。一条运盐的小铁轨伸向盐湖深处。他沿着小铁轨往盐湖走去。那是他第一次见到盐湖。一个银光粼粼的盐的世界,盐山盐雕盐海,猎猎的寒风也含着盐的味道。天空从玫瑰红变成紫罗兰色。果然如大石头说的,就像天空之镜。人走在盐湖中,就像走在一面巨大的镜面上。澄清透明,仿佛能照见自己的前世今生。霞光穿过絮状的云团,刹那间天空变得明亮,黄昏的余晖血洗着天空,盐海也跟随着变了颜色,夕阳下的盐湖显得莫名地安宁。他站在湖中,看着盐水中弯曲的影子,霎时泪流满面。

天快黑的时候,他赶回镇上。远处的橡皮山脉被黑暗吞没,小镇亮起稀稀拉拉的灯火,和头顶闪烁的星辰连成一片。街上只有几个散客在游逛。他进了家兰州拉面馆,要了一份拉面。一个女人站在马路边抽烟,不停地打着哈欠,三月的夜还很冷,她穿得很少,只披着一件羽绒袄子。他刚从拉面馆出来,女人朝他招了招手,示意他过来。女人不算难看,但气色很差。女人朝他讪笑一下,拉了拉他的手,嘴里说着什么。他没搭理她,头也没回,径直朝旅馆走去。

盐湖城

刘明汉那次没有试枪。他直接开口向这个叫老七的人说要买枪。老头矢口否认，说你是不是有病，我这是旅馆，又不是军火铺。我要一把枪。刘明汉盯着老头说。我这儿没枪啊！老头将头摇得拨浪鼓似的。大石头说买枪就找你。刘明汉将兜里的钱掏出来，厚厚的一沓，啪地扔在桌上。我只留个回去的路费，剩下的你开个价。老头瞟了瞟钱，喃喃地说，这个大石头啊，净给我找这些人来……说钱你先收起来，我现在真不弄这行了，不过你真要买，看在大石头面上，我介绍个人给你。

那是刘明汉头回见到如此壮观的枪械，长长短短摆满一桌。卖家是个精悍的男子，操着一口河西走廊一带的口音，目光一刻不离刘明汉。

"大石头的朋友？"那人问。

"狱友，和他同坐过五年牢。"

"买枪干啥？"那人问。

"杀人。"

"开弓没有回头箭，自己想好。"

"想好了。"他说。

临走，刘明汉想起一事，问那人说，打听一个人，大石头有个叫小仙桃的女人，她还在这儿吗？

那人冷笑一下，说："早当婊子了，还吸上了白粉，大石头还惦念着她啊？"

他将枪藏好，出了门。星夜气温骤降，他裹紧衣服，一路打着冷战。镇上的夜更加冷清，只有一家烧烤店还开着，几位游客在里面喝酒。女人还站在对面，一根接一根地抽着烟。他从她身边走过，女人这次不再和他打招呼，冷冷地看着他，脸上还残余着敌意。他走进烧烤店，点了些烤串，要了瓶小二锅头，慢慢喝着暖身，透过玻璃门继续望着对面的女人。女人玩着手机，抽烟，见到落单的男人就招手打下招呼。他喝完酒，觉得身子渐渐暖和过来。有位像游客模样的男人正在和女人讨价还价。他跨过马路，绕开男人，拉了女人的手就走。女人说，你带我去哪儿？他指了指旅馆。女人说，你还没给钱呢！他掏出几张钞票，在她面前晃了晃说，够不够？女人妩媚地笑笑，跟他回到房间。他说，你是小仙桃？女人诧异地望他一眼，说，你是谁？刘明汉点了一根烟说，我叫刘明汉，但是大多数人都叫我同性恋，只有大石头叫我名字，不过他也不知道我有同性恋这个绰号。女人扑哧一笑，说，你真是同性恋？刘明汉回了她一个笑，说，大石头知道你在做鸡吗？女人笑容就僵硬在脸上。拉下脸来，说你还做不做，不做我走了。刘明汉说，你试试。女人佯装生气，站起身来说，你真是个神经病，我不是什么小仙桃，也不认识大石头。你要不做，我就走了。刘明汉将身子挡住她的去路，说，大石头在里面经常提起的人就是你，他还说出去就和你结婚，他把你描述得那么好，还叮嘱我来看你，没想到原来是只鸡！大石头要是知道那就好玩了。他说在你身上下了大本钱，要不是为了你，他也不至于落得这样下场。女人的脸色在灯光下出奇地难看。她不搭理他，想夺路出去。刘明汉一把将她推倒在床上，女人发出一声尖叫，想大声呼喊，被他及时用手封住。她在床上极力抗争，像条泥鳅，他恼怒起来，用枕头捂住她的嘴，掏出枪，啪的一声闷响，她挺了挺身子，放弃了挣扎。他意识到自己刚干了什么。握枪的手一下失去了力量，瘫痪了一样。他摇了摇女人，女人没再回应。他揭开被子，只见女人的身体开出了一朵花。鲜红的花蕾在洁白的被上越来越绚烂。

2016年6月30日